Ayi Kwei Armah

Die Schönen sind noch nicht geboren

Ayi Kwei Armah

Die Schönen sind noch nicht geboren

Roman

Walter-Verlag, Olten und Freiburg im Breisgau

Die Originalausgabe erschien 1968
bei Houghton Mifflin, Boston
unter dem Titel «The Beautiful Ones Are Not Yet Born»

Die Übersetzung aus dem Amerikanischen besorgte
Hugo Loetscher in Zusammenarbeit mit Franz Z. Küttel

DIALOG AFRIKA

WALTER

Eine Edition des Walter-Verlags
Olten und Freiburg im Breisgau
und des Peter Hammer Verlages
Wuppertal

Herausgegeben von
Al Imfeld,
Jochen R. Klicker
und
Gerd Meuer

Gesamtherstellung: Druck- und Buchbinderei-Werkstätten
May & Co Nachf., Darmstadt
Printed in Germany

ISBN 3-530-02351-5

Für Mrs. Dickson und Gwen

1

Unsicher bewegte sich das Licht des Omnibusses die Straße hinunter, bis die beiden unscharfen Kreise auf der Seite, wo die Straße vorn in eine Kurve bog, einen undeutlichen Gegenstand einfingen. Der Bus hielt an. Sein wirres Rattern wich einem endlosen krampfartigen Zucken; seine Teile wurden durch zu viel Rost zusammengehalten, als daß sie je ganz auseinanderfallen konnten.

Der Chauffeur kletterte von seinem Sitz auf die Straße, nahm ein zerknülltes Paket «Tuskers» aus seiner Hemdentasche, steckte eine verbogene Zigarette in den Mund und riß ein Streichholz an. Der Schwefelkopf versagte wie gewöhnlich. Nur ein feuchtes Orange glühte, als der Chauffeur aufgab, das Streichholz wegwarf und ein neues nahm. Nach dem dritten Versuch sprühte kurz eine gelbe Flamme auf; rasch langte der Chauffeur mit dem Zigarettenende nach ihr, ehe sie erlosch. Er räusperte sich, spuckte einen großzügig bemessenen Speichelklumpen gegen das Rad und begann in aller Ruhe den Rauch zu inhalieren.

Im Bus drinnen nahm der Schaffner die Tasche ab und rieb sich langsam am Nacken, wo der Riemen aufgelegen hatte. Dann hockte er sich in aller Schwere nieder, ließ die Beine vom Tritt baumeln und schloß die Augen. Die Passagiere schlürften den Gang hoch zum Ausgang; einer nach dem andern stieg aus in die finstere Dämmerung.

Als das weiche Schlürfen schläfriger Füße nicht mehr auf dem hohlen Eisen der Trittbretter zu hören war, setzte sich der Schaffner auf, die Augen weit geöffnet. Er hob die Tasche vom Boden, nahm den Block mit den Fahrscheinen heraus und legte ihn auf den Sitz neben sich; dann schüttete er alles Geld, das er bis jetzt eingenommen hatte, daneben. Er kontrollierte es anhand der verkauften Fahrscheine und zählte die Morgeneinnahme. Es war so ziemlich, was er an diesem Tag erwartet hatte: Kleingeld, viele Pesewas, einzelne braune Stücke, mit einigen Fünfern, wenigen Zehnern und einem Gelegenheits-Fünfundzwanziger. Um die Karwoche herum war Einziehen immer einfacher. Nicht viele Passagiere benötigten Wechselgeld; sie hatten genug damit zu tun, in allen Ecken nachzusehen und in allen Schachteln zu suchen, ob sie nicht eine kleine Münze fänden, die bisher irgendwie übersehen worden war. So hielten die meisten Leute das abgezählte Fahrgeld bereit und probierten schon gar nicht, im Bewußtsein ihrer Wichtigkeit, dem Einzieher ins Gesicht zu schauen. Einziehen war sicher einfacher, aber auch weniger ergiebig als an den dicken Tagen nach dem Zahltag. Zu einem Zeitpunkt wie dem lag nicht viel drin. Sicherlich, auch so waren die Leute Körper, die im Schlaf herumgingen. Aber was kann ein Schaffner selbst von einem Körper, den er zu wecken hat, nehmen, wenn dieser wandelnde Leichnam das Fahrgeld abgezählt bereit hält, nicht mehr und nicht weniger. Viel besser die Tage nach dem Zahltag, viel besser, viel besser. Dann gibt der volle Monat vor einem selbst dem alten Dulder ein Gefühl von neuer Macht. Diese Wandler schliefen auch dann, aber ihre Alpträume waren weg, die gräßlichen Träume, in denen sie Zwerge sind, die nicht davonlaufen können, und kleine Insekten, in riesigen Flaschen gefangen. Dann gaben sich die Leute, die träumten, reich, und wenn sie ein Fünfzig-Pesewa-Stück hinhielten, schauten sie den Einzieher fest an, ob er auch ihre Bedeutung richtig zur Kenntnis nehme. Sie sahen dann nicht nach der Handfläche, wieviel Wechselgeld dort lag. Viel besser die dicken Tage am Monatsanfang, viel besser.

Der Schaffner stapelte das Geld nach Sorten und stellte fest, daß sich kein einziges Fünfziger-Stück darunter befand. Kein Wunder. Die Münzen hatten nichts abgeworfen. Er hatte auch nicht damit gerechnet. Aber manchmal konnte ein erstes Überprüfen doch noch unerwartet heimlichen Profit offenbaren. Es war zwar nicht ganz wahrscheinlich, daß er dank des eingezogenen Geldes heute zu irgendeinem Gewinn kam. Aber da war doch noch etwas. Irgend jemand hatte die Fahrt mit einer Cedi-Note bezahlt. Der Schaffner hatte tief in die Augen des Zahlenden geschaut, und richtig, die Augen verrieten das ruhelose Glück von Macht, das auf Bewunderung aus ist. Mit seinen Augen hatte der Schaffner seinerseits den Mann verpflichtet und seinen Hunger, von den andern bewundert zu werden, gestillt. Er hatte seine Augen nicht gesenkt: das hätte bewirkt, daß auch der mächtige Zahler auf die Handfläche achtgegeben hätte, damit wäre der Zauber vorbeigewesen und mit ihm der Profit. Also senkte der Schaffner den Blick nicht. Im Gegenteil, er bannte die lechzenden Augen des Mannes, der mit einer Cedi-Note zahlte, und fütterte sie mit Bewunderung. Er hatte sogar seinen Blick etwas zurückgenommen, um besser die männliche Schärfe in den Augen des Zahlenden aufnehmen zu können. Er hatte seinen Mund leicht geöffnet, so daß das Lächeln, das etwas von einem Gähnen hatte, dem prahlenden Geber sagte: «Du bist ein Kerl. Ein ganzer Kerl.» Und er hatte nach dem Wechselgeld in seiner Tasche gefingert und darnach in die Hand des Zahlenden einen verwirrenden Haufen von Münzen gelegt, die nie den Betrag ausmachten, den er hätte herausgeben müssen. Aber der glückliche Mann hatte das Geld in die Hemdentasche gesteckt, ohne es anzuschauen.

Die Cedi-Note lag dort auf dem Sitz. Unter all den Münzen nahm sie sich merkwürdig aus. Für einen Augenblick kam es dem Schaffner komisch vor, daß dieses Papier soviel mehr wert sein sollte als das glänzende Metall. Im schwachen Buslicht unterzog er die Markierungen auf der Note einem genauen Augenschein. Da drängte sich ihm ein unbestimmter aber durchdringender Geruch auf, er rollte den Cedi auseinander und roch tief und bedächtig daran. Er mußte nochmals daran riechen, aber diesmal hatte er sich dazu erhoben und hielt die Note weg vom öffentlichen Leder des Omnibussitzes. Der Geruch kam jedoch nicht davon. Fasziniert sog er ihn in seine Lunge ein. Es war ein völlig unerwarteter Geruch für einen so neuen Besitz, ein sehr alter Geruch, sehr stark und sehr faulig; er war als Gestank mit einem seltsamen, befriedigenden Vergnügen verbunden. Erstaunlich, daß ein Mann schon so viele Cedi-Noten durch seine Hände hatte gleiten lassen und noch immer nicht ihren wirklichen Geruch kannte.

Nach der Banknote begann der Schaffner die Münzen zu beschnüffeln. Aber sie brachten eine Enttäuschung. Der Geruch von Metallmünzen tat lange nicht so wohl. Der Schaffner steckte sie in seine Tasche; doch vorher prüfte er noch einmal den Gegenwert der verkauften Fahrscheine, um festzustellen, wieviel er eingenommen hatte. Er fühlte sich sichtlich zufrieden. Es würde, so hoffte er, ein guter Tag werden, Karwoche hin, Karwoche her. Seine Nase hatte inzwischen bereits den wundervollen Geruch von Abgebrauchtheit der Cedi-Note verloren, und es juckte sie, sich an ihrer ehrwürdigen Schalheit zu erfrischen. Er nahm die Note, rollte sie diesmal auf und preßte sie fest gegen die Nasenlöcher. Aber diesmal war seine Genugtuung nicht frei von Scham. In seiner Verlegenheit drehte er sich um, er wollte sich vergewissern, ob der Bus leer war und er allein in ihm.

Ein Paar weitoffene Augen trafen die seinen. Der Mann saß ziemlich hinten im Bus, sein Körper war nach vorn gebeugt, das Kinn auf der Rücklehne des Vordersitzes, von seiner Hand gestützt. Die Augen erschreckten den Schaffner. Selbst der Geruch der Cedi-Note war jetzt quälend, und das Gefühl in seiner Achselhöhle war wie gefroren. War der Beobachter der, welcher mit der Cedi-Note bezahlt hatte? War sein eignes Spiel nur Teil in dem größeren Spiel des Beobachters? Verschwommene Vorstellungen von Strafe drangen in die Gedanken des Schaffners. Nie hätte er gedacht, daß so viele verschiedene Formen von Schrecken in so kurzer Zeit in einen eindringen könnten. Und jetzt schien das Vergehen so gering und blöd und eine mögliche Strafe so hoch, daß er nur Mitleid mit sich haben konnte. Er war daran, als Opfer eines grausamen Spiels unterzugehen.

Der Beobachter tat nichts als starren. Er brauchte keine Anklage vorzubringen. Das Gewissen des Schaffners hatte alles schon zu laut und zu umfassend gestanden.

«Ich habe dich gesehen. Du bist gesehen worden. Wir haben alles gesehen.»

Es war nicht die Stimme des Beobachters. Es war auch nicht die Stimme eines Menschen, den der Schaffner kannte. Es war eine gewaltige Stimme, die von oben kam und überall im Innern des Schaffners die leeren Räume ausfüllte und überhaupt nicht mehr aufhörte. So war das. Der Beobachter. Was konnte ein armer Kerl zu diesen Stimmen sagen? Was gab es zu antworten auf die Schliche und die Enttäuschung des Unschuldigen?

Und so offenbarten Worte und Sätze, so oft als Witze abgetan, ihre wahre Bedeutung.

Und Jesus weinte. Aha, Jesus weinte.

Im Augenblick seiner Verzweiflung weinte der Schaffner nicht. Er öffnete den Mund und gab seiner Freveltat in vollem Umfang Ausdruck: «Was?»

Aber der Beobachter auf seinem Sitz im Fond des schlotternden Omnibusses rührte sich nicht. Nur seine Augen blickten nach wie vor inständig, und der Schaffner fühlte sich grausam gefoltert, wie diese Augen ihre Botschaft von Schuld in sein Bewußtsein bohrten. Schmach wechselte ab mit einer schwitzenden Furcht, die er bis dahin nie empfunden hatte. Etwas, so kam es ihm vor, wurde aus ihm abgeleitet, verließ den Körper, der wie ein trockener Schwamm wurde, sehr leicht, vollkommen der Laune sanft spielender Windstöße ausgeliefert.

Dann, ziemlich unerwartet, füllte ihn die Stille des Beobachters mit einer erheiternden Art von Hoffnung, und indem er den Augenblick, den er eben durchlebt hatte, nochmals durchging, tadelte er sich wortlos für seine kindische Furcht. Denn wie konnte er, nach allem, sich so einschüchtern lassen, daß er den Beobachter als Urteilsverkünder ansah? Warum hat er diesen Stummen über sich gestellt? War es nicht wahrscheinlich, sehr wahrscheinlich, ganz sicher sogar, daß der Beobachter auch nur ein Mensch aus Haut und Fett war, mit Magen und Schlund, die bedient werden mußten?

Gelassen ließ der Schaffner eine Hand in seine Hemdentasche gleiten und nahm ein Paket «Embassy»-Zigaretten hervor. Er hätte nicht gedacht, daß er es schon so bald aufreißen würde, aber jetzt gab es einen Grund dafür. Die Seele des Mannes wartete darauf, ausgeweidet zu werden. Ein wichtiger Handel lag in der Luft. Der Schaffner räusperte sich und schluckte den Speichel.

«Bruder», sagte er, indem er das geöffnete Paket dem hinhielt, den er sich zum Komplizen wünschte, «Bruder, magst du einen Stengel?»

Noch immer schienen die Augen Ausschau nach einem besseren Preis zu halten. Der Schaffner spürte, wie seine erste Furcht zurückkehrte. So ruhig er konnte, ging er in den Fond des Omnibusses.

«Du siehst, wir können teilen», sagte er, indem er sich dem Manne näherte. Aber als Antwort gab es nur das endlose Rattern des Busses, das seine Worte verschluckte. Der Mann saß da, und seine Augen starrten, selbst als der Schaffner ihm die Zigaretten direkt vors Gesicht hielt. Das Unbehagen wich nun einer schieren Neugierde; der Schaffner beugte sich hinunter, um in das starrende Gesicht zu schauen, ein versöhnliches Lächeln auf dem eignen bereit. Da packte eine wütende Empörung den Schaffner. Denn im sanften zitternden Licht des Businnern sah er, wie vom linken Mundwinkel des Beobachters ein Speichelbach floß. Unbekümmert sickernd, verlief sich die dickliche Flüssigkeit zunächst in den Fingern der linken Hand, von da breitete sie sich aus und überzog die rostig rote Ausfütterung des Sitzes mit einem dunklen Glanz, floß ruhig und unaufhaltsam tiefer über das schmutzige, alte Sitzleder und verlor sich zuletzt in der Versenkung, welche die Naht bildete. Der Beobachter war überhaupt kein Beobachter, sondern bloß ein Schläfer.

Mit explosiver Anmaßung schossen wütende Worte aus dem Mund des Schaffners, die den Schläfer weckten.

«Du hurenverdammter Hexensohn. Du Muster ohne Wert. Meinst du eigentlich, der Bus gehöre deinem Großvater?»

Der Schläfer erwachte, er sah zu seinem Ankläger auf und begriff vorerst kein Wort. Er leckte die Feuchtigkeit von seinem Kinn, aber das Unternehmen zeitigte keinen Erfolg. Es lag mehr Speichel da, als er angenommen hatte, er mußte ihn mit der Handfläche abwischen. Er sah auf die Hand, die von seinem Speichel bekleckert war. Der Schaffner, jetzt bis auf die Knochen wütend, stand über ihm und zeigte unnachgiebig auf den Vordersitz.

«Bist du ein Kind? Du kotzest deine stinkige Spucke überall hin. Warum? Hast du keinen Ort zum Schlafen?»

Der Mann sah auf sein Vergehen, das vor ihm glänzte. Scham ließ ihn ganz klein werden, und er beeilte sich, den Sitz zu säubern. Aus irgendeinem Grund, vielleicht aus purer Geistesabwesenheit, fuhr er mit seiner Rechten in seine Hosentasche. Als die Hand wieder zum Vorschein kam, zog sie kein Taschentuch nach, sondern das graue Taschenfutter zusammen mit einem Häufchen alter Busfahrscheine. Voll Entschuldigungen stieß der Mann das Futter zurück und sah auf den Sitz, auf dem sein Speichel klebte. Kurzerhand faßte er einen Entschluß. Er hockte sich auf den Platz, lehnte gegen das Rückenleder, bewegte seinen Körper einige Male seitwärts und wischte damit die feuchten Stellen auf.

Der Schaffner grinste mit einem gräßlichen Lachen: «So, du hast nicht einmal ein Taschentuch?»

Der Mann antwortete nicht. Er prüfte den Sitz und stellte fest, daß er so trocken war, wie es die Umstände erlaubten. Aber aus dem Spott des Schaffners war wieder reine Feindseligkeit geworden.

«Schön», er übertönte das sterbende Rattern des Busses, «raus!»

Der Mann hatte sich bereits in Bewegung gesetzt, ohne ein Wort zu sagen. Als er auf dem untersten Trittbrett war, ließ sich der Schaffner auf einen Fenstersitz fallen, beugte sich aus dem Bus und schmiß ihm den Abschied hinterher: «Oder wolltest du den Bus auch noch vollscheißen?»

Der Fuß des Mannes faßte Boden, er ging langsam der Seite des Busses entlang, an dessen Front vorbei, sah geradeaus in die dunstige Dämmerungsluft. Die Stimme des Schaffners verbreitete ihre Botschaft und hüllte den Mann ein. Als er beim Chauffeur vorbeiging, hustete dieser, ein kurzes, starkes Husten, das mit einem heiseren Knurren endete, als er seine verstopfte Brust reinigte. Dann nahm er seine ganze

Kraft zusammen und spuckte direkt vor dem Manne aus.
Der Mann, der aus dem Bus gestiegen war, spürte auf der Wange und an der einen Seite der Oberlippe das Sprühen, welches zum Spucken gehörte. In momentanem Zorn sah er zurück, aber er sah nur, wie der Chauffeur ohne Reue von neuem Speichel sammelte und seinen Mund für eine größere Anstrengung vorbereitete. Da beschleunigte der Mann seine Schritte etwas.

Die schimmernden Kreise des fahlen Lichtes, das vom Autobus kam, beleuchteten schräg und neblig die Straßenseite, und ihre unsicheren Konturen hielten etwas fest, das wie ein Erdhügel aussah mit einem Aushängeschild, das sinnlos draufgepflanzt worden war. Beim Näherkommen nahm der Hügel eine andere Gestalt an, und das Aushängeschild erwies sich als ein viereckiger Abfallbehälter.
Das Ding war von glänzendem Weiß gewesen, als man es aufgestellt hatte, und das war noch nicht so lange her. Jetzt waren selbst die Buchstaben nicht genau zu entziffern. Es war über und über zugedeckt mit Unrat aller Art. Aber einmal hatten die Buchstaben in eindeutiger Klarheit verkündet: K.C.C. Behälter für Abfälle.
Das war in blauer Schrift geschrieben. Darunter stand in kühneren Großbuchstaben von leuchtendem Rot der Spruch:
Halte deine Stadt rein
und du hältst dein Land rein.
Der Behälter war einer der wenigen Überbleibsel von der Reinlichkeitskampagne. Wie auch andere zuvor

war diese recht eindrücklich gewesen, und Gerüchte ließen voll Bewunderung durchblicken, daß sie viel gekostet habe. Die Zeitungen waren angefüllt gewesen mit Artikeln, die ihre Leser dahin informierten, daß Schmutz nichts Wünschenswertes sei und weggeschafft werden müsse. An einigen aufeinanderfolgenden Tagen hatte eine Reihe von hohen Tieren an jedermann appelliert, sauber zu sein. Das Radio hatte eine Sendung gebracht mit einem Arzt, einem Presbyterianer-Pfarrer und einem Professor von der Universität von Legon. Die drei schienen darin übereinzustimmen, daß Unreinlichkeit eine sündhafte Wirkung habe. Die Leute waren beeindruckt. Urteilte man nach dem Umfang der gedruckten und gesprochenen Worte, war es tatsächlich «die großartigste aller Kampagnen». So sagte der Erste Sekretär des Gesundheitsministeriums an einem Empfang, der die Aktion krönte.

Bei diesem Empfang waren die kleinen Abfalleimer lanciert worden. Nach den Worten des Ersten Sekretärs sollten sie an den strategischen Punkten der Stadt aufgestellt werden und nicht nur als Ablage für Unrat dienen, sondern auch als leuchtende Beispiele der Sauberkeit.

Am Ende wurden dann allerdings nicht allzu viele Abfalleimer aufgestellt, obwohl man hörte, daß sehr viel Geld dafür ausgegeben worden war. Die wenigen, die ihrem Zweck entsprechend verwendet wurden, übersah man nicht. Die Leute benutzten sie so gewissenhaft, daß sie in kürzester Zeit voll waren. Und die Leute benutzten sie weiter. So quollen sie über von Bananenschalen, Mango-Steinen, ausgesaugten Orangen, von Zuckerrohr und den dicken braunen Hüllen

von Hunderten von Kenkey-Ballen. Die Leute brauchten gar nicht mehr bis zum Behälter zu gehen. Von einer gewissen Entfernung zielten sie auf den wachsenden Haufen, und ein guter Teil feuchten Unrats schlug auf die Vorder- und Nebenseiten des Behälters, ehe er seinen endgültigen Ruheplatz fand. Nach wie vor war der Behälter über dem Haufen zu sehen, obwohl die Schrift schon längst nicht mehr gelesen werden konnte.
Als der Mann beim Abfallbehälter vorbeikam, steckte er seine Hand in seine rechte Hosentasche, holte einen Knäuel gebrauchter Fahrscheine hervor und warf alles auf den Haufen. An der Straßenkurve hielt er einen Moment inne, richtete seinen Blick abwärts, als ob er versuchte, über etwas einen Entschluß zu fassen. Als er sich anschickte, auf die andere Straßenseite hinüberzugehen, waren seine Augen immer noch auf den Straßenbelag gerichtet, und er ging ganz langsam.
Plötzlich warfen sich die Scheinwerfer eines Autos, das in rasendem Tempo daherkam, mit aller Grellheit auf den Mann. So plötzlich überfallen, war der Mann zu gebannt, als daß er sich noch hätte bewegen können. Statt dessen hob er seine Augen in einer rätselhaften, hilflosen Geste und spürte in ihnen die blendende Kraft des Scheinwerferlichtes. Das Kratzen bremsender Räder auf der harten Unterlage und der Gestank von verbranntem Gummi drangen auf ihn ein und holten ihn aus seinem Halbschlaf. Genau vor ihm kam der Wagen zum Stehen, die Räder scharf abgedreht gegen die sichere Straßenmitte. Es war ein blitzblankes neues Taxi, und es schüttelte sich immer noch ob des plötzlichen Stops. Der Mann

erholte sich von seiner Betäubung und nahm die wenigen Schritte bis zur andern Straßenseite. Dort, der Grellheit der übermächtigen Scheinwerfer entkommen, sah er den schwachen Umriß des Taxichauffeurs, wie dieser seinen Kopf zum Fenster hinausstreckte. Lange, unfaßbare Stille, der Taxifahrer starrte den Mann an und maß ihn mehrere Male von oben bis unten. Dann begann er mit einer entsetzlich ruhigen Stimme zu reden: «Du unbeschnittener Pavian.» Der Taxifahrer redete, als würde er die banalste Wahrheit sagen: «Schwachkopf von einem Frosch. Wenn deine Zeit gekommen ist, such dir einen andern, der dir dein wertloses Leben nimmt.»

Der Mann machte einen Schritt nach vorn, um sich dem Taxifahrer zu nähern, und sagte zur Entschuldigung: «Ich habe nicht aufgepaßt. Es tut mir leid.»

Aber die Entschuldigung schien den Taxifahrer erst recht aufzustacheln. «Tut mir leid ... Idiot», sagte er mit einschneidender Weichheit in seiner Stimme. «Paß das nächste Mal auf, wo du hinläufst.» Er ließ den Motor wieder anspringen, und als sich der Wagen in Bewegung setzte, explodierte der Chauffeur in einem letzten Anfall unkontrollierbaren Zorns: «Du stinkige Mutterfotze.»

Das Motorengeräusch nahm gleichmäßig zu, als der Wagen an Geschwindigkeit gewann, starb gradweis ab, wie die Entfernung den sausenden Wagen verschluckte.

Der Mann ging jetzt etwas langsamer, hielt sich an die dunkle Erde neben dem dunklen Ablaufgraben, der sich die ganze Straße entlangzog. Er ging am düsteren Postgebäude vorbei, und unfreiwillig beschleunigten sich seine Schritte, als er den kleinen steilen Hügel dahinter abwärts stieg. Unten über der Straße warfen die Lampen ein unbestimmtes Licht auf die Reihe alter Handelshäuser, und ihr Licht prallte dumpf zurück von den Wellblechschutzdächern vor den Geschäftstoren, unter denen der Nachtwächter schlief. Er ging an der U.T.C. vorbei, der G.N.T.C., der U.A.C. und der französischen C.F.A.O. Hier hatte es schon immer Geschäfte gegeben, soweit er sich zurückerinnern konnte. Die G.N.T.C. wurde jetzt natürlich als etwas Neues angesehen, aber in Wahrheit hatte mit der Unabhängigkeit nur der Name gewechselt. Der Laden war immer hier gewesen, und in den früheren Tagen hatte er einem Griechen gehört und war unter dessen Namen bekannt gewesen. A. G. Leventis. In gewisser Hinsicht war es etwas Neues. Aber die Geschichten, die darüber zu hören waren, waren nicht sehr junge und nicht sehr gesunde Geschichten, sondern die gleichen alten von Geld, das die Hände wechselte, von Kehlen, die befeuchtet, und von Händen, die geschmiert wurden. Nur daß die alten Geschichten, wenn sie jetzt irgendwelchen Zorn erregten, kurz abgetan wurden. Die Söhne der Nation hatten nun die Aufsicht übernommen. Wie genau das Neue dem Alten nachschlug.

Hinter den Geschäftshäusern stieg die schummrige Masse des Yensua-Hügels auf. Wo sein Umriß endete, war jetzt der Himmel zu sehen, immer noch dunkel, aber nicht so dunkel wie die Erde darunter. Auf dem Hügel – ihn beherrschend, wie dieser die Szene darunter beherrschte – die sinnlose Struktur des Atlantic-Caprice; seine steile, flache, mehrstökkige Seite strahlte ein beleidigendes Weiß aus im konzentrierten Scheinwerferlicht des Hotels. Manchmal hatte es den Anschein, als ob dieser Riesenkasten für den bestimmten Zweck hierhergestellt worden war, den massiven Zorn von Leuten in Not auf sich zu ziehen. Aber wenn es überhaupt noch Zornige gab, empfanden sie am ehesten die Einsamkeit von Trauernden an einem Festival der ausgelassenen Freude. Dann aber war der Zweck vielleicht ein anderer, nämlich die Zuneigung von Leuten auf sich zu ziehen, die gerade nach so etwas hungerten. Denn ehrlich zugegeben, der Glanz übte eine Macht aus und verbreitete um sich eine doppeldeutige Atmosphäre. Es wäre schön zu sagen, daß der Glanz nicht verführte. Schön zu sagen, aber weit weg von der Wahrheit. Denn mit der Zeit war etwas Schreckliches eingetreten. Es wurde immer schwieriger zu sagen, ob der Glanz mehr abschreckte oder mehr anzog, ob er mehr anzog oder mehr abstieß oder beides gleichzeitig tat, in einem widerlichen Gefühlsgemisch – vor allem in diesen schweren Tagen.

Unterhalb der C.F.A.O. reihten sich die Lebensmittelstände gegenüber dem Block. Sie waren um die Zeit verlassen, außer daß lange Streifen von Orangenschalen dalagen, fette Würmer, die sich um den Abfluß der Abzugskanäle ringelten, mit ihrer weißen Innenseite in der Dunkelheit seltsam leicht zu erkennen, und dann die weniger gut unterscheidbaren Maishüllen, welche die längst verschlungenen Kenkey-Ballen zusammengehalten hatten. Der Mann blieb stehen, als er sich dem großen Gebäude gegenüber den Ständen näherte. Der Block, das war der Block.

Immer wieder verwunderte ihn dieser Bau mit seiner untersetzten Massigkeit. Es war nicht denkbar, daß dieses Ding jemals als schön gegolten hatte, und doch schien ein Gutteil Sorgfalt für die Herstellung der Backsteine aufgewendet worden zu sein. Jeder Backstein trug den großen Abdruck von etwas Ähnlichem wie dem Blatt einer schräg liegenden Hibiscus-Blüte. Wo die einzelnen Steine zusammentrafen, war ein klarer Trennungsstrich wahrzunehmen, so daß sich das ganze Gebäude von einzelnen Gesichtswinkeln aus wie ein Muster von horizontalen und vertikalen Linien ausnahm. Aber diesen Eindruck gewann man nur aus bestimmten Perspektiven, aus den meisten andern war das Bild, welches das Gebäude bot, weniger gefällig. Jahre um Jahre war das Gebäude in unregelmäßigen Abständen verputzt, übertüncht und übermalt worden, gewöhnlich in einem offiziellen Dunkelgelb. Zwischen diesen einzelnen Verschönerungsmaßnahmen waren die Mauern umschmeichelt und durch und durch überdeckt worden vom Staub, der von der Straßenseite hochkam, zusammen mit dem Gemisch aus Kohle- und Kiesstaub des Rangierbahnhofs, der darum herum und dahinter lag, und die Mauerecken, wo die Leute vorbeigingen, waren stets feucht vom Maschinenfett, das Tausende von vorbeistreifenden Händen abstrichen. Jede neue Zugabe wurde aufgenommen wie ein weiteres Kapitel in einer Fortsetzungs-Geschichte, deren Anfänge vergessen waren und um deren Ende sich wahrscheinlich niemand kümmerte. Die Trennungslinien zwischen den Backsteinen gab es nach wie vor, aber von den meisten Punkten aus schienen sie sich aufzuheben in einer wachsfarbenen Verschmelzung. Auch das Blumenmuster hatte seine Farbkrusten abgekriegt, so daß das Ganze zuletzt den Eindruck teigiger Schwere machte. Selbst am Tag hielt dieser Eindruck an und wurde in der Tat noch verstärkt durch die überflüssige Dreistigkeit einer Zementrelief-Beschriftung auf der Vorderfront:

Eisenbahn- & Hafen-Verwaltungs-Block
MCMXXVII.

Der Mann verschwand in der riesigen Öffnung in der Fassade und ging die breite Zementtreppe auf der rechten Seite hoch. Wie im Schlaf hielt er sich zur Linken und langte nach dem Geländer, doch wie er dieses auch nur anrührte, zog er die Hand mit einer instinktiven Geste von Widerwillen zurück. Das Geländer hatte bei der Berührung mit den Fingerspitzen etwas unangenehm Organisches. Eine schwache Glühbirne hing, befestigt an einem dünnen unsichtbaren Faden, über der ganzen Treppe. Bei dieser Beleuchtung war es kaum möglich, das Geländer genau zu sehen, es zog sich hin wie ein langes Stück kranker Haut. Das Geländer war ursprünglich aus Holz; und durch die tiefsten Risse im Überzug aus anderem Material kam zuweilen ein Stück uraltes braunes Holz zum Vorschein. Es gab viele Risse, wenn auch nicht alle so tief bis zum darunter liegenden Holz gingen. Die Risse waren nicht mehr kantig, sondern abgegriffen und ausgefressen in einem unmerklichen Verfallsprozeß. An einigen Stellen schien das Holz übermalt worden zu sein, aber das war wohl vor geraumer Zeit geschehen. Denn seit langem wurde nur Wichse, verschiedene Arten von Holz- und Bodenwichse, verwendet. Es war unmöglich auszumachen, wie viel Wichse an wie vielen Lappen das Holz auf dem Treppengeländer schon überlebt hatte, aber es war sicher genug Ronuk und Mansion gebraucht worden, um dem Ort nun einen untilgbaren Gestank von fauligem Terpentin zu geben. Was hier stattgefunden hatte, was jetzt stattfand und was in den kommenden Jahren stattfinden würde, war eine Art Krieg, ausgetragen im Schweigen vergangener Zeiten, ein Kampf, bei dem nur die klaren und unheimlichen Augen und Ohren wahnsinniger Seher den unerklärlich leichten Atem der Kämpfer entdecken konnten.

Das Holz darunter sollte gewinnen und wird gewinnen bis ans Ende aller Zeiten. Darüber war kein Zweifel erlaubt, nur der Schmerz der ewig zur Enttäuschung verurteilten Hoffnung. Das war völlig klar. Sicherlich, es lag in der Natur des Holzes zu verfaulen, die Wichse, so wurde angenommen, konnte dieses Verfaulen aufhalten. Aber am Ende war es ganz selbstverständlich, daß die Fäulnis alles in ihre Arme nahm und jede Anstrengung aufhob. Sie brauchte nicht einmal zu kämpfen. Sie brauchte nur da zu sein, das genügte. Im natürlichen Lauf der Dinge wird sie immer das Neueste an verschiedenen Wichsen und an aufschneiderischen Reinigungs-Chemikalien aufnehmen und alles in triumphierenden Schmutz umwandeln und wieder auf Wichse warten und wieder und wieder. Und das Holz war nicht allein.

Neben dem Holz gab es die Menschen, so viele Hände und Finger, die dem Holz auf seinem Gang zur Verfäulnis halfen. Finger der linken Hand, auf ihrer rücksichtslosen Fahrt von einem rasch geputzten After über das Geländer hinauf, wenn die Besitzer der Finger aus den Toiletten unten zu den Büros oben stiegen. Finger der rechten Hand, noch feucht vom nicht ganz abgeschüttelten Urin und von fadem Schenkelschweiß. Die schwieligen Hände der Ausläufer suchten, nachdem diese ihre Nasen in sie hineingeschneuzt hatten, einen guten Platz, um den festgeriebenen Rotz anzubringen. Nachmittagshände, nicht ganz sauber gewischt von der Palmsuppe und den Kenkey-Resten. Das Holz würde immer den Sieg davontragen.

2

Das fahle Morgenlicht bewirkte, daß alle Farben im Büro sich ungewohnt ausnahmen. Die Fenster zur linken und zur rechten hatten nun einen öliggelben Glanz, der die eigentliche Farbe verdeckte. Mehr in der Mitte, wo das ausladende Pult des Tages-Beamten stand, waren alle Holzstühle in zwei Reihen aufgestellt und gegen die Tischkanten nach vorn gelehnt.

Als der Mann am Tisch vorbeiging, strich seine Hand über die Rückenlehne eines der Stühle. Es waren Flecken darauf, so daß er sich fast wie das Geländer anfühlte. Ohne sich über seine Bewegungen Rechenschaft zu geben, ertappte sich der Mann dabei, wie er den Daumen gegen die Finger rieb, die mit dem Stuhl in nahe Berührung gekommen waren, als erwarte er, darauf feuchte Rückbleibsel vom Stuhl oder vom Geländer zu finden.

Vom Büroboden fiel das Licht stumpf zurück, wie ein Ball, dessen Hüpfen abstarb. Zwischen den einzelnen Holzfliesen hatte sich Schmutz und Wichse angesammelt, was in dem schummrigen Licht heller als das Holz wirkte. Diese Ansammlungen von Schmutz und Wichse bildeten stellenweise Wülste, die dem Fuß einen kleinen Widerstand boten.

Am Kontrollpult saß immer noch der Beamte von der Nachtschicht, aber er war eingeschlafen. Sein Kopf ruhte schwer auf seinem rechten Arm, den er versucht hatte zu einem bequemen Kissen zu biegen. Der Arm war auf die eine Seite gekippt, so daß der Kopf des Beamten nun in der Armkrümmung

die Tischfläche berührte. Der andere Arm hing frei, dann und wann schwang er kaum merklich neben dem abgenutzten Stuhl.
Ohne Lärm zu machen, näherte sich der Mann dem Schläfer und faßte ihn an. Zunächst zeigte dieser keine Reaktion, da verstärkte der Mann den Druck auf der Schulter des Schläfers, steigerte ihn, bis der andere erwachte. Der Schläfer fuhr mit einem kurzen heftigen Schreck auf. Als er aus seiner dösenden Dunkelheit zurückkehrte, verlor sein Gesicht alles Sanfte und wurde angespannt, wie das einer Person, die eben den Entschluß faßte, etwas ebenso Schmerzliches wie Unvermeidliches zu tun. Und sein Mund, über den er keine Gewalt hatte, krümmte sich.
«Was? Was?» sagte der Beamte, seine Stimme klang ängstlich, fast ein Schrei.
Der Mann sah dem Erwachenden gerade ins Gesicht und lächelte. Das Lächeln schien dem Beamten die Sicherheit zurückzugeben, und aus seinem Gesicht verschwand der Schrecken.
«Oh», sagte der Beamte, «müde.» Als er redete, fuhr er mit zwei Fingern über Wange und Mund in einer langsamen nachdenklichen Geste.
«Viel zu tun letzte Nacht?» fragte der Mann.
«O nein», sagte der Beamte, «nicht die Arbeit. Aber wenn einer allein ist, die ganze Nacht durch . . .»
«Ich kenne das», sagte der Mann und nickte mit dem Kopf.
«Du hast keine Ahnung», fuhr der Beamte fort, als ob er nicht gehört hätte. «Du hast keine Ahnung, wie übel die letzte Nacht für mich war.»
«Was geschah?»
Für eine Weile gab der Beamte keine Antwort, er sah

nur auf den Mann, als wäre mit ihm etwas Verdächtiges aufgetreten. Dann sagte er mit einer Promptheit, die den Gesprächspartner belustigte: «Nichts. Nichts, überhaupt nichts. Aber ich saß hier, ganz allein, und ich wünschte, daß irgend jemand hereinkäme, aber die ganze Nacht kam keiner. Immer war ich allein.»

So verhielt es sich tatsächlich mit der Nachtschicht. Das traf zu für die toten Nächte, wenn die Stunden sich hinzogen und nur zuweilen unterbrochen wurden durch die Abfahrtssignale von Güterzügen, einsame und leere Stunden. In gewissen Nächten – und in letzter Zeit waren es nicht nur die Nächte vom Samstag auf den Sonntag, sondern ebenso gut auch andere – wurde die Einsamkeit noch bitterer, wenn man aus der Entfernung die Band hörte, die Glück verbreitete, die Musik spielte für jene, welche den ganzen Monat durch Geld ausgeben konnten und welche etwas für ihr Geld erhielten, die Männer des Atlantic-Caprice. Und manchmal ein plötzliches Autohupen, kurz aufgellend und dann für immer verschluckt, jeder einzelne Laut ging irgendwohin weit weg. Und unter diesen einzelnen Aufschreien die Nacht selber, ein langer unendlicher Ton im Ohr, zu hoch und zu tief, um den Gefangenen zu stören, der zuhört. Und dann das höhnische Rattern des Morseapparates, der dann und wann gnädig in die furchterregende Einsamkeit einbrach.

«Einmal», sagte der Beamte, «wollte ich alles liegen lassen und hinausgehen. Um zwei Uhr früh.»

«Und wohin gingst du?»

«Ich ging nicht. Wenn ich's mir überlege, wohin könnte ich schon gehen?»

«Heim.» Der Mann lächelte ein bißchen.
«Heim?» Der andere gab einen Ton von sich, als würde vergilbtes Papier zerrissen. War es als Antwortlachen gemeint? «Ich dachte an zu Hause.» Die Helligkeit in seinen Augen wich, und die Augenäpfel schienen sich zurückzuziehen und wurden dunkler. Er machte eine Pause, unschlüssig, wie er entscheiden sollte, dann fügte er bei: «Ich bin ganz wohl hier, wenn ich an zu Hause denke.»
Der Mann lachte nun ein viel sanfteres Lachen und ließ die Stille die Worte aufschlucken. Dann sagte er: «Nun ja, war etwas Besonderes los?»
«Nein. In Kojokrom fiel das Kontrolltelefon aus.»
«Wie immer.»
«Ja, wie immer.»
«Und die andern?»
«Schwierigkeiten mit den meisten. Benso war zunächst in Ordnung, aber dann setzte es von Zeit zu Zeit aus. Auch Esuaso.»
Der Mann seufzte: «Immer das gleiche mit dem alten Zeug, das nicht mehr funktioniert.»
«Du kannst den Morseapparat benutzen, der funktioniert.»
«Gut», sagte der Mann.
«Ich habe noch nicht alles eingetragen, ich werde es noch tun.»
Der Beamte wandte sich ab, nahm aus dem Kontrollbuch ein Bleistiftstück, das zwischen den Seiten gelegen hatte, und begann zu schreiben.
Der Mann sah nach der Tabelle über dem großen Pult. Nicht allzu viele Linien, und nur zwei waren rot. Passagierzüge. Eine davon führte in einer Geraden von der Endstation Kansawora den Weg hinauf

nach Kumasi mit nur ganz wenig Zwischenhalten. Die andere rote Linie kam ebenso gerade herunter mit der gleichen Anzahl von Zwischenhalten. Expreßzüge.

Der Rest: Güterzüge und Manganzüge. Der Beamte von der Nachtschicht hatte die Güterzüge nicht mit einem Bleistift, sondern mit einem Grünstift markiert, und dies gab dem Plan Klarheit und machte ihn geradezu schön zum Ansehen. Die Güter- und Manganzüge mußten zuweilen lange warten, bis andere Züge passierten. Gelegentlich wurden sie wegen der Expreßzüge auf Nebengeleise geschoben, aber es kam auch an manchen Orten vor, daß sie aus keinem ersichtlichen Grund aufgehalten wurden.

Der Beamte der Nachtschicht nahm sich geraume Zeit, um die Kontrolle fertig einzutragen. Als er endlich damit fertig war, schloß er das Buch, stand auf und gab den Kontrollsitz frei.

Als der Nachtbeamte sich verabschiedet hatte, ging der Mann hinüber zum freigewordenen Stuhl und sah auf die Tabelle. Aus der Schublade zu seiner Linken nahm er einen Haufen Bleistifte, dann stand er auf und begab sich zur Spitzmaschine, die auf dem Tisch zur Rechten angebracht war. Als er einen Bleistift in die Maschine steckte und an der Kurbel drehte, bewegte sich diese frei im Kreise herum mit der aussichtslosen Freiheit eines Gegenstandes, der nicht faßt. Der Mann gab den Versuch auf und ging an seinen Platz zurück. Er suchte tiefer in der Schublade, bis er eine alte Rasierklinge fand. Er begann die Bleistifte zu spitzen und sah dabei ins Kontrollbuch, um sich zu informieren. Der Nachtbeamte hatte das Datum vergessen, aber sonst war alles sorgfältig in einer peinlich sauberen Handschrift eingetragen:

Arbeitszeit 22.00–06.00
Kontrolltelefone: Ausfall in Kojokrom
Benso
Esuaso
Übertragungsstörungen
Übrige Stationen funktionieren fehlerlos
Mangan:
Vier Züge heute abend
Morgen: keine
Güterzüge annulliert:
39 G Kein Strom
29 G Kein Zugführer [Unfall unterwegs]
Zuteilung der Gleise:
Triebwagen von Bahnhof Kansawora morgen nach Esuaso.
Zugeteilt Ingenieur-Abteilung. Abfahrt: 08.00.
Unfall: Klasse B, zwischen Benso und Esuaso.
J. K. Ackonu
Nacht-Kontroll-Beamter

Der Mann fügte seine Unterschrift zu der des Nachtbeamten und schlug eine frische Seite im Kontrollbuch auf.
In dem Augenblick öffnete sich die Tür, und der erste Ausläufer trat ein; er strahlte.
«Hallo, Kontrolleur», sagte er in herzlichem Ton.
«Hallo.»
Das Kontrolltelefon läutete. «Kontrolle, Kansawora», sagte der Mann in die Sprechmuschel.
«Oh, Sie sind dort», sagte die Stimme am andern Ende. «Hier Stationsvorsteher Angu.»

«Ja.»
«15 G Ankunft Angu 6.02. Weiterfahrt 6.11. Zeit buchen.»
«Schön.» Der Mann legte den Hörer nieder.
Der Ausläufer kam zur Kontrollstelle hinüber. Er schmunzelte noch immer.
«Du siehst vergnügt aus», sagte der Mann zu ihm.
Der Botenjunge gab sein Lächeln nicht auf, wobei er so verlegen dreinschaute wie ein Mädchen, das seine erste Liebe gestehen will: «Ich habe etwas in der Lotterie gewonnen.»
«Glück muß man haben», sagte der Mann. «Wieviel?»
Der Ausläufer zögerte, ehe er eine Antwort gab: «Hundert Cedi.»
«Das ist nicht allzuviel», lachte der Mann.
«Ich weiß», sagte der Ausläufer, «aber es gibt so noch genug, die mir helfen wollen, es aufzufressen.»
«Sie werden sich auf alle Fälle melden.»
«Nein. Niemand wird es erfahren.»
«Hast du einen Decknamen gebraucht?»
«Das nicht, mein Gott», er lächelte.
«Wenn's dir nur gut geht.»
«Ich bin glücklich, aber ich habe Angst», der Ausläufer runzelte seine Stirn.
«Juju-Zauber?» lächelte der Mann zurück.
«Nein, kein Zauber. Aber du kennst unser Ghana.»
«O ja.»
«Es heißt allgemein, es gebe nichts, was ghanesischer wäre als die ghanesische Lotterie.»
«Du fürchtest, daß du nicht zu deinem Geld kommst?»
«Ich kenne Leute, die gewannen letztes Jahr mehr

als fünfhundert Cedi und warten immer noch darauf.»
«Waren sie bei der Polizei?»
«Wozu?»
«Um zu ihrem Geld zu kommen.»
«Du machst einen Witz», sagte der Ausläufer, «zur Polizei gehen, kostet dich erst recht Geld.»
«Was willst du denn unternehmen?»
«Ich hoffe, daß ein Lotteriebeamter bereit ist, einige Cedis abzuzwacken und mir dann den Rest auszubezahlen.» Das Lächeln des Ausläufers erstarrte.
«Du willst einen Staatsbeamten bestechen?» lächelte der Mann.
«Das ist Ghana», sagte der Ausläufer, wandte sich um und wollte gehen. Der Morseapparat begann zu ticken.
«Kojokrom Station.»
«Kansawora hier.»
«Kontrolle. Wann Ankunft Ch. Ing.?»
«Abfahrt Kansawora 08.00.»
«Danke.»
«In Ordnung.»
Nach acht füllte sich das Büro rasch, als die Beamten der Tagschicht kamen, mit ihren kleinen Scherzen und dem Geplauder über die wenigen Arbeitstage und die lange Karwoche. Dann setzte die Tagesarbeit dem Geplauder ein Ende, selbst die, welche nicht viel zu tun hatten, begannen still zu werden. Dafür sorgte die Hitze, die aufkam und müde machte.

3

Nach zwölf konnten selbst jene, die im Büroraum waren, sagen, daß draußen die Sonne hochstand. Der rostbraune Ventilator drehte über ihren Köpfen, aber er arbeitete mit solcher Langsamkeit, daß er mehr Lärm als Luft von sich gab und das «Verkehrs-Kontroll-Büro» auf eine merkwürdige Weise ungemütlich machte. Aber es war nicht nur die Hitze und nicht nur die Feuchtigkeit. Und es war nicht nur der nutzlose Lärm des Ventilators, der sich mit dem Rattern der Morseapparate mischte. Es war das Zusammentreffen von all dem, was ein Durcheinander schuf, das nicht weiter zu definieren war und gegen das aufkommen zu wollen, völlig unsinnig war. Die Feuchtigkeit im Raum kam zum Teil vom Meer, das nicht weit weg lag. Es war jeweils möglich, ganz deutlich das Salz zu spüren, das an den Wänden und an deren Anstrich fraß, man brauchte dafür nur mit der Hand über die feuchte Oberfläche zu fahren und an der klebrigen Masse zu riechen. Aber zum andern Teil kam die Feuchtigkeit von den Leuten selbst, von jedem, der im Büro arbeitete, denn jedermann schwitzte stark. Aber er schwitzte nicht nur, weil er irgendeine Arbeit verrichtete, sondern wegen einer Auseinandersetzung, die unentwegt in ihm selber stattfand, so daß das Salz des Meeres und der Schweiß zusammen mit dem Ventilator eine Atmosphäre erzeugten, in die sie gequält und schläfrig kamen, in der sie arbeiteten und aus der sie wieder stumm an den Ort gingen, dem sie am frühen Morgen entflohen waren. Es gab keinen Zweifel, daß

es bei ihnen zu Hause überall gleich aussah. Überall, außer bei denen, die über die Kühnheit für das Karriere-Klettern verfügten. Und zu diesen gehörte der Mann nicht.
Um halb zwölf waren wie gewöhnlich alle Linien erledigt. Nur noch einige wenige Güterzüge sollten herunterkommen, aber da war kein Zug, der nordwärts fuhr und mit ihnen hätte kollidieren können. Das war der Augenblick, um über die Morseapparate Witze voller Selbstmitleid zu den Eisenbahnangestellten auszuschicken, die auf ein totes Nebengeleise abgeschoben worden waren, wo sie zwar reich wurden an Lebendfracht und an den Ernten, an denen man sie beteiligte, aber wo sie arm wurden im Herzen ob dem selbstmörderischen Wunsch, wieder ins behaglichere Zentrum zurückzukehren. Bis zum alten 13.50-Zug, der Tarkwa-Gold und Aboso-Magnesium zu den griechischen Schiffen brachte, die im Hafen warteten, blieb alles friedlich.
Der Mann gab eine Meldung durch, an wer sich auch immer im «Insu-Rangier-Büro» aufhielt: «Pause bis zwei Uhr.»
Ein freundliches Rasseln antwortete. Zunächst war es bedeutungslos, ein guter musikalischer Rhythmus. Als es sich auffing, teilte es mit: «Ja, Mittagszeit.»
Ohne zu überlegen, was er sagte, tippte der Mann: «Nichts zu essen.»
Insu-Rangier-Büro antwortete: «Genug hier.»
Und ein Gespräch hatte begonnen.
«Gratuliere.»
«Kommen, Transfer leicht.»
«Kann nicht.»
«Warum nicht?»

«Geheimnis.»
«Familie?»
«Geheimnis.»
Wieder setzte das Rasseln von Insu ein, diesmal nicht so bedeutungslos, nicht so lustig und musikalisch, sondern als ein weiches wohlwollendes Zeichengeben, wie wenn der andere mitteilen wollte, er wisse nicht, könne aber verstehen. Der Mann antwortete mit einem kurzen Rattern, er sah dabei auf die Maschine und wunderte sich in Gedanken, wie nah sich gelegentlich Menschen kommen konnten, um sich ihre wunden Stellen zu zeigen, dann wandte er sich an den Nebenmann zur Linken: «Du bist dran.»
Die Antwort kam wie immer automatisch: «In Ordnung.»
Der Mann ging langsam die Treppe hinunter, vorbei am Geländer und der Glühbirne mit ihren Spinngeweben. Unten, als er zum Eingang kam, ging er hinaus auf die Straße, über der praller Sonnenschein lag und von wo Staub in Hitzewellen aufstieg. Er tat es mehr aus Gewohnheit denn aus einem andern Grund: Bevor er nahe genug gewesen wäre, um aus dem Geschrei einzelne Worte der Eßwarenhändler und deren Kunden unterscheiden zu können, drehte er nach links ab und ging auf der rechten Straßenseite hinunter zum Hafen.
Zu einem solchen Zeitpunkt, wenn es schon bald gegen Monatsende ging und wenn nur das Halb-Leben der Karwoche anzutreffen war, eignete sich die Mittagspause nicht zur Erholung – vorausgesetzt, man schließt sich der stets wachsenden Zahl jener an, die überzeugt waren, so tief in der Verzweiflung zu stecken, daß nichts im Leben mehr sie schrecken

konnte. Es waren jene, die am Ende waren, und so früh, so entsetzlich früh, genug von etwas in ihrem Leben hatten und von den Leben um sie, daß sie von der völligen Nutzlosigkeit jeder Anstrengung überzeugt waren, jemals dem Hexenkreis von Schulden und Darlehen, Darlehen und Schulden herauszukommen. Hinter diesem Ende konnte man nichts anderes mehr tun, als sich tiefer und tiefer in Löcher einzugraben, die immer weniger mit dem Leben zu tun hatten. Aber vielleicht konnte sich ein solcher lebendiger Toter trösten mit der Halbüberlegung, daß es so viele andere lebendige Tote neben ihm gab. So viele, so schrecklich viele, daß am Schluß vielleicht die Anstrengung, sich ihnen nicht anzuschließen, in nichts anderem endete als nur in einer andern, weit trostloseren Art, ein lebender Leichnam zu sein.

Indem er an den ewigen Leerlauf dachte, welcher den Menschen nicht größer und bedeutungsvoller machte als kleine kurzlebige fliegende Ameisen in Regennächten, folgte der Mann der Linie der Eisenbahngleise, wo sie abbogen und wegführten vom Rangierbahnhof und zu einem melancholischen Stoß ins Landesinnere ansetzten. Auf dem Kiesbett unter den Schienen mischten sich Asche, verlorene Klumpen von Eisenbahnkohle und rauchendes Schmierfett und riefen in irgendeiner Gegend seiner Kehle den stickig warmen Gestank von Verzweiflung und Aussichtslosigkeit wach, wie man ihm in vielbenutzten Küchen begegnet, diese in langer Zeit verbrauchte Atmosphäre von Schwaden erniedrigenden Rauches. Weit draußen wurden die Gleise klare, leuchtende Linien, und die Luft über dem Stahl zitterte in der Sonne, bis alles im Mittagslicht flüssig und nicht mehr länger fest zu sein schien. Die Bitterkeit, die sich in seinem Munde angesammelt hatte, verlor sich unmerklich, bis plötzlich nichts mehr da war als nur eine übertrieben scharfe Klarsicht und ein klarer Geschmack, der aufkommt, wenn man mit Erfolg dem Hunger trotzt. Ohne weitere Gedanken sah er, wie die kleinen zusammengewürfelten Hütten der Saisonarbeiter aus dem Norden vorbeizogen. Nur eine kleine, kaum spürbare Anstrengung war nötig, um achtzugeben, daß er beim Gehen nicht auf die heißen Gleisschwellen trat. Im Graben, der sich der linken Gleisseite hinzog, staute sich an verschiedenen Stellen unüberwindlicher Dreck, obwohl sich darunter immer noch etwas Wasser abmühte durchzufließen. Nichts bedrückte ihn, als er so schlenderte, und selbst das leichte Schwindelgefühl, das sich mit der Klarheit seines hungrigen Blickes eingestellt hatte, war begraben unter einer ungewohnt glücklichen Leichtigkeit. Etwas weiter führten die Gleise über eine schmale Brücke von Zement und Beton, und der Dreck, der sie bisher begleitet hatte, tropfte herunter. Der Mann überquerte die Brücke, wandte sich dann nach rechts und setzte sich auf die Brückenverstärkung aus Zement. Die Brükke selber war solide gebaut, aber der Damm mußte einem nachträglichen Einfall entsprungen sein. Auf der rechten, wo er saß, hatte sich ein großer Zementblock aus dem Ganzen gelöst, war heruntergefallen und lag nun in dem dicken Strom, der unter der Brücke hervorkroch, und bildete dort ein Wehr. Hinter ihm wurde der Schmutz für die Dauer eines schwebenden Moments aufgehalten, so daß das Wasser durch ein Loch zwischen dem hinuntergestürzten Block und dem Gegenufer entkommen konnte, und dieses Wasser besaß eine Reinheit, die nichts mit dem zu tun hatte, woher es kam. Selbst die kleine, durch das Wehr verursachte Fallhöhe genügte, daß das Wasser mit Wucht auf dem Grabenboden aufschlug, die weiche Erde bis auf die härtere Unterlage wegfraß und so die abgeschliffenen Steine am Grund bloßlegte, über welche das klare Wasser floß. Wie lange konnte diese Reinheit bewahrt werden? Weit draußen, wo der Bach in das Meer mündete, sah er, wie das Wasser alterte und zum Schmutz seiner Anfänge zurückkehrte. Sein Blick wanderte zurück, und er war zufrieden mit der Reinheit, die so lange dauerte, bis die unvermeidliche Verschmutzung wieder eintrat. Es war eine Befriedigung, welche nur dieses ausgeglichene Geschehen ermöglichte. Da war nichts von der doppeldeutigen Aufregung, mit welcher der Glanz seine Umgebung verwirrte. Und doch war hier etwas, das jenem Glanz sehr nahekam: diese Klarheit, dieses wundervolle Freisein von Schmutz. Aber irgendwie schien es hier eine Reinheit und einen Frieden zu geben, die der Glanz nie vermitteln konnte.

Aus der Richtung des Rangierbahnhofes kam das wimmernde Pfeifen einer alten Dampflokomotive die Gleise herab und tauchte mit verwirrender Langsamkeit in der unklaren Ferne hinter ihm unter. Das Pfeifen brachte den unbestimmten Geschmack einer Trauer mit sich, die so rasch wuchs, daß der Mann Fragen zu stellen begann. Diese Fragen waren ihm zwar nicht neu, doch hatte er keine Hoffnung, auf sie eine Antwort zu finden – so unwesentlich war, was sie zu erreichen sich anstrengten. Warum sollte es zwischen hier und dort notwendigerweise eine Beziehung geben? Warum verhielt es sich so, daß das Pfeifen eines einsamen Zuges, das sich in der weiten Ferne des Waldes verlor, in der Luft ein Gefühl von anhaltender Trauer zurückließ? Zur Klarheit seines hungrigen Blickes war nun eine ebenso klare Traurigkeit hinzugekommen, als er sich erhob, um zurückzukehren. Die Trockenheit in seiner Nase hielt an, und es gab nichts Feuchtes, weder in seinem Mund noch in seinen Augen. Der Gedanke ans Essen löste eine Vorstellung von Einnehmen und Ausscheiden, von Anfang und Ende aus, so daß keine Gier aufkam, die befriedigt werden mußte. Er ging ruhig den Weg zurück, den er gekommen war, sah nach allem, das er auf dem Herweg oberflächlich betrachtet hatte, mit seinem klaren Blick. Er ging gemächlich zurück, den Eisenbahnlinien entlang, auf der staubigen Straße, vorbei an den letzten Arbeitergruppen, die noch Mittagspause machten. Erst als er ins Gebäude trat und wiederum die Treppe zum Kontrollbüro hinaufstieg, legte sich die Düsterkeit des Ortes über die Klarheit all dessen, was er gesehen hatte.

Beim Hinaufsteigen kamen ihm Gedanken, die ihn an anderen Tagen in die Verzweiflung getrieben hätten, mit überraschender Unverbindlichkeit. Der erwachsene Mann quält sein Hirn; warum geht er nicht jetzt schon bis zum Äußersten und ruht sich nachher für immer aus, wenn das möglich wäre. Als er die Tür zum Kontrollbüro öffnete, begab er sich nicht direkt auf seinen Platz am langen Tisch mit den Diagrammen der Eisenbahnlinien davor, sondern ging statt dessen am Tisch vorbei bis ans Ende des Büros, wartete vor einem Schalter, hinter dem ein Männchen mit hochgezogenen Brauen immer und immer wieder die vier neuen Comic-Strips vom Tage studierte. Nichts deutete darauf, daß er in das Geheimnis dieser Zeichnung eindrang, so gab der kleine Mann auf und blinzelte den Wartenden zu.

Die Nasenlöcher des Männchens zuckten alle paar Sekunden unfreiwillig seitwärts, was seine Absicht, sich den Anschein von Gewichtigkeit zu geben, nicht gerade lächerlich machte, aber die Umgebung doch irritierte, in jener besonderen Weise, in der die Anstrengungen eines Ghanesen irritieren, der sich abkämpft, so korrekt wie ein Engländer zu reden.

«Hmmm – wass bin ich imstand für Sie tun zu können?» Ein ungezähmter, rascher Sing-sang-Vortrag, ein Hauch von Selbst-Applaus nach einer brillanten Rede, eine zuckende Nase, der blinde Verrückte.

«Formular.» Das Gesicht des Dummkopfes verwandelte sich in eine Maske von Verwunderung; worüber, zum Teufel, konnte man hier bloß verwundert sein.

«Überstundenscheine? Nehme an, daß Sie so was meinen.» Als hätten andere Scheine gemeint sein können! Die Anspannung, welche die korrekte Aussprache von ihm forderte, bewirkte gleich ein doppeltes Zucken; darnach fiel das Gesicht in einem gleichmäßig unfreiwilligen Anfall von Entspannung in sich zusammen.

«Ja, Überstundenformulare.»

Nun gab das Männchen ein Lächeln von sich, das von innigster Vertrautheit zeugte. Aus einer Schublade zu seiner Rechten holte es den Block mit den Scheinen hervor. «Bloß ein Witz», sagte es. Der Mann war dankbar, daß der Akzent des andern nun natürlich und entspannt war, gab aber keine Antwort. Als er das Formular ausfüllte und unterschrieb, gab das

Männchen zum Besten: «Schweine Geld.» Immer noch keine Antwort. Das Männchen zog sich in seine offizielle Position zurück. «Ach so, bis neun Uhr.»
«Sieben Uhr.»
Das Männchen schielte dramatisch auf das Formular. «O ja, sieben Uhr abends. Ich verstehe!»
Der Mann sah schweigend zu, wie das Männchen das Formular zu den andern zurücklegte, dann drehte er sich um und ging zu seinem Platz am langen Tisch. Der Mann zu seiner Linken hatte nichts zu berichten. Nicht viel war geschehen.
Er setzte sich nieder, den Blick auf der großen Tabelle mit all den Linien und dem Tausendfüßler von Namen aller kleinen Seitenstationen. Nicht viel war geschehen. Nicht viel würde geschehen. Der Nachmittagsverkehr war flau und spärlich. Vielleicht würde von einer Seitenstation irgendwo nahe einer Mine ein Zug losfahren, Güterwagen mit rissigen Balken, nur noch durch rostige Platten und Nieten zusammengehalten; er würde die heißen Schienen abfahren bis zu einem langweiligen Aufenthalt an einem gottvergessenen Ort und dort weitere langweilige Tage warten, bis die Zugskomposition zurück verschoben wurde, hinunter ans Meer, das so weit weg war. Nach einer Weile war es möglich, nicht mehr auf den Lärm des Ventilators zu achten. Auf dem Morseapparat kam eine lange Rolle zum Vorschein, die einem nur auf die Vermutung bringen konnte, daß am langen Telegrafenende unverkennbar Verrückte saßen. Es konnte auch das bekannte Röcheln von Männern sein, die sich zum Sterben anschicken. Nach einer Weile, als es nicht mehr länger möglich war, das Rattern zu überhören, tickte der Mann zurück

und bat um «Ruhe», dann gab er die Nachricht durch: «Aufhören.»
Die Rolle erschien wieder, herausfordernd und hartnäckig. Der Verrückte am andern Ende mußte erzürnt sein. Erneutes Pochen. Eine kurze Pause. Dann fragte der Mann in einer Art halber Versöhnung: «Wer bist du?» Wieder eine Rolle, sehr lang und sehr sinnlos. Aber am Ende dann trug sie die Unterschrift: «Obuasi.»
Das war wenigstens etwas, und das verdiente auch eine Antwort.
Der Mann drückte die Morsetaste, ganz leicht: «Hallo.»
Mit erstaunlicher Geschwindigkeit kam die Antwort, diesmal völlig zusammenhängend und auch am Ende zu entziffern: «Warum sind wir damit einverstanden, daß es so weitergeht?» Dann wiederum das Rattern.
Die Frage wurde mehrere Male wiederholt und wechselte mit langen, nicht beantworteten Rollen auf der Maschine ab. Um sich selber daran zu hindern, aus lauter Zorn den Apparat abzustellen, wandte sich der Mann ab und betrachtete den Ventilator. Mit jeder Drehung des Ventilators schien der Verrückte am anderen Ende nachzugeben. Nur noch eine andere schwache, nutzlose Bewegung mußte geschehen, und die Metallblätter am Ventilator würden einen Kreis mehr vollendet haben. Erst eine Stunde später hörte der Lärm endgültig auf, um halb fünf.
Mit einer Eile, die aus purem Instinkt kam – trotz so vieler Jahre voller Enttäuschungen und eingestandener Resignation –, legten die Beamten beiseite, was sie ihre Arbeit nannten, und machten sich zum

Gehen bereit. Woran dachten sie in ihrer Eile? Vielleicht muß gesagt werden, daß sie sich im Augenblick keine Gedanken darüber machten, daß sie nichts hatten, um dessentwillen sich Eile lohnen würde. Alles, was sie wußten, war, daß sie entfliehen konnten.

«Gute Nacht.»

«Gute Nacht.»

«Wiedersehn.»

«– sehn.»

Es war eine schreckliche Erkenntnis. Aber das Büro lastete weniger, wenn die andern gegangen waren. Das Bedrückende war noch immer da, aber es waren nicht die Gesichter und Körper da, welche es bestätigten; es war leichter, dies zu ertragen, sich dagegen zu wehren und sich vorzustellen, daß es eines Tages überwunden werden könnte. Die Welt war einmal mehr nicht hier, nicht gegenwärtig mit ihrer grauenhaften Nähe, sondern etwas, was draußen lag. Warum war die Meinung, daß es in der Einsamkeit nur Schmerz gibt, so verbreitet.

Der Morseapparat begann loszurattern und teilte Einzelheiten mit über ankommende Züge, und eine Nachricht kam übers Telefon die ganze Linie von Konongo herunter.

«Ferguson, 17.21 Minenzug neun Minuten Verspätung für Kansawora.»

«Position?»

«Nsuta B, nähert sich A.»

«Danke.»

«Danke.»

Wiederum die tröstende Einsamkeit. Der Mann setzte auf der großen Wandtabelle das Wegfähnchen unter die Linien.

«Ferguson, 17.20 dreizehn Minuten Verspätung.»
«. . . Verspätung.»
Durch die Tür trat ein Dickbauch, in ein Kentegewand gehüllt. Die Füße unter dem Wanst schlurften, und in den Falten des schweren Stoffes waren Fleischwülste mit eingeklemmt. Die Sandalen waren aus dickem Leder, überzogen mit viel zu vielen Quasten und Knaufen, aber der Stolz des Trägers hatte etwas mit Troddeln zu tun. Der Besucher sah sich um und erblickte niemanden außer dem Mann.
«'n Abend», schrie der Besucher und kam näher.
«Guten Abend.»
Der Besucher hatte den Mund eines Wolfs. Wenn er redete, merkte man, warum das so war: Kinder haben für solche Zähne einen Namen. «Geschwisterchen» nennen sie sie, die reihenweise wachsen und wo hinter einer zweiten Reihe gar eine dritte nachstößt. Der Mann langt nach rechts, drehte über sich das Licht an, wandte sich um und schaute dem Besucher ins Gesicht.
«Ich suche den Zuteilungsbeamten», sagte der Besucher. Sein Wolfsmund verzog sich zu einer Miene, die als Lächeln gemeint war, völlig überflüssig und verwirrend.
«Welchen?»
«Welchen?» Der Besucher war so betroffen, daß er unfreiwillig seine Schnauze schloß, aber die Lippenwülste, obwohl wuchernd vorhanden, reichten nicht aus und hingen um die Generationen von Zähnen herunter; trotz aller Anstrengung klafften die Lippen weiterhin.
«Es gibt zwei Zuteilungsbeamte. Einen für den Fahrplan und einen für die Fracht.»

«Aha, ich verstehe.» Der Besucher lächelte wieder. «Güterwagen. Es handelt sich um Frachtgut.»
«Frachtgut. Sie hätten früher kommen sollen, in dieser Abteilung gehen die Beamten um halb fünf nach Hause.»
«Oh, ich weiß», sagten die Zähne, «ich weiß, aber ich glaubte, ihn nach der Arbeitszeit antreffen zu können.»
«Haben Sie mit ihm einen Zeitpunkt vereinbart?»
«Eigentlich nicht. Aber jemand sagte mir, das sei die richtige Zeit, um deswegen zu kommen.»
«Um wofür zu kommen?» fragte der Mann.
Das Fleisch einer Schnauze zog sich in grotesker Weise von den Zähnen zurück, und der Besucher zögerte, überlegte, wie er das vorbringen könnte, was er sagen wollte.
«Eigentlich», sagte er, «eigentlich ist es ein bißchen privat.» Seine Augen glitten über die Tabelle hinter dem Mann. Er raffte die Falten seines Kenke-Kleides im rechten Armwinkel zusammen und warf den Stoff über die Schulter. Seine Lippen bewegten sich einige Male vorwärts und rückwärts über sein verunstaltetes Zahnfleisch. Dann schien er einen Entschluß zu fassen über das, was ihn so unruhig machte.
«Bruder», sagten die vielen Zähne, «Bruder, auch du kannst mir helfen.»
«Ich?» Darauf war der Mann nicht gefaßt.
«Ja, Bruder», sagte der Besucher, «und ich werde es dich wissen lassen, wenn du mir geholfen hast.» Die Lippen hatten die Gewohnheit, nach dem Reden Bläschen zurückzulassen und Spuren von trübem Schleim, dessen gelbe Farbe nicht von der Glühbirne darüber stammen konnte.

«Ich reserviere nicht», sagte der Mann: «Der, der bucht, ist schon gegangen.»
«Ich weiß, Bruder, ich weiß.» Nun sah der Besucher nicht mehr länger an dem Mann vorbei auf die Tabelle hinter ihm an der Wand. Jetzt sah er dem andern direkt in die Augen. Auf seinem Gesicht lag ein angespannter Ausdruck, der teils daher kam, daß er das Nicht-Begreifen des Mannes durchdringen wollte, teils daher, daß dieses Gesicht von Natur aus gar nicht anders konnte.
«Er wird morgen wieder da sein.»
Der Besucher räusperte sich voller Ärger. «Bruder», fragte er, «warum machst du mir alles so schwer?»
Der Ausbruch überraschte den Mann völlig, so daß, was er vorbrachte, ganz von alleine aus ihm herauskam: «Was habe ich denn gemacht?» Der Mann sah, wie der Besucher näher rückte.
«Das müßte ich euch fragen», sagte der Besucher. «Ich müßte euch in diesem Büro fragen, was ich euch getan habe. Warum behandelt ihr mich so?» Der Mann sah fassungslos drein, völlig verwirrt durch die Worte und gänzlich fasziniert von den Zähnen. Auf die Worte zu achten, erforderte eine zusätzliche Anstrengung. «Ihr kennt mich», sagten die Zähne und gingen zum Angriff über. «Ihr kennt meinen Namen.»
«Ich kenne Ihren Namen nicht», sagte der Mann ruhig. Der Besucher sah aus, als wollte er das oder jenes sagen, er verstummte vor Fassungslosigkeit. Er sah den Mann mit Augen an, die allzu unerschütterlich wirkten, und gab ein Lächeln von sich, in dem die duldsame Bitterkeit des Nicht-Begreifens lag.
«Amankwa», sagte der Besucher endlich. «Ich heiße Amankwa. Ich schlage Holz. Holzhändler.»

«Wenn Sie morgen wiederkommen ...», sagte der Mann. Aber nun verschwand das kranke Versöhnungslächeln vom Gesicht des Besuchers, und an seine Stelle trat der ohnmächtige Groll eines betrogenen Mannes.

«Mein Freund», sagte er, «Spaß beiseite. Komm mit mir in den Wald, und ich werde dir etwas zeigen, was dich zum Weinen bringt. Du sollst wissen, ich habe Holz geschlagen, vor langer Zeit schon, und noch immer liegt es im Wald. Die Hälfte davon ist bald verfault. Warum behandelst du mich so? Was bezweckst du?»

«Es tut mir leid», sagte der Mann, «aber ich habe nichts mit den Buchungen zu tun.»

«Ich bin kein Kind, mein Freund, wenn du im gleichen Büro arbeitest, kannst du aus der gleichen Schüssel essen. Was willst du mir eigentlich beibringen?»

«Ich habe meine Arbeit. Der, der die Buchungen macht, hat die seine. Ich mische mich da nicht ein.»

«Warum nicht? Warum nicht?» Der Besucher wurde immer hitziger. «Du meinst, mein Holz soll im Wald verfaulen? Schau, die ganze Zeit sagen sie mir, keine Waggons, kein Platz. Ich aber sehe oft genug die Waggons, die herunterkommen, mit nichts als Steinen drin. Und manchmal leer, leer, mein Freund, leer. Ist das in Ordnung?»

«Wollen Sie mit jemandem weiter oben reden ...»

«Mein Freund», sagte der Besucher. «Mach keine Witze. Mit *dir* muß ich reden.»

«Ich habe es Ihnen schon gesagt: die Buchungen gehen mich nichts an.»

«Du kannst für mich mit dem Beamten sprechen.»

Argwöhnisch schaute der Besucher zur Tür, dann griff seine linke Hand in seine Kente-Falten. Als der Arm wieder zum Vorschein kam, umkrallte die Hand eine braune Brieftasche aus Leder. Sie war nicht allzu dick. Der Mann sah ungerührt auf den Besucher. Dessen Blick war gesenkt, die Augen schauten in die Brieftasche, während seine Finger darin wühlten. Dann brachten die dicken Finger zwei sauber entfaltete grüne Zehnernoten hervor. Der Mann sagte nichts. Der Besucher legte die Scheine unter einen steinernen Briefbeschwerer auf dem Tisch rechts hinter dem Mann. Der Besucher zog die Hand vom Tisch und den Scheinen zurück und blickte auf den Mann vor ihm. Der Mann sagte nichts.

«Nimm es», sagte der Besucher. «Eine für dich, eine für den andern.»

«Warum sollte ich?»

Das Gesicht des Besuchers machte deutlich, daß ein vernünftiger Mann auf eine solche Frage keine Antwort gibt. Aber dann änderte sich der Gesichtsausdruck plötzlich, und er lachte, aber sein Lachen klang zu hell, wie das einer Frau oder eines Kindes.

«Du bist ein verrückter Kerl, du, Mann, du», sagte er. «Du meinst, ich spinne, daß ich dir zehn Cedi gebe?» Wiederum dieses hochgeschraubte Lachen.» Es ist nichts. Ich weiß, zehn ist nicht viel. Also, mein Freund, was trinkst du?»

Der Mann sah den Besucher gerade an und gab ihm die Antwort: «Wasser.»

Diesmal bog sich der Besucher hin und her, und sein wildes Lachen wirkte gezwungen, er machte einige kleine Schritte, hielt sich den Bauch, als ob er unter dem Druck seines Gelächters platzen könnte. Dann

richtete er sich plötzlich auf, stand mit einem feierlichen Blick vor den Mann, aber dieser Blick hatte etwas Gequältes.
«Es tut mir leid, hören wir auf zu scherzen», sagte der Besucher. «Man erwartet mich. Ich muß gehen. Ein Mann ist ein Mann. Ich erkläre dir, was ich vorhabe. Du nimmst die eine Note und gibst die andere deinem Freund. Ich selber kümmere mich um ein paar rechte Getränke. Greif zu. Greif zu, mein Freund.»
Der Mann sah in das Gesicht vor ihm, das mit den Worten von Millionen und der Stimme von Jahrhunderten flehte, und er kam sich einsam vor, wie sich nur ein Mann einsam vorkommen kann, der von allem um ihn verlassen ist. «Ich werde es nicht nehmen», sagte er, allzu ruhig vielleicht.
Der Besucher langte nicht nach seinem Geld. Er schaute nicht einmal hin. «Schau, ich meine es ernst. Ich bot es dir dreimal an. Es ist gutes Geld.»
«Ich weiß es selber.»
«Dann nimm es.»
«Nein.» Der Mann schüttelte seinen Kopf sehr sanft, aber in seiner Geste lag eine Bestimmtheit, die keinen Zweifel offenließ.
«Du lehnst ab?»
«Ja.»
Die Runzeln auf dem Gesicht des Besuchers erlaubten kein Urteil darüber, ob es eine Grimasse der Verachtung oder des Selbstmitleids war. Seine Hand berührte das Geld auf dem Tisch und verharrte dort. «Aber warum?» schrie er. «Warum behandelst du mich so? Was hab' ich dir getan? Sag mir, was hab' ich getan?»

Es gab nichts, was jetzt der Mann hätte antworten können. Er sah stumm zu, wie der Besucher die beiden Noten an sich nahm und sie in die dunkle Brieftasche zurücksteckte.

«Was ist denn nicht in Ordnung?» fragte der Besucher.

«Nicht in Ordnung?»

«Ja, mein Freund. Warum benimmst du dich so?»

«Ich weiß es nicht», sagte der Mann.

«Ich sage dir, daß mein Holz im Wald verfault. Du glaubst es mir nicht.»

«Ich habe das Gefühl, ich glaube Ihnen.»

«Was ist es aber dann?» Der Besucher war nun richtig zornig, in der besonderen Weise, wie aufrechte Leute sich über Verworfene erzürnen. Er fingerte in den Falten des Kentegewandes und steckte die Brieftasche an ihren verborgenen Platz zurück. Ohne sich mit einem Wort zu verabschieden, ging der Besucher mit großen Schritten zur Tür, öffnete sie wütend und verschwand dahinter.

Der Mann blieb allein zurück mit Gedanken, wie leicht alles ins Gleiten kam, und wie alles, was hier gesagt worden war, so kläglich, so unaussprechlich ehrlos wirkte. Einem Mann, der sich weigert zu geben und zu nehmen, was jedermann um ihn gerne nahm und gab, eignete etwas Unnatürliches, etwas sehr Grausames, etwas Kriminelles an sich, denn wer, außer einem Kriminellen, konnte je mit einem solchen Gefühl von Einsamkeit stehengelassen werden.

Er hörte, wie sich die Tür nochmals öffnete. Aber er schaute nicht auf. Um diese Zeit pflegte der Nachtputzer seine Arbeit anzufangen. Dann aber kam eine Hand, die sich vertraulich auf seine Schulter legte, er

gewahrte das reiche Es-gehört-Sich-Kente-Kleid. Er drehte sich um.
«Bist du böse auf mich?» Einmal mehr das kranke Lächeln des Besuchers.
«Warum sollte ich?»
«Nein.» Der Besucher lachte tief und offensichtlich beruhigt. «Was wirst du morgen dem andern Mann sagen?»
«Nichts.»
«Bitte, sei nicht verärgert.» Kente-Falten glitten herunter und wurden über die Schulter zurückgeworfen. «Du siehst, ich wollte nichts Schlechtes tun. Ich wollte nur wissen, was er will. Nur, was er will. Ich kann ihm geben, was er verlangt.»
«Sie müssen für die Buchungen während der Arbeitszeit kommen.»
«Schon recht, schon recht», sagte der Besucher. «Aber du weißt auch, jedermann gedeiht dank der Arbeit, die er tut? Jedermann gedeiht dank des Berufs, den er ausübt.»
«Morgen vormittag.»
«Also wirst du nichts erwähnen? Sei nicht verärgert. Ich wollte dich nicht hereinlegen.»
Die Tür ging auf, der Besucher drehte sich jäh um, wollte den Eindringling sehen. Aber die Tür blieb offen, und niemand schien sich anzuschicken, das Büro zu betreten. Der Besucher konnte seine Augen nicht von der Tür lösen. Ein zerbeulter Kessel wurde durch die Tür geschoben, und hinter ihm kam ein Männlein, es schleifte hinter sich einen Besen und einen Mop, mit einem Stiel viel größer als er.
«Wer ist das?» Der Besucher fragte, ehe er sich wieder auffangen konnte, und der Mann lächelte ihm zu.

«Der Putzmann. Er reinigt hier.»
Der Besucher sah feindlich auf den Ankömmling und räusperte sich. «Ich muß jetzt gehen», sagte er. «Man erwartet mich.» Am Putzmann vorbei ging er hinaus.
Der Putzmann schleppte seine Utensilien über den Boden. Sein Gang war langsam und fahrig, und er war schon müde, ehe er seine Arbeit begann. Die Nacht war das Ende eines langen Tages, der bereits mit zwei Beschäftigungen ausgefüllt war, und die Nachtreinigungsstelle war die dritte. So war der Putzmann schon schlapp und ging fast wie im Schlaf.
«Guten Abend, Härrr», sagte der Schlafwandler mit einem Lächeln, das von einem Toten kam.
«Guten Abend, Atia.»
Aber der Schlafwandler-Putzmann hatte sich bereits niedergebückt und damit begonnen, mit seinem Besen über den Boden zu fahren, auf dem langen Gang von Ecke zu Ecke, und so hörte er nicht, daß sein Gruß abgenommen worden war. Es war auch unwichtig. Ein verlorener Mann, der von weither kam, befangen in einem seltsamen Tanz auf einer niedrigeren Stufe. Jemand, der wirklich noch schlechter dran war. Christus! Jemand, der überhaupt nur schlecht dran war. Nach einer Weile setzte das geschmeidige Schleifen des Besens aus, und der Mann hörte, wie der nasse Mop den Boden feucht aufzog und wie es jedesmal klopfte, wenn der Mop in den Ecken anschlug. Und der Ventilator fuhr mit seinen langsamen Drehungen fort, das Licht begann abzunehmen, ging in ein Orange-Gelb über, schwoll in langen, langsamen Zeitwogen an zu einem Weiß. Einige Minuten vor sieben kam die Nachtablösung herein, ein ganz neuer Mann, frisch von der Schule, sehr jung, der so gut gelaunt war, daß

er pfiff. Kein Zweifel, da er noch neu war, rechnete er in seinem noch nicht enttäuschten Kopf damit, nur kurze Zeit hier zu bleiben und wie ein freier Mann eines Tages auf und davon zu gehen und etwas zu tun, was seiner Seele näher stand. In seiner Flottheit hätte er noch das eine wissen müssen: Sein Traum gehörte nicht ihm allein, jeder vor ihm war voller Hoffnung diesen unendlichen Weg entlang gekrochen, von zukünftigen Tagen träumend, von einer Zeit, in der sie nicht mehr kriechen würden, sondern rennen, wenn sie rennen wollten, und fliegen, wenn sie der Geist beflügeln würde. Aber entlang dieses unendlichen Weges fanden sich auch jene, die in gewöhnlichen Gesichtern Wesen zu erkennen vermochten, die der Geist einst beflügelte, die aber nicht folgen können, wohin er winkt, so schwer lastete der Alltag auf ihnen. Die voreilige Sicherheit des jungen Mannes und der Gedanke daran, daß es Zeit war zu gehen, erfüllten den Mann mit einer unbestimmten Furcht vor Dingen, die noch bevorstanden. Der junge Mann grüßte ihn strahlend.

«Abend», sagte der Mann. Er stand von seinem Stuhl auf. «Du weißt, was zu tun ist, klar. Benutz das Telefon.»

«Okay.»

«Nicht viel los heute abend. Flaute auf der ganzen Linie. Die Nachtzüge sind eingetragen.» Der Mann begab sich zur Tür.

«Gute Nacht», rief ihm der junge Mann nach.

«Gute Nacht.»

Der Schlafwandler-Putzmann war ebenfalls bei der Tür und wollte hinausgehen. Er legte seine Sachen ab und öffnete dem Manne die Tür, lächelte und bot ihm den Abschiedsgruß. Der Mann stieg die Treppe hinunter. In seiner Müdigkeit achtete er nicht darauf, daß sein Daumen und seine Finger aufs engste umschmeichelt wurden von dem angesammelten Belag auf dem Geländer. Als er nach unten kam, erhob sich ein bedrohlicher Schatten vom Boden, um ihn zu treffen; es war sein eigener.

4

Schon der Anblick der Straße draußen weckte Erinnerungen an den Vorwurf seiner Lieben, der von lautlosen Stimmen erhoben wurde – diese Stimmen fraßen sich wie starke Schrauben ins Gemüt, verharrten dort in ewigem Drehen und ließen ihn nicht mehr los. Er hatte keine Eile. Am anderen Ende war nur das Zuhause, das Land der Lieben, und dort herrschten lediglich die Helden des Glanzes, die sich im Leben nie fremd vorkamen. Er aber besaß nicht jene Härte, welche dieser Glanz abforderte. Er ging mit der Langsamkeit jener, deren Wunsch kein Ziel kennt. Der Mann ging die Straßen aufwärts, vorbei an den Reihen der Abendverkäufer; sie hielten unter flackernden Lampen gelbe und grüne Orangen feil, aufgequollene Brote mit Ölüberstrich, kleine Dosen und Päcklein mit Zeug, das zu kaufen sich niemand beeilte. Im schwachen Licht einer Laterne wand sich ein Kind im Husten, der von irgendwo tief aus seinem Körper kam. Nach dem Anfall legte die Mutter mit aller Selbstverständlichkeit ihren Mund auf die verklebten Nasenlöcher und saugte sie sauber; sie ließ den aufgesaugten Klumpen auf den Straßenrand fallen und rieb ihn mit bloßem Fuß in die Erde. Oben auf der Höhe kam ein Bus, wendete für die Rückfahrt. Der Mann beeilte sich nicht. Sollen sie einsteigen. Von der andern Straßenseite hörte er das indiskrete Zischen eines Straßenmädchens, das unter der Karwoche litt. Sonst war das Zischen nur den Helden zugedacht, aber jetzt kam es eindeutig zu ihm herüber. Im Raum zwischen den schwachen Laternen war der zerbrechliche Schatten von einem Schmuckstück an ihr zu sehen. Viele, die als Tote umhergingen, und viele, die noch schlechter dran waren. Der Schatten verschwand, tauchte wieder auf, näher, ungefähr in der Straßenmitte. Unglaublich, die Luft war angefüllt mit der süßen Schärfe eines Achselpuders, heiß und feucht, und mit der Aufdringlichkeit eines Parfüms, das in die Falten einer vorzeitig ermüdeten Haut getröpfelt worden war. In den kurzen Pausen der Geruch von einem gut getragenen Haarschwanz. Pferd oder Mensch? Lebend oder tot? Und wann gestorben? «Ssssss.» Der Anruf war nicht an jemanden hinter ihm gerichtet. Das Unglaubliche wird in solchen Augenblicken wahr. Der Mann sah auf und erblickte unter der Haarmasse den weiten Kreis eines Ohrringes. Die Straßendirne sah nicht oder wollte nicht das lauwarme Entschuldigungslächeln sehen.

«Fünf.» Die Stimme war nicht verbraucht. Sie klang fast scheu wie die eines Kindes. Der Mann schüttelte seinen Kopf. Wie sollte er nicht zu einem Zeitpunkt wie dem?

«Drei.» Die Stimme veränderte sich abrupt. So viel verzweifelte Not.

«Meine Schwester, ich habe wirklich nichts.» Keine Antwort. Licht glitzerte über einem wirbelnden Ohrring. Das Mädchen machte ein paar Schritte zurück in den zwielichtigen Schatten zwischen den Laternen, mit einer fremden Stimme auf fremde Gesichter im Dunkel wartend. Immer mehr Verkäufer unter immer stumpferem Laternenlicht boten immer mehr von der gleichen willkürlich angehäuften Ware an. Da kam von der Steigung vorn ein Gegenstand her,

verfertigt aus Macht, Dunkelheit und glänzendem Licht, brauste in einem gewaltigen Strom daher und hielt vor einem halb schlafenden Verkäufer nahe dem Mann. Über das kühle Murmeln des Motors erhob sich eine Frauenstimme von drinnen, dünn wie ein Draht, mit dem man in offenen Augen stochert.
«Chauffeur, einige Orangen.»
«Wie viele?»
«Oh, zwei Dutzend.»
Der Chauffeur stieg aus dem Wagen und schlug die Tür zu mit dem befriedigenden Klang von etwas neu Gekauftem. Die Drahtstimme drin jammerte weiter, und vom Rücksitz der Limousine stieg nun ein Mann aus im schwarzen Anzug und ging direkt auf eine kleine zugedeckte Schachtel mit Brot zu. Das kleine Mädchen dahinter beeilte sich, sie zu öffnen, und zeigte ihm einen länglichen eingewickelten Laib Brot. Der Mann nahm ihn und verlangte: «Noch einen.»
Das Mädchen holte einen zweiten hervor. Eine Fünfzig-Pesewa-Münze leuchtete auf. Der Mann wandte sich um und ging selbstbewußt zum Wagen zurück. Das Mädchen lief ihm mit dem Wechselgeld nach, doch er winkte ab. Da ging das Mädchen zu seiner Brotschachtel zurück. Neben dem Mädchen wurde sich nun eine ältere Verkäuferin der entgangenen Chance bewußt, und sie begann auszurufen: «Großer Mann, ich habe gutes Brot.»
«Ich habe eben schon gekauft.» In der Stimme des gutgekleideten Mannes lag etwas Unerwartetes; es erinnerte an die kratzende Stimme eines Fischers, an Sand und Salz, die sich zu ungewohnten englischen Rhythmen zwang. War es notwendig? Eine richtige ghanesische Stimme.

«Mein Herr», kam die Frau von neuem, «mein großer Herr, dieses Brot ist wirklich Brot.»
In dem großen Wagen hüpfte und sprang die spitze Frauenstimme hoch, sie klagte über Eisschränke, die überfüllt seien, und über zuviel gekauftes Brot. Draußen verzuckerte die Verkäuferin ihren Ausruf.
«Mein Herr, mein Meister, o du weißer Mann, komm. Komm, nimm mein Brot. Es gehört alles dir. Alles dir, mein weißer Mann.»
Die Autotür ging auf, ihr entstieg der Gutgekleidete und ging bedächtig auf die das Preislied singende Verkäuferin zu. Die spitze Stimme im Wageninnern ließ noch einmal einen Ton von Ungeduld hören, senkte sich und wartete ab. Der Anzug hielt vor der Verkäuferin, und die Worte aus ihm kamen launig und gönnerhaft.
«Mammy, ich kann das doch nicht alles allein essen.»
«Dann kauf für deine Frau ein», sang die Verkäuferin.
«Sie hat genug.»
«Deine Freundinnen – junge, hübsche Mädchen, wie?»
«Ich habe keine Freundinnen.»
«Oh, mein weißer Mann, bring mich nicht zum Lachen. Hast du je einen großen Mann gesehen ohne Mädchen? Selbst die Alten», schäkerte die Verkäuferin, «selbst die alten Männer.»
«Mammy, bei mir ist das anders.» Der Gutgekleidete bezahlte, die Verkäuferin nahm das Geld, faßte die Hand des Mannes und sah ihm voll ins Gesicht.
«Sie sind ein Politiker», sagte sie nun, «ein mächtiger Mann.»
«Wer sagt das?»

«Es stimmt doch, oder nicht?» fragte sie, «ich habe einmal irgendwo ein Bild von dir gesehen.»
«Ach so», der Gutgekleidete sah um sich, selbst in dem fahlen Licht war sein Lächeln deutlich zu erkennen. Es bildete in diesem Licht zusammen mit dem Material seines Hemdes eine merkwürdige Zeichnung; der Hemdenausschnitt im dunklen Anzug wies wie mit Absicht als ein Pfeil irgendwo hinunter zwischen die unsichtbaren Schenkel.
«Hell-low», sagte das Lächeln zu dem kaum sichtbaren Mann im Schatten, «was machst du hier? Ich habe dich fast nicht erkannt.»
«Bin auf dem Heimweg von der Arbeit. Ich war zunächst auch nicht sicher.»
Eine bleiche Manschette leuchtete auf. Der Gutgekleidete schaute auf seine Uhr und gab ein tiefes Murmeln von sich. «Übrigens», sagte er, «wir kommen bald einmal rüber, um euch zu besuchen. Estie und ich.»
«Hmmm.»
«Nein. Diesmal ist es ernst. Sagen wir – heute ist Mittwoch – sagen wir Sams... nein Sonntag abend.»
«Um welche Zeit?»
«Um neun bin ich frei, nehme ich an.»
Die Autohupe zerriß die Luft mit ihrem neuen verärgerten Ton. Der Gutgekleidete drehte sich instinktiv um, dann faßte er sich und sagte: «Estie ist im Wagen. Komm und begrüße sie.»
Der Mann ging hinter dem Anzug her hinauf zum Wagen. Die Stimme drin begann wieder in einer zermürbenden Tonart zu zanken, aber der Anzug machte kurzen Prozeß. «Estie, ich habe jemanden angetroffen.»

Die Drahtstimme der Frau wechselte ein wenig den Ton. «Aaaa, ei schau. Ich habe niemanden bemerkt.» Sie hielt die Hand durchs Wagenfenster, und etwas glitzerte auf im Nachtlicht. Der Mann nahm die Hand. Feucht wie eingeschmiertes Fleisch. Sie wurde sogleich zurückgezogen, als ob die Berührung eine altbekannte Peinlichkeit wäre. Die Frau drin hatte bereits vergessen, daß draußen ein Mann stand. Wiederum fiel eine Wagentür sanft ins Schloß. «Also, Sonntag dann um neun.»
«Schön.»
Eine Stimme aus dem Wagen, ein verspäteter Einfall, der Motor drehte schon ungeduldig: «Oh, übrigens, wir fahren nicht zurück. Atlantic-Caprice, wir müssen uns beeilen, sonst natürlich ...»
«Mach dir keine Gedanken deswegen», rief er der fließenden Bewegung der Limousine nach. «Mach dir keine Gedanken», wiederholte er die Worte für sich und wandte den Blick ab vom Glanz über dem Hügel.
Die Wartezeit ist eine Zeit tröstlicher Leere. Gedanken, die nichts mit der Krankheit der Verzweiflung zu tun haben, kommen und gehen, ohne irgendeinen Schmerz zurückzulassen. Wie viele Hände waren schon über die lange Schranke bei der Bushaltestelle gestrichen, seitdem sie zum erstenmal aufgestellt wurde? Was bedeuteten die drei kleinen erleuchteten Fenster in dem dunklen, dunklen Postgebäude? Was machten die andern beim Warten? Mit überflüssigem Lärm kam ein Omnibus und hielt einen Meter hinter dem markierten Einstieg. Die Wartenden stürmten gegen die Einstiegtüre. Aber der Schaffner ging weg, die Straße hinunter. In wenigen Minuten konnten

die Wartenden hören, wie er sein Wasser an dem «Halt-die-Stadt-rein-Eimer» abschlug. Er mußte hoch zielen. Jedermann atmete auf. Die Armen sind reich an Geduld. Nun kletterte der Chauffeur seinerseits aus dem Bus und folgte dem Schaffner zum Abfallhaufen, sein Strahl hörte sich viel weniger stark an. Für eine Weile blieben die beiden bei dem Haufen, lachten und schwatzten. Witzelten sie über das, was eben vorgefallen war? Verglichen sie dies und das? Der Chauffeur schlenderte zurück, kletterte in den Wagen und legte sich zum Schlafen über das Steuerrad. Der Schaffner zielte in Richtung der Verkäuferinnen. Einige wenige, denen das Warten zu dumm wurde, kletterten gleichgültig in den Omnibus und legten ihre Köpfe zum Ausruhen gegen die Fensterscheiben. Irgendeiner hustete, sein Bellen wich einer plötzlichen Stille. Die, die immer noch draußen warteten, lehnten sich über die lange Schranke der Bushaltestelle, und die Scheinwerfer der vorbeifahrenden Autos spielten mit ihren Umrissen und verwoben sie zu Mustern der Verlorenheit. Als der Schaffner zurückkam, kaute er an einem glänzenden Brotlaib, indem er ihn aushöhlte; das auf diese Weise behandelte Brot nahm sich in der Dunkelheit wie etwas Lebendiges, wie etwas Widerborstiges aus. Mit vollem Mund schrie der Schaffner jene an, die in den Bus geklettert waren; ein Bissen schoß aus seinem Kiefer und fiel in bleichem Bogen neben dem Bus nieder.
«Raus. Raus. Habt ihr etwa bezahlt, daß ihr euch schon hineinsetzt?»
Als hätten sie schon die ganze Zeit darauf gewartet, stiegen die Leute ohne Widerstand aus und klaubten ihr Geld für den Schaffner hervor. Doch er war so

wütend, daß er es nicht annahm. Er schickte die Leute ans Ende der Reihe. Nicht schlimm: die Reihe war nicht lang. Der Schaffner stieß Verwünschungen aus, mit denen kein bestimmter gemeint war, während er die Fahrscheine abriß. Niemand schien Wechselgeld zu wollen, so ging alles recht rasch, außer wenn der Schaffner sich Zeit nahm, eine tief empfundene Beleidigung auszustoßen.
Der Mann stieg in den Bus und wählte einen Fensterplatz. Er stellte fest, daß die Glasscheibe fehlte. Das war ohne Belang. Die Nacht schien nicht kalt zu sein. Als der Bus anfuhr, strömte die Luft durch die Öffnung wie eine Welle lauwarmen Wassers. Der Mann lehnte sich in seinem Sitz zurück und faltete die Finger hinter seinem Kopf. Er schaute nicht zurück. Nachdem er so viele Male den gleichen Weg auf und ab gefahren war, konnte er die Augen schließen, den Kopf zurücklegen und dennoch genau wissen, an welcher besonderen Stelle man gerade vorbeifuhr. Denn die Luft brachte die Plätze und die Straßen in die offene Nase. Selbst zur Nachtzeit war der Wind heiß und staubig, der über den schmierigen Rangierbahnhof wehte, so daß seine Zusammensetzung Bilder wachrief von kleinen kurzen Männern in Überkleidern, die steif geworden waren vom Schmierfett, das nie mehr weggeht; plumpe rostige Eisenstücke im Sand und Feilstaub; abgestandenes Wasser, das aufhörte zu fließen und sich mit dem tröpfelnden Öl aus gebrochenen Behältern mischte; sogar der tote Geruch von Karbidlampen und elektrischen Schweißapparaten. Nach der Mauer des Rangierbahnhofes wehte die Luft frei vom Meer her, frisch in einem besonders organischen Sinne, mit den

Spuren lebendiger Dinge, von deren Anfang bis zu deren Ende. Über die Eisenbahnbrücke fuhr der Bus langsam. In Windstößen erhob sich die Hitze vom Markt, der nun der Nacht und jenen gehörte, die keine Adresse hatten, dem Kehricht und dem ewigen Abfall, den zerplatzten Tomaten und dem verfaulten Gemüse; um die abgehackten Fischköpfe auf einem Abfallhaufen und die abgeschabten Schuppen tanzten die vollgefressenen Nachmittagsfliegen. Dann fuhren sie wieder ein Stück weit dem Meer entlang. Schon lag über die Hälfte des Weges hinter ihnen. Jetzt vorbei am zentralen Abfallplatz, Gerüche trafen auf die Sinne wie auf eine starke Mauer, selbst die Augen könnten etwas registrieren. Er war so alt, daß er mehr als nur Abfallberg wurde; er hatte sich mit der Erde darunter vermischt. An einer oder zwei Stellen kann das Auge, das vorzog, offen zu bleiben, die geisterhaften Umrisse ausgedienter Fahrräder oder eines Vorkriegsrollers sehen. Lärm steigt auf und tötet die Gerüche, wie der Bus in die Schlafstadt einfährt. Hinter der großen öffentlichen Bedürfnisanstalt dringt Gestank in die Kehle ein. Manchmal ist es verständlich, daß die Leute so viel spucken, wenn doch all die verfallenden Dinge in ihr Inneres dringen und sich die Körpersäfte mit dieser Fäulnis mischen. Manchmal ist er verständlich, jener verhängnisvolle Versuch, sich selber zu reinigen, in dem man den Unrat draußen noch größer macht. Der heiße Geruch gebackener, von der kochenden Nachmittagssonne ausgetrockneter Scheiße, über der nun die Feuchtigkeit immer noch austretender Dünste liegt. Unglaublich, wie eng die Nasenlöcher mit der Kehle verbunden sind und über sie mit den Eingeweiden. Auf der andern Seite des Mittelgangs auf dem gegenüberliegenden Sitz schläft ein alter Mann, sein Mund ist weit geöffnet, und die Luft dringt ein mit wer weiß was für Partikeln von was? Warum sollte er verrückt spielen und den Atem anhalten? Prasseln von frischen Fischen in offenen Pfannen, schwarz von dem ewig verwendeten Öl, und das alles unmittelbar neben der öffentlichen Bedürfnisanstalt. Man kann sich gut gewöhnen an das, was gräßlich ist. Es gab anderes: die öffentliche Badeanstalt, für eine Reinigung zur Verfügung gestellt, die weniger beleidigend war. Hier floß nur die schale Seifenlauge, aufgegangen im körnig schwarzen Dreck von jedermanns Schaum, eine Erinnerung an Achselhöhlen mit gelbem Haar, von denen Schweiß tropfte, über jene Arme, die sich an Plätzen solcher öffentlichen Intimität manchmal reckten. Der Bus schlängelte sich einen Hügel hinauf, und die Fahrt war beinahe zu Ende. Hier Gewürzwellen aus den spätabendlichen Töpfen vertrauter Heime; was für Speisen waren es wohl, die sich unter den Gewürzen versteckten? Der Mann stieg aus, unwillkürlich fanden seine Finger den Weg in die Taschen. Die Luft in seinem Nacken wurde zusehends kühler. Die Pfütze am Ende des Abzugkanals weitete sich, so daß man nicht ohne Anstrengung darüber springen konnte. Und es schien ein so ermüdendes Geschäft zu sein, die vier kleinen Tritte bis zur Veranda hinaufzusteigen! In der Küche war noch Licht. Aber alles blieb sehr ruhig. Konnte das verwundern um diese Nachtzeit? Es spielte keine Rolle. Warum sollte nicht alles still sein, nach allem, warum nicht?

Stille. Keine Stimme, kein Laut in der Nacht, nur Stille. Der Mann trat in den Wohnraum, seine Augen trafen auf die seiner wartenden Frau. Diese Augen waren ausdruckslos, die Augen einer Person, die sich entschlossen hat, sich nicht mehr mitzuteilen, alles hinnahm, ohne zu fragen, wie nur Dinge angenommen und nicht befragt werden, von denen nichts zu erwarten ist. Und gerade weil es diese Augen gab, war die Luft angefüllt mit Anklage, wofür der Mann sogar noch eine müde Dankbarkeit aufbrachte. Er war dankbar dafür, daß kein Wort die Stille dieser Spannung durchbohrte. Die Kinder kamen aus dem Nebenzimmer, sie schliefen noch nicht, auch nicht das kleinste, das dritte. Es schien, daß auch ihre Augen diesen ausdruckslosen Blick lernten, der sich gegen jede Hoffnung verteidigte, als müßte die Botschaft der Mutter von den Kindern bestätigt werden. Sie verstanden diese Botschaft gut. So gut, daß sich das Zimmer mit einer unerträglichen Schwere füllte, die unbedingt abgewälzt werden mußte. Auf dem Tisch stand das Essen. Der Mann ging nach vorn und setzte sich an den Tisch mit dem Rücken gegen die anklagenden Augen, entschlossen, die lastende Stille zu durchbrechen.

«Auf dem Heimweg traf ich Koomson», sagte er. Die Frau zeigte nur gelindes Interesse.

«Und Estella war mit ihm, nehme ich an?» fragte sie endlich.

«Uhuh», er nickte und wandte sich nach ihr um. Statt dessen traf er die Augen seiner Kinder. O ihr Lieben, erspart eurem geliebten Vater den stummen Vorwurf in euren Augen.

«Mmmmmmmmm.» Der Klang ihrer Stimme ließ sich als Zustimmung deuten oder zumindest als ein Hinnehmen. Aber dem war nicht so. Es folgte ein

tiefer Aufschrei, voll von Groll und Enttäuschung. Dann: «Sie hat sich gut verheiratet ...» Der Mann wünschte sich, er hätte gelernt, die Schwere der Stille von vorhin zu ertragen, doch jetzt war es nicht mehr möglich, zu ihr zurückzukehren.
«Sie waren auf dem Weg ins Atlantic-Caprice.» Er hob den Löffel zum Mund und roch dabei ihr Parfüm auf seiner Hand. «Ich gab seiner Frau die Hand, ich kann es noch immer riechen. Ihre Hand war feucht von dem Zeug.»
«Mmmmmmm.» Wieder dieses gedehnte Summen. «Das Leben hat es gut gemeint mit ihr.»
«Koomson sagt, er wolle rüberkommen. Sonntag um neun.»
«Mmmmmmm.»
«Das heißt, eigentlich zu deiner Mutter und nicht zu uns. Wir sollten es ihr sagen.»
Die Frau schaltete eine Pause ein. «Koomson kommt nicht nur wegen meiner Mutter.»
«Was meinst du?» fragte der Mann; sein Löffel tropfte, ohne daß er es merkte.
«Ich meine, wenn es gut geht, geht es uns allen gut.»
«Bist du sicher?» Der Mann sah verwirrt auf seine Frau, die gereizt schien.
«Warum willst du dich aus dem draußen halten, was uns allen helfen würde?»
«Ich habe nicht gewußt», sagte der Mann bedächtig, «ich habe nicht gewußt, daß ich meine Zustimmung gab, irgendwie bei dieser Sache mitzumachen.»
«Aber wenn es so weit ist, willst du doch mitessen?» Das flüchtige Verteidigungslächeln der Frau nahm der Frage nichts von ihrer Schärfe. Der Mann erhob sich, ging auf seine Frau zu; sie wollte ihm aus-

weichen, doch er lächelte nur traurig auf sie nieder, und sie atmete auf.
«Von wo nimmt Koomson das viele Geld für das Boot?» fragte er.
«Er hat es.» Einfach und unwiderruflich.
«Schön», sagte der Mann, «nehmen wir an, ich sei nicht informiert.» Die Frau starrte ihren Mann ungläubig an und flüsterte sanft: «Chichidodooo.»
Ein Klopfen an der Tür. Die Frau antwortete, und ein altes Weibchen kam herein, ihre Brüste waren kaum bedeckt, mit ihren Fingerspitzen hielt sie ein verbeultes Emailbecken.
«Guten Abend», sagt sie. «Hier bin ich wieder. Zukker! Würden Sie mir ein wenig Zucker leihen? Es ist für die Kinder.»
Die Frau antwortete: «Wir haben unser letztes Paket Zucker eben aufgebraucht.»
Auf dem Gesicht der Alten zeichnete sich ein Lächeln ab zwischen Ungläubigkeit und triumphierendem Glauben. Als sie durch den Hausgang davonging, wandte sie sich noch einmal dem Paar zu und sagte: «Was für ein Leben.»
Der Mann schaute auf seine Frau und sah, wie deren Augen sein Gesicht fixierten. «Was sagtest du?» fragte er.
«Nichts!»
Er wurde ganz still. Nach einer Weile sagte er: «Jemand hat mir heute Bestechungsgeld angeboten.»
«Mmmmmmmm.»
«Einer von diesen Holzhändlern.»
«Mmmmmmmm. Wofür?»
«Wegen Frachtraum.»
«Und du tapferer Soldat Christi hast es natürlich

abgelehnt?» Die plötzliche Heftigkeit der Frage überraschte den Mann völlig. «Wie was?»
Er sah seiner Frau lange ins Gesicht. Dann sagte er: «Es war nicht einmal notwendig.»
«Warum tust du denn so entsetzt?» fragte die Frau. «Warum hätte ich es annehmen sollen?»
«Warum etwa nicht? Als du Estella die Hand drücktest, war das Parfüm, das an deiner Hand zurückblieb, nicht etwas Angenehmes? Mag sein, daß es dir Spaß macht, im Dreck zu kriechen, mir reicht es jedenfalls. Ich möchte ganz gern nach Lust und Laune herumkutschiert werden.»
«Wie Estella Koomson?»
«Ja, wie Estella. Und warum nicht? Ist sie so viel mehr wert als ich?»
«Wir wissen nicht, wie sie zu dem kam, was sie hat», sagte der Mann.
«Das kann uns egal sein.» Die Stimme der Frau klang schon nicht mehr so erregt, war wieder flach geworden. Mit einer stummen Geste schickte sie die Kinder ins Bett. «Was sollen wir uns darum kümmern? Ist doch alles Heuchelei! Jedermann schwimmt in die Richtung, in die er will. Wer bleibt schon am Ufer und fragt den Wind: Wie? Wie? Wie?»
«Siehst du die Dinge jetzt so?» fragte er sie.
«Weißt du einen andern Ausweg?»
«Nein.»
«Würdest du Koomsons Wagen nicht nehmen, wenn du ihn geschenkt bekämst?»
«Nein. Es kommt drauf an . . .»
«Was gibt es denn dagegen einzuwenden, daß man sich hier und da vergnügt?»
«Natürlich nichts.»

«Also denn, warum nicht?»
«Warum was nicht?» fragte er.
Der Mund der Frau öffnete sich, doch schloß er sich gleich wieder. Dann sagte sie: «Es ist schön. Es ist sauber. Ich meine: das Leben, das Estella führen kann.»
Der Mann zuckte die Schultern. Als er sprach, tat er es mit vorsätzlicher Gelassenheit: «Manches an dieser Sauberkeit ist schmutziger als das faule Zeug, das zuunterst in einem Abfalleimer liegt.»
«Mmmmmmm.» Die Frau sang beinahe. Der Ton hätte als Zustimmung ausgelegt werden können. «Du bist der Chichidodo persönlich.»
«Was meinst du jetzt wieder damit?» Die Stimme des Mannes war nicht zornig, eher verblüfft.
Ganz ruhig gab ihm die Frau die Antwort: «Ach, du weißt doch, der Chichidodo ist ein Vogel. Der Chichidodo haßt Exkremente aus voller Seele. Aber der Chichidodo nährt sich nur von Maden, und du weißt, daß Maden nirgendwo so gut gedeihen wie in der Toilette. Das ist der Chichidodo.»
Die Frau lächelte.

5

Der Vorwurf der Lieben kommt erträglich, wenn er still kommt. Selbst wenn diese Stille angefüllt ist mit dem Wissen um den Groll, gibt es doch die Hoffnung, daß sie verstehen, was für verschwommene Wünsche immer zu verstehen sind. Es ist nicht möglich, noch länger vorzuspiegeln, daß der Unterschied zwischen den Versagern und den harten Helden ihrer Träume nur eine Frage der Zeit sei. Zeit, da man über die Dreckpfützen hüpft, die sich an Regentagen bilden, und über breitere Gräben springt, wo auf dem Grund nur etwas Urin trocknet und wo Haufen von Zigarettenstummeln liegen, feucht und dort breitgedruckt, wo die immer noch unbefriedigten Lippen der Raucher saugten. Zeit, da man aufbricht, um mit wundervoller Leichtigkeit in die süße Richtung des Glanzes zu segeln und jeden seiner Lieben ohne Kraftaufwand mitführt. Zeit, da die stillen Verwünschungen aufbegehrender Lieben, die Fragen von noch tieferer Stille all jener, in denen Schmerz und Enttäuschung jede andere Bewegung getötet haben, überflüssig werden. Zeit, die all das verwandelt in das lange ungezwungene Lachen müder Reisenden, die endlich heimkommen. Aber wenn der Vorwurf der Lieben laut wird und der Schmerz sich nach außen gegen den richtet, der ihn verursacht, dann kann überhaupt nicht länger mit irgendwelcher Hoffnung gerechnet werden. Der Mann erhob sich vom Tisch und legte sich auf das Bett an der gegenüberliegenden Wand. Aber die Bloßstellung ließ ihn nicht in Frieden. Argumente und Gegenanklagen, so oft unter der Oberfläche seines Bewußtseins im ewigen Kreis vorgebracht, erhoben sich nun foppend und verschwanden unter seiner Verwirrung, nachdem sie diese vervielfältigt und über jenen Punkt hinaus vertieft hatten, wo sie nicht mehr erträglich war. Ein Mann, selbst ein Mann, der einmal gestolpert ist, muß fähig sein, sich wieder aufzufangen und jenen nachzueilen, die ihm vorausgegangen sind, ein Mann muß dazu fähig sein, und sei es nur für das Wohl der Lieben. Und auch ein Mann, der beim Stolpern nicht nur von der eignen Bürde niedergedrückt wird, muß sich beeilen. Das Urteil der Lieben unterscheidet sich nicht sehr vom Urteil der andern, auch wenn in einsamen Überlegungen die Lieben selbst sich ausnehmen könnten wie eine einleuchtende Entschuldigung für das Scheitern und den Fall. Was wäre der Sinn, wenn so viel Schmerz nach außen gegen den geliebten Vater gerichtet wurde, was wäre der Sinn, wenn er ihn gegen sie selber richten würde? Was wäre der Sinn, besonders in diesen Tagen, da sie fern vom Glanz lebten und da die Lieben in ihrer Ungeduld so sehr litten. War das irgendeine Anstrengung wert, war das wert, auch nur eine einzige Lebensminute daran zu verschwenden?

Es gab nichts, was der Mann seiner Frau hätte sagen können, und die Frau selber sah nicht darnach aus, als würde sie annehmen, es könnte ihr etwas gesagt werden, wovon sie nicht schon wußte, daß es die Wahrheit war. Aber im Inneren des Mannes waren die Verwirrung und die Ohnmacht zu etwas angeschwollen, das aus der Einengung fortwollte. In seiner Unruhe erhob er sich und ging sehr gefaßt durch die Tür, und seine Frau saß dort, sah nicht nach

ihm, fragte auch nicht, wohin er gehe oder wann er wiederkomme oder ob er überhaupt noch einmal in dieses Haus zurückkehre.
Die Nacht draußen war ein schwarzer Tunnel, so lang, daß weder vorn noch oben ein Ende zu sein schien. Und für den Mann, der hinunterging, war es klar, daß die wenigen Lichter nichts so stark beleuchteten wie die endlose Macht der Dunkelheit und jedes schlafende Ding leicht und sanft zu sich riefen. Sah der Mann um sich, war er das einzige Ding, das dem Ruf des Lichtes nicht antworten konnte. Seine Augen taten ihm mit ihrer Wachsamkeit weh, und in dieser Nachtluft, feucht vom Salz und Wasser des nahen Meeres, spürte er eine schreckliche Trockenheit in seiner Nase, in seinem Mund, bis in die Kehle hinunter, und sein Kopf war schwer geworden von zu viel Leichtigkeit. Um eine Straßenlampe, hoch über dem Teerbelag, vollführten Nachtinsekten einen verrückten Tanz, nicht angezogen von der Nacht, aus der sie kamen, sondern vom Licht in ihr. Das war ihre Weise, der Nacht zu begegnen, und es war am Ende immer das gleiche. War da nicht etwas an dieser Stelle und zu dieser Zeit, nicht etwas, sondern alles sogar, das einem schmerzlich klarlegen wollte, daß zuviel Unnatürliches in einem Manne steckt, der sich einbildet, er könne dem unwiderruflichen Verfall entgehen und brauche am Ende nicht die endgültige Auflösung anzunehmen. Gegen all dies allzu Natürliche zu kämpfen: konnte es etwas anderes bedeuten als die perversen Versuche verzweifelter Hedonisten, ihre Jugend trotz drohendem Altersverfall zu verlängern? Er dachte an einen Freund, Rama Krishna. Ein Ghanese, der diesen fremdländischen Namen angenom-

men hatte im Glauben an die Reinkarnation seiner Seele nach langer, qualvoller Flucht vor allem Nahen und Bekannten, vor all dem, was ihn umgab und die grauenhafte Drohung des Verfalls demonstrierte. Seine Seele wurde verzehrt von Gedanken an immergrüne Dinge und an eine Unsterblichkeit, die zu verstehen er sich bemühte; der Freund hatte sich mit seinem ganzen Körper in den Yoga gestürzt, den andere als bloße Lebenshilfe verstanden. Er meditierte, hielt sich an eine spezielle Diät mit Honig und Essig und weigerte sich entschlossen und voller Traurigkeit, irgend etwas Lebendiges zu töten und zu essen. «Ja», so hätte er jedem Fragenden beigepflichtet, «es gehört zur Weisheit, daß in den stillen Pflanzen vielleicht, wer weiß, mehr Leben ist als in uns, den zerstörten Seelen, die sie aufessen.» Dann würde er, feierlich wie ein Mann in großer geistiger Verzweiflung, über ein anderes Buch eines andern Fremden sprechen, den er manchmal den Propheten nannte und manchmal Gibran, und daraus vorlesen:

«Könntest du doch vom Wohlgeruch der Erde leben,
wie eine Luftpflanze ernährt vom Sonnenlicht!
Doch du mußt töten, wenn du essen willst,
und dem Neugeborenen seine Muttermilch rauben,
wenn dich dürstet.
Mög' es dir ein Akt des Glaubens sein . . .»

Aber man konnte sehen, daß diese Worte, welche die verlorene Heiterkeit in den Geist des Fragenden zurückbringen sollten, nicht fähig waren, aus der Seele des Freundes die Trauer zu vertreiben. Gegen das Ende hin hatte er den wahren Weg entdeckt: Er wollte sich reinhalten und keine Frau mehr berühren, er bewahrte seinen Samen, wollte sein Hirn verjüngen, indem er jede Nacht und jeden Morgen einige Minuten auf dem Kopf stand. Überall trug er ein symbolisches Immergrün und hatte einen verklärten Blick im Gesicht, er meinte, der Verderbnis entgehen zu können, und dachte an die Unsterblichkeit. Er starb an der Auszehrung, noch sehr jung, aber sein Körper wies im Innern Zeichen des Verfalls auf, wie sie kein anderer Körper, wie alt und wie nach dem Tod auch immer, je aufwies. Es wurde herumgeboten – wie kann man aber solche Dinge überhaupt wissen –, daß die Krankheit seine schwache Lunge völlig aufgefressen habe, und daß dort, wo sein Herz sein sollte, nur ein Gewimmel von Würmern war, die sich fest zu einer Herzform verknäuelt hatten. Bezog sich die tote Fäulnis im Innern des Freundes nicht auf die Furcht vor dem, was außerhalb verfiel? Und was wäre eine solche unnatürliche Flucht am Ende wert? Und der Mann wurde neugierig, wie wohl der Schrei des Chichidodo klang, jenes Vogels, der sich nach den Maden sehnt, aber die Exkremente haßt, welche den Maden das Leben geben.

Er überquerte die Hauptverbindungsstraße näher dem Meer, legte die ganze Strecke bis zum Essei-Viertel zurück, genau hinter ihm war der Wellenbrecher, der die Straße vor dem Angriff des Meeres schützte. Dann und wann tauchten die Scheinwerfer entgegenkommender Fahrzeuge auf und blendeten ihn, darnach war die Dunkelheit der Nacht erst recht tief und so unendlich wie nie zuvor und brachte ein bißchen von dem verlorenen Wohlgefühl des Mannes zurück, allein außerhalb der Welt zu sein – in kleinen, verzweifelt angenehmen Augenblicken, die vorüber waren, ehe er nach ihnen greifen konnte. So ungleich war die Einsamkeit des geliebten Vaters, von der Trauer der Lieben umgeben. Und doch, in irgendeiner Gegend seines Bewußtseins, brach fast der Gedanke durch: ein Schuldloser durfte sich nicht so geschlagen geben wegen der Anklage seiner Nächsten ... aber dieser Gedanke kam nie wirklich an die Oberfläche, sondern versank gleich wieder – so rasch, wie er aufgetaucht war – und ließ nur Unzufriedenheit zurück. An der Brücke stach die schwarze Lagune ab von der Dunkelheit, die sie umgab, und die Lichter der Nachtfischer, die vom Fang heimkehrten, kamen wie ein langer, dünner Schimmer herüber, der nie aufhörte, das Auge zu überraschen. In der Nähe des Essei-Marktes hatte die lange Reihe kleiner Fenster, wo die Prostituierten wohnten, eine fremdartige Schönheit, aus einem der Räume kam ein glückliches Lachen und brach dann ab, als wäre die junge Frau, die so lange gelacht hatte, vor Anstrengung völlig erschöpft.

Es heißt, daß vor geraumer Zeit – wie lange mochte das zurückliegen – der Essei-Markt und das ganze Gebiet darum eine zweite Lagune gebildet habe. Auch jetzt noch, etwa nach einem schweren Regentag, schwoll manchmal der große Kanal zu einem reißenden Fluß an, und der Markt war dann nichts anderes als ein seichter See, bis das Wasser wieder zurück in die Erde fließen konnte, im Meer verschwand oder in der Luft. Und darnach blieb der Boden des Marktes so weich, daß man darauf mit ungewöhnlicher Lautlosigkeit gehen konnte. Um den Markt hockten lose Gruppen von Frafra- und Haussa-Männern, die kleine Brote verkauften und Tee in alten Milchdosen, obwohl weit und breit um diese Zeit kein Käufer zu sehen war. Schummrige Lichtwogen brachten nun Wellblechwände zum Vorschein, zuweilen eine dicke Lehm-und-Zement-Wand, sperrige Eisengitter davor, die sich vom Licht aus dem Innern abhoben. Auf dem Boden suchte träges Wasser umsonst nach einem Abfluß, gab es schließlich auf und blieb als Pfütze liegen, deren Schaum selbst im Dunkeln sichtbar war.

Traurig-süße Kongo-Musik drang aus einem Fenster am Ende einer Reihe kleiner Häuser. Dort blieb der Mann stehen. Er hielt sich am Fenstergitter fest und sah in den Raum. Drinnen auf dem Bett, nahe bei der Tür, an der gegenüberliegenden Wand, lag ein Mann und las. Der Mann draußen verharrte eine Zeitlang am Fenster, hielt sich an der Eisenstange und betrachtete in Ruhe den nackten Mann drinnen. Dann legte er das letzte Stück Weg bis zur Haustür zurück, durchquerte einen bescheidenen Hof und klopfte an die Tür, die zum Raum des nackten Mannes führte. Die Tür ließ sich geräuschlos öffnen, und der Mann trat ein. Der Nackte erhob sich nicht. Er sah für einen Augenblick von seinem Buch auf und kehrte mit einem leichten Lächeln zu seiner Lektüre zurück. Der Mann schien ihn nicht zu stören. Im Radio lasen zwei Ansager, ein Mann und eine Frau, eine Liste von Namen vor, die sich gleichzeitig sehr fremd und sehr afrikanisch anhörten, dann schwebte erneut eine jener traurigen Melodien aus dem Kästchen. Der Mann ging zur gegenüberliegenden Seite, setzte sich auf das Pult, lehnte sich gegen die Wand und stellte seine müden Füße auf einen Stuhl.

Die Musik hörte auf mit einem Akkord, der sich lange hinzog, nachdem die Zwillingsstimmen etwas gesagt hatten, das ihr Abschiedsgruß an die ihnen unsichtbaren Zuhörer sein mußte, und verlor sich in dem wiederholten Geklingel des Pausenzeichens, das folgte. Der nackte Mann auf dem Bett streckte seine Linke aus und drehte am Knopf. Ein Geräusch wie rasche Wellenstöße, die gegen andere Wellen schlagen, unterbrochen von anderen hohen, scharfen und kurzen Tönen. Dann ein Song, eilig angedeutet und gleich wieder eingefangen. Der Empfang war schon fast gut, aber nun wurde er klarer. Die nächste Station, Radio Ghana. Der Song war ein ziemlich gewöhnlicher high life. Aber bevor die Hand am Knopf drehen konnte, war er zu Ende, und ein anderes, langsameres Lied stieg in den Äther. Der Mann auf dem Bett zog seine Hand zurück, schloß das Buch, in dem er gelesen hatte, und lauschte dem Wunder. Es war ein ganz langsamer Song, wenn auch jedes Loch in ihm mit Klängen angefüllt war, die dem hörenden Ohr auf schmerzliche Weise zu viel sagten, und als die Worte einsetzten, mußten die Sänger es alle zusammen gefühlt haben, denn sie fügten nur bei, was schon vorher da war; so kommt der Regen nach einem langen Tag, wenn die Luft mit Hitze und Feuchtigkeit angefüllt ist.

«Die mit Macht gesegnet sind
und dem rasenden Flug des Adlers,
die zur rechten Zeit aufgestiegen sind,
laß sie ziehen.
Meine Reise ist langsam,
und auch ich komme an.»

Der Song vertiefte sichtbar die Stille des Mannes auf dem Bett. In dem Mann gegenüber auf dem Pult vermochte die kühle Trauer Vorstellungen von einer einsamen Figur zu wecken, die es immer schwieriger findet, ihre eigene Ehrenhaftigkeit zu rechtfertigen. Wie könnte er auch, wenn alle um ihn, die ganze Welt, nie müde wurde zu wiederholen, daß nur zwei Arten von Männern sich hinter der Ehrenhaftigkeit verkriechen – die Feigen und die Narren? Sehr oft in diesen Tagen hatte ihn das hoffnungslos ohnmächtige Gefühl niedergedrückt, daß er weder das eine noch das andre war, sondern eine hilflose Mischung von beiden. Gedanken und Bilder des einsamen Mannes an der Bar, der nicht trinkt, aber weit mehr benebelt ist als die maskierten Trinker. Und als die Bilder sich näher drängten und sich mit seinem eignen Ich verschmolzen, wurde er der vorsichtige Mann, der sich weigert, sein Leben aufs Spiel zu setzen, und darum den scharfsichtigen Vorwurf jener spürte, die ihm am nächsten standen. Und die ganze Zeit über starrten ihn die Augen, denen er nicht ausweichen konnte, inständig an und machten es auf entsetzliche Art deutlich, daß in solchen Zeiten Ehrenhaftigkeit nur ein soziales Laster sein konnte für den, der in ihr schwelgte, nichts als eine sehr feindselige Form von Egoismus, eine völlig perverse Selbstsucht.

«Sie waren schnell aufgestiegen
laß sie ziehen.
Meine Reise ist ruhig,
aber auch ich komme an.»

Jemand mußte etwas tief empfunden haben, diese Verzweiflungstöne von sich zu geben, die sich weigerten zu sterben. Wie vielen Menschen hatte das Leben das gleiche beigebracht, ohne daß sie es wußten? Wie lange konnte man der lockenden Macht des Glanzes und dem schrecklichen Vorwärtsdrängen der ohnmächtig hungernden Lieben widerstehen? Langsam schwebende Noten, abfallend gegen das Ende, dann zu rasch ausgeblendet, ließen eine Beengung zurück, die wie physischer Hunger wirkte. In der momentanen Stille, die folgte, seufzte der Mann auf dem Bett, streckte seine Hand aus, um erneut am Knopf zu drehen, aber das Suchen brachte nichts außer schrillen Tönen, und so drehte er den Apparat ab. Der Mann beobachtete ihn vom Pult aus; als er sah, daß der andere nicht zu seiner Lektüre zurückkehrte, begann er mit ihm zu sprechen.

«Den Song kannte ich nicht.»

»Nein. Ich hörte ihn heute morgen zum erstenmal.»

«Ich möchte wissen, wer ihn ausgedacht hat», sagte der Mann.

«Ja, ich würde es auch gerne wissen. Wenig Leute sehen die Dinge und nennen sie. Ich würde es auch gerne wissen.»

«Die Bands sollen ihre Songs selber machen.»

«Dichter, die scheiterten.»

«Warum?»

«Das hätte ich nicht sagen sollen, wirklich nicht. Es sollte umgekehrt sein.»

«Dichter sind Bandleader, die scheiterten?»

«Ungefähr so.»

«Und wir selbst?»

Die Frage glitt ab, unbeachtet, da der nackte Mann in seinem Bett aufstand, er nahm einen Bleistift vom Bücherschrank neben dem Bett, legte ihn in das Buch, um sich die Seite zu merken. Er legte das Buch auf das Büchergestell, hockte sich nieder aufs Bett, den Rücken gegen das Brett am Kopfende, und zog seine Knie an.

«Was ist das?» fragte der Mann auf dem Pult, indem er auf das Buch wies.
«Ich sah es gestern. Der Titel machte mich neugierig. ‹Der welcher sterben muß.› Griechischer Schriftsteller.»
«Ist es gut?»
«Sehr sogar. Es gibt so viele gute Sachen, an die wir nur schwer herankommen. Sie müßten zuerst übersetzt werden. Aber selbst dann ...»
Der Mann auf dem Pult sagte für eine Weile nichts, dann: «Die Leute können dich vom Fenster aus sehen.»
«Wenn sie sich die Mühe nehmen, stehen zu bleiben und hineinzuschauen, stört es mich nicht.»
Der Mann auf dem Pult grinste schwach.
«So.» Der Mann auf dem Bett sprach wieder. Keine Frage, keine Feststellung.
«Ich suchte dich auf, weil ich mit dir reden möchte», sagte der Mann auf dem Pult.
Der andere schüttelte tadelnd seinen Kopf: «Rennst wieder deinem Familienfrieden davon, was?»
«Es ist ernst diesmal.»
«Es ist immer ernst.»
«Du hast gut lachen», sagte der Mann.
«Du meinst wirklich», fragte der nackte Mann, «du meinst wirklich, ich könne mir das Lachen leisten?» Er lächelte.
«Gut», sagte der Mann, «aber den schwersten aller Fehler hast du nicht begangen.»
Der nackte Mann lachte laut heraus: «Du würdest nicht mit mir tauschen, glaub mir.»
«Lehrer, du machst aus allem einen Witz.»
«Es tut mir leid, das war nicht meine Absicht.» Da

war jetzt eine Spur von wirklichem Unglück in seiner Stimme. Und der Mann auf dem Pult sah auf den Zementboden unter seinen Füßen.

«Oyo hat mir heute abend wieder einmal meine Nutzlosigkeit vorgehalten», sagte er.

«Was geschah?»

«Sie nannte mich einen Chichidodo.»

«Ah. Das ist ein Sprichwort, nicht? Der Vogel frißt den Scheißdreck, haßt aber die Würmer.»

«Ja, nur daß es umgekehrt ist, Lehrer.»

«Warum sagte sie das?»

«Ich erzählte ihr, was im Büro vorgefallen war. Ein Mann versuchte mich zu bestechen.»

«Und der Verbrecher, der du bist, schlugst es aus?»

«Ich schlug es aus», sagte der Mann.

«Dann erwarte keine Vergebung von der Familie.»

«Ich verstehe dich», sagte der Mann, «ich verstehe dich mit dem Kopf, wenn du so kalt von diesen Dingen sprichst. Aber meine Leute wollen so viel.»

«Sie wollen genießen, was sie bei den andern sehen, mehr nicht.»

«Und es spielt keine Rolle, wie jene dazu kamen?»

«Spielt keine Rolle. Es gibt Wege und Wege. Und du als Ehemann hast einen zu finden. Das ist ganz einfach, oder nicht?»

«Du weißt», sagte der Mann, «am Ende gibt es nur einen Weg. Nur einen Weg für Leute wie uns.»

«Also gut.»

«Was also gut, Lehrer?»

«Wunderst du dich, daß deine Leute zornig auf dich sind, wenn du nicht den einen Weg einschlägst, der ihnen offen steht?»

«Ah, aber dieser eine Weg.»

«Genau», sagte der nackte Mann, «dieser eine Weg ist der, den du vermeiden willst. Was werden deine Leute dann machen? Behaupten, sie hätten keine Bedürfnisse?»
«Sie werden mich kaputtmachen, Lehrer.»
«Oder einen großen Mann aus dir. Eins von beidem, wer weiß.»
Der Mann schloß seine Augen und ließ seine Füße baumeln; sie berührten fast den Boden.
«Was ich nicht verstehe», sagte er, «ist mein eignes Gefühl dabei. Ich weiß, ich habe nichts Unrechtes getan. Ich könnte mit Oyo darüber sogar streiten. Und doch, und doch bin *ich* es, der sich merkwürdig vorkommt.»
«Der Mann, über den das Urteil gesprochen ist.»
«Ja. Ich komme mir wie ein Verbrecher vor. Öfters habe ich in diesen Tagen daran gedacht, ich müßte sofort etwas tun, damit ich in ihren Augen wieder gut dastehe. Dann setzte ich mich hin und fragte mich, was nicht richtig war, und da ist einfach nichts.»
«Du hast nicht getan, was jedermann macht», sagte der Nackte, «und das ist in dieser Welt ein Verbrechen. Das hast du immer gewußt.»
Der Mann auf dem Pult hielt nun seine Beine still und sah zu seinem Freund. «Aber wenn sie mich so haßt», sagte er, «warum bleibt sie dann bei mir?»
«Wohin sollte sie gehen?» fragte der nackte Mann. «Übrigens übertreibst du. Wenn man es sich überlegt: für eine Beleidigung unter Eheleuten ist dieser Chichidodo noch recht mild.»
«Du warst schon netter zu mir, Lehrer.»
«Es tut mir leid.»
Der Mann auf dem Pult sah auf seine baumelnden

Füße. Der nackte Mann wandte ihm sein Gesicht zu und wartete darauf, was der andere sagen würde.
«Wenn es so weit ist, daß auch Lehrer über meine Sorgen lacht, wohin soll ich dann gehen?»
«Ich habe dich nicht ausgelacht», sagte der nackte Mann. «Ich dachte an deine Frau. Ein poetisches Weib, deine Frau», sagte er, und das Lachen, das folgte, war trocken und viel zu lang. «Mir ist, als hätte sie dieses Sprichwort zu mir gesagt. Ich glaube, wir alle sind das.»
«Alle was?»
«Alle Chichidodos. Solche, deren Eingeweide nicht hart genug sind für den Nationalsport.»
«Ich hörte dich nie viel darüber reden», sagte der Mann.
«Es ist nicht meine Art, stimmt», sagte der nackte Mann. «Ich habe viel Zeit gebraucht, um dem auszuweichen.»
«Ich dachte, du bist der einzige, der von all dem unbelastet blieb.»
«Nein. Ich versuchte frei zu sein, aber ich bin nicht frei. Vielleicht werde ich es auch gar nie sein.» Der nackte Mann drehte sich auf die Seite, stützte sich auf seinen rechten Ellenbogen und sah den Mann auf dem Pult an. «Das war alles so schön, die Jugend und die Vorstellung von dem ehrenhaften Lebenswasser, das ins durstige Land fließt, oder nicht? Aber was geschieht, wenn du herauskommst und du siehst, das Land will dich, aber nicht ehrenhaft und lebendig, sondern völlig tot wie sein eignes Selbst? Du dachtest nicht, daß auch ich mir darüber meine Gedanken mache?»
«Für mich bist du der freieste Mensch, den ich kenne,» sagte der Mann.

«Dann ist jeder, den du kennst, ein Sklave.»
«Du bist dem ‹Ruf der Lieben› entgangen, wie du es selbst nanntest.»
«Stimmt. Aber ich bin nicht frei. Ich habe den Wunsch nicht aufgegeben, den Lieben zu begegnen, sie zu berühren und von ihnen berührt zu werden. Aber du weißt, die Lieben sind tot, auch wenn sie wie Lebende um die Erde herumgehen, und du weißt, daß sie nur das eine wollen, daß du aus deinem Kopf das verbannst, was dich immer noch glauben macht, daß du am Leben bist, und ihre Umarmung ist ein immertreuer Willkommensgruß des Todes.»
«Und so läuft Lehrer davon.»
«Und so laufe ich davon. Ich weiß, ich bin nichts und werde ohne sie nie etwas sein, und wenn ich am meisten aufhören möchte, nichts zu sein, dann wächst der Wunsch, zu jenen zu laufen, denen ich entflohen bin, von neuem zu unerträglicher Stärke an. Bis ich wieder die ausgestreckten Arme der Lieben sehe, die mir ihr Geschenk des Todes bringen. Dann gebe ich auf, drehe um, komme hierher zurück und führe mein Halbleben in Einsamkeit weiter.»
«Das du immerhin selber gewählt hast», sagte der Mann, «ist das nicht weit besser?»
«Besser? Auf der Suche . . . nichts . . . es kommt darauf an. Aber du siehst, es ist nicht die Wahl zwischen Leben und Tod, sondern was für eine Art von Tod wir schließlich ertragen können. Hast du nicht festgestellt, daß es nirgendwo eine Erlösung gibt?»
«Meine Frau ist überzeugt, es gibt eine.»
«Eine gewisse Form von Erlösung sicher», sagte der nackte Mann.

«Aber nur innerhalb des Kreises unserer eignen Verdammung.»
«Du sprichst wie einer dieser Neugläubigen, Lehrer.»
«Die Gläubigen haben die klarsten Worte.»
«Meine Frau ist der wahren Erlösung begegnet.»
«Wie kannst du das wissen?»
«Sie spricht darüber, Lehrer. Es ist der blendende Glanz schöner neuer Häuser und das Glänzen starker neuer Mercedes-Autos. Es ist auch der Geruch von teuren Parfüms und der Besitz einer neuen Perücke.»
«Geld meinst du.»
«Ja, Lehrer», sagte der Mann. «Geld, aber nicht nur Geld. Auch Macht. Und dieser Tage kam das alles zusammen in einer Person wie Koomson.»
«Vorsicht, Mann. Große Namen darf man nicht nackt aussprechen. Seine Exzellenz Joseph Koomson, Bevollmächtigter Minister, Mitglied der Präsidial-Kommission, Held der Sozialistischen Arbeit. Ist das der Würdenträger, den du meinst?»
«Meine Frau und meine Schwiegermutter meinen, daß er sie reich machen wird.»
«Vielleicht macht er es.»
«Etwas mit einem Boot. So erzählt es Oyos Mutter, er sei eben daran, eine Reihe von Fischerbooten zu kaufen und sie ihr zu geben.»
«Ausgezeichnet. Ausgezeichnet, Mann. Laß mich wissen, wenn der Fisch kommt.»
«Koomson wird sie doch auf die Nase legen.»
«Das weißt du nicht, Mann. Halt deinen Mund und paß auf.»
«Aber ich weiß es», schrie der Mann.
«Also gut. Geh und sage es. Deine Frau wird dich

dafür hassen, und ihre Mutter wird sagen, daß du es ihnen mißgönnst.»

«Aber Lehrer, ich kann doch nicht einfach dasitzen und zuschauen, wie Oyo und ihre Mutter wegen dieses Koomsons hochgenommen werden.»

«Warum nicht? Genau dazu rate ich dir. Laß sie machen, was sie wollen. Vielleicht werden sie reich. Du weißt nicht, wie du sie reich machen kannst. Also laß sie es selber versuchen.»

«Aber was würdest du empfinden?»

«Vergiß, was du empfindest. Wenn du deiner Frau und ihrer Mutter abrätst, zu ihren Booten zu kommen, wirst du für den Rest deines Lebens zwei intime Feinde haben.»

Der Mann rutschte vom Pult, er begann ziellos durch den Raum zu gehen, und wenn er zu einer Wand kam, hielt er an und stützte sich dagegen.

«Sie benutzen diese Bootsgeschichte, Lehrer», sagte er. «Sie benutzen sie, um mir damit jeden Tag auf den Kopf zu geben, damit ich mir nutzlos vorkomme. Und das Schlimme dabei, ich weiß, sie haben damit Erfolg. Ich frage mich, was mit mir nicht in Ordnung ist. Fehlt mir etwas? Geht mir etwas ab? Lehrer, dieser Koomson war mein Schulkamerad. So sag mir doch, was mit mir nicht in Ordnung ist.»

«Mag sein, daß du nicht so leicht lügen kannst wie die andern, und daß du dich scheust zu stehlen. Das ist mit dir nicht in Ordnung. Noch andere Kopfschmerzen?»

«Vor einiger Zeit konnte ich es auch so sehen», sagte der Mann. «Aber jetzt sage ich mir selber, daß es nur kindisch ist. Es braucht einige Kraft, um es eines Tages wieder so betrachten zu können.»

«Was geschah denn, daß du deine Art, die Dinge zu sehen, geändert hast?»
«Oyo.»
«Warum? Erwartet sie ein Baby?»
«Das ist es nicht, das ist es überhaupt nicht.»
«Was hat sie denn sonst getan?»
«Sie erzählte mir, wie sie die Dinge sieht. Seither ist die ganze Kraft, die mir sonst zur Verfügung stand, mich selber zu ertragen, fort.» Der Mann ging von der Wand weg, er hielt vor dem Büchergestell, als suchte er einen bestimmten Titel. Aber seine Worte gingen weiter.
«Eines schönen Tages erklärte mir Oyo alles. Ich glaube, es war, als dieser Bootsplan zum erstenmal erwähnt wurde. Ich fragte Oyos Mutter, wer für diese Boote aufkommt, und mit einer guten Portion Stolz sagte sie mir, der Minister selber. Welcher Minister? Koomson natürlich. Nur nannte sie ihn Bruder Joe. Bruder. Ja, so. Ich sagte ihr, ich wüßte, daß Koomson nicht genügend Geld habe, um auch nur ein Boot zu kaufen. So etwas kostet Tausende und Tausende von Cedis. Meine Schwiegermutter fragte mich ganz geduldig, ob ich nicht wüßte, daß Bruder Joe über Autorität verfügt. Sie sagte Autolität. Ich nahm ein Stück Papier und stellte zusammen, was Koomson an Gehalt empfangen hat, seitdem er der Partei beigetreten ist. Dann zerknüllte ich das Papier und sagte ‹Oh, ich sehe›. Und wieder mit der ihr eignen Geduld fragte mich die Schwiegermutter, was ich denn eigentlich gesehen habe. Da verlor ich die Fassung und schrie, daß ich Korruption gesehen habe. Öffentlichen Diebstahl.»

«Du warst sehr ungezogen. Ausgesprochen unpatriotisch.»
«Meine Schwiegermutter verließ das Haus.»
«Richtig. Nieder mit den subversiven Elementen, welche das Unternehmen Nation attackieren.»
«Irgendwie hatte ich erwartet, daß Oyo meine Ansicht teilt. Es war ein Irrtum. Als ihre Mutter weg war, begann sie mit mir über das Leben zu reden. Ich dachte, sie hätte neue Wege gefunden, um unsere Ehe interessanter zu machen. Eine Art Philosophie.»
«Du hättest Priester werden sollen. Du hast so edle Ansichten.»
«Lehrer, meine Frau erklärte mir Schritt für Schritt, daß das Leben eine Reihe von Straßen ist: lange Straßen, kurze Straßen, breite und enge, steile und ebene, alle Arten von Straßen. Dann ließ sie mich wissen, daß die Menschen wie die Leute sind, die auf diesen Straßen ihre Wagen fahren. Das war der Augenblick, als sie mir sagte, daß jene, die weiterkommen wollten, lernen müßten, rasch zu fahren. Und dann fragte sie mich, was für einen Namen ich jenen gebe, die Angst haben, rasch zu fahren oder überhaupt Angst haben vor dem Fahren. Ich konnte ihr keinen Namen nennen. Aber sie war noch nicht fertig. Unfälle würden geschehen, sagte sie mir, aber die Furcht vor Unfällen würde nie die Menschen vom Fahren abhalten, und Joe Koomson lernte fahren.»
«Erlaube mir, mein Freund, dir deine Zukunft zu prophezeien. Mit einer solchen Frau wirst du nicht nur reich sein, sondern bald auch ein wichtiger Mann.»
«Ich werde dich daran erinnern, Lehrer. Aber kannst du die Wahrheit sehen in dem, was sie sagt?»

«Ich kann sie sehen», lachte der Nackte. «Ich habe es ganz klar gesehen, denn ich habe viel Zeit verloren, um davor wegzulaufen.»

«Sie hatte recht. Aber sie redete nicht über Philosophie. Es war Ghana.»

«Die Unfälle sind jene, die geschnappt werden.»

«Das ist richtig, Lehrer», sagte der Mann, «und der Fahrer bin ich.»

«Und der Fahrer bist du.»

«Von dem Tag an kam ich nicht mehr von der Frage los, was mit mir nicht in Ordnung ist und wo. Koomson war mein Klassenkamerad.»

«Du wiederholst dies wie eine Litanei.»

«Er war nicht sehr intelligent.» Der Mann durchschritt den Raum von neuem. «Scheiße, er war sogar blöd.»

«Vielleicht hat er ein neues Hirn gekriegt.»

«Ein neues Hirn, zum Teufel», sagte der Mann. «Aber das ist, was meine Leute nicht begreifen wollen. Koomson sorgt nicht schlecht für sich ... Heute kann sich jeder junge Mann mit ein bißchen Kopf gut einrichten. Sie bringen es fertig, daß ich mir wie ein Verbrecher vorkomme.»

«Sie zwingen dich einfach vorwärtszukommen. Sie mögen dich doch?»

«Du hast gut reden. Du bist glücklich.»

«Du hast keine Ahnung, wie entsetzlich die Einsamkeit ist.»

«Lehrer, du hast dich frei entschlossen, allein zu sein.»

«Nur weil ich nicht fahren kann.»

«Du hast alle deine Freiheit.»

«Das macht aus mir noch einen viel größeren Verbrecher als dich. Du siehst mich am Tag und meinst, ich sei frei. Vielleicht stellst du dir sogar vor, ich sei glücklich. Denk das nur weiter. Es möge dir etwas wie Hoffnung geben. Aber ich sage dir, jene, denen ich entflohen bin, kehren im Traum zurück. Das ist meine Mutter. Jetzt endlich läßt sie mich allein. Aber vor zwei Tagen war sie bei mir in einem Traum von Schuld, Furcht und Einsamkeit. Ich kam an einen Ort, ähnlich wie das Viertel um das Gerichtsgebäude in der Bakano Umgebung von Cape Coast. Nahe der alten Staatsschule war ein großes Herrschaftshaus, wie ein Schloß, von sanftem Weiß mit einem Braunstich. Das Schloß gehörte, im Traum, meiner Mutter. Mit einem Gefährten, der alle meine Seelenwünsche teilte, waren wir von weit hergekommen, und wir suchten Unterkunft bei meiner Mutter in ihrem Haus. Das Haus war riesig. Da war Platz, sehr viel Platz. Aber als ich mit meiner Mutter sprach, schien sie zerrissen ob einer unmöglichen Entscheidung. Aber dann faßte sie einen Entschluß, und aus ihrem Mund stürzte ein Strom von Worten, jedes angefüllt mit Ressentiment und dem Haß ob ihrer anhaltenden Enttäuschung meinetwegen. ‹Ja, du kommst hierher, um dich auszuruhen. Du, der du hierzu nichts beigetragen hast. Wieviel Geld hast du mir während deines ganzen Lebens gegeben? Wieviel Hilfe gewährt? Und jetzt kommst du hierher, hierher, hierher.› Als ihr Zorn unerträglich wurde, warf sie mich hinaus auf die Straße. Ich machte einige Schritte und fand mich bald an einem Ort mit Häusern, die größer und dunkler waren als irgendeines, das ich bis anhin gesehen hatte, mit Straßen, breiter und leerer, als irgendeine hier, und mit Leuten, von denen ich nie gedacht hätte, daß sie in dieser Welt existieren. Meinst du noch immer, daß ich glücklich bin?»

«Wir haben alle unsere Träume», sagte der Mann.

«Und auch unsere Sorgen. Wie kann ich meinen, daß ich das richtige tue, wenn ich allein bin und es so viele gibt, von denen ich weggegangen bin? Wer hat überhaupt recht? Ich weiß, ich habe eine Wahl getroffen, aber es ist nicht das, was ich gewählt hätte, hätte ich wirklich die Macht gehabt, wählen zu können. Ich sitze hier, und wenn du meinst, ich sei hier glücklicher als du, der du draußen fährst, dann weißt du nicht, wie es in mir drin ausschaut. Ich hatte früher soviel Hoffnung . . . soviel Hoffnung.»

«Ich bin nicht einmal sicher, ob ich je das hatte», sagte der Mann.

«Oh, in deinem Unglück vergißt du manches.»

«Du hast recht. Ich erinnere mich in diesen Tagen nur daran, daß ich auf einem Weg bin, der mir zugewiesen wurde, ehe ich mich selber entscheiden konnte, und das bringt mit sich, daß ich mir ohnmächtig vorkomme. Du kannst nicht sagen, daß du das gleiche empfindest. Du hast diese Freiheit, Lehrer. Du hast deine Freiheit.»

«Da gibt es keinen Unterschied. Wenn wir uns nicht für das verwenden können, woran wir glauben, macht diese Freiheit keinen Unterschied aus. Du siehst, ich bin frei, das zu tun, was ich will. Aber es geschieht im Augenblick nichts, wo ich dabeisein möchte. Da war einmal etwas, und du weißt, was ich meine.»

«Ich weiß.» Der Mann hielt inne, und dann, als wäre er doch auf einen Unterschied gekommen. «Du hoffst immer noch, oder nicht, Lehrer?»

«Hoffen worauf?»
«Irgend etwas. Auf das Ende von all dem ... auf den Anfang zu etwas anderem. Irgend etwas?»
«Nein. Nicht mehr. Keine Hoffnung, überhaupt nicht. Ich fühle keine Hoffnung mehr in mir. Ich kann Dinge sehen, aber ich fühle nicht mehr viel. Wenn du das Ende der Dinge schon in ihrem Anfang siehst, dann gibt es keine Hoffnung mehr, es sei denn, du machst dir etwas vor, oder du vergißt, oder du säufst oder sonst etwas. Nein. Auch ich bin ein lebender Leichnam, der noch herumgeht. Ein Gespenst. Ich starb vor langem. So lange, daß selbst das alte Trankopfer frischen Blutes mich nicht wieder zum Leben erweckt.»
Der nackte Mann auf seinem Bett wandte sich ab. Er drehte den linken Knopf am Radio, bis es nicht mehr weiter ging, er drehte ihn mit so großem Schwung in die andere Richtung, daß der rote Zeiger über die ganze Wellenskala schoß; als dieser anhielt, zerbarst in der Luft eine männliche Stimme, gewaltig wie die eines vervielfachten Eunuchen, mit einem brüllenden Ton, dessen Echo noch lange anhielt, ein vibrierendes «... ericaaaaa». Indessen belegte eine angreifende, zusammengescharrte Musik von jenseits des Ozeans mit aller Lautstärke den Raum. Der Mann stellte gelassen das Radio ab, er lag in seiner ganzen Länge auf seinem Rücken, er hob die Arme und bog sie, so daß er seinen Kopf zum Ausruhen in seine offnen Hände legen konnte, völlig entspannt, und schaute nach der Decke.
Ihm gegenüber ging der Mann ruhig zum Pult zurück und setzte sich darauf; er dachte nach, sah und hörte.

6

Warum vergeuden wir so viel Zeit mit Trauer und Selbstmitleid? Es stimmt, jetzt sind wir Männer, aber es ist noch nicht so lange her, da waren wir hilflose Massen weichen Fleisches und ungeformter Knochen, die sich durch aufbrechende Mutterlöcher drängten, Kot und ersticktes Blut nachziehend. Wir konnten damals nicht fragen, warum es für uns unerläßlich ist, auch groß zu werden. Weshalb sollten wir also jetzt unsere Köpfe schütteln und uns bitter fragen, warum es hier neben den Alten gleichzeitig Kinder gibt, warum die Zeit nicht stillesteht, wenn wir selber an Stationen gekommen sind, wo wir ausruhen möchten? Der Wunsch, daß alle Bewegung ein für alle Male aufhört, stammt von einem Kind.

Und doch kommt das Sich-Wundern, das Kopfschütteln und der sich übergebende Schrecken nicht nur von einer inneren Krankheit der einzelnen Seele. Hier haben wir eine Art von Bewegung gehabt, welche die stärksten Mägen umkehren sollte. Was dem Denken Schmerz bereitet, ist nicht die Bewegung selbst, aber die schwindelerregende Geschwindigkeit dieser Bewegung. Das ist es, was so grauenhaft gewesen ist. Unnatürlich, würde ich gesagt haben, hätte ich nicht aufgehört, Fragen zu stellen, unnatürlich im Hinblick auf was für eine Natur? Jede Bewegung und jedes Wachsen bringt seine eigne Natur mit, um unser zukünftiges Urteilen zu durchkreuzen. Jetzt, wann immer ich fähig bin zurückzuschauen auf die Schönheit der ersten Tage, die Tage der Geburt, kann ich das Wachsen sehen. Ich sage mir selbst, daß dem so sein soll. Nichts sollte das Herz brechen in der fortschreitenden Bewegung weg von der Schönheit der ersten Tage. Ich sehe das Wachsen, das ist alles, was ich in meinem Geiste sehe. Wenn ich nur sehen kann, wenn ich nichts zu fühlen brauche, bin ich nicht aufgewühlt. Aber immer diese unerwünschten Gefühle, die am Ende hochkommen und den Kopf mit Gedanken verwirren, die nicht mehr weggehen wollen. Wie entsetzlich rasch alles abgelaufen ist, von den Tagen, da sich Menschen nicht schämten, von der Seele zu reden, vom Leiden und der Hoffnung, bis zu diesen billigen Tagen des Lächelns, das nie mehr schlau genug sein wird, die Erkenntnis von Betrug und Enttäuschung zu verbergen. In einem solch raschen Verfall liegt etwas von einem unwiderstehlichen Schrecken.

Als ich in die fünfte Klasse ging, gefiel sich ein Mitschüler darin, uns wahre aber unerwartete Seiten unserer Welt zu zeigen, er kam und zeigte uns etwas, von dem ich sicher bin, daß es keiner von uns vergessen hat. Er hieß Aboliga der Frosch. Seine Augen waren darnach. Aboliga der Frosch brachte uns eines Tages ein Buch voll von Monstren und Wunderlichkeiten und zeigte uns seine Lieblingsfigur aus dieser verteufelten Sammlung. Es war ein Bild, das die Legende das «Mannkind» nannte. Es war mit allen Anzeichen eines normalen Babys geboren worden, aber innerhalb sieben Jahren hatte es den ganzen Zyklus vom Säuglingsstadium zur Kindheit, zur Jugend, zur Reife und zum Greis durchlaufen und war im siebten Jahr eines natürlichen Todes gestorben. Das Bild, das Aboliga der Frosch herumbot, zeigte das Mannkind in seinem hohen Alter, einen völlig gealterten Mann bis eben auf die Kleinheit seiner Statur, etwas, das den grotesken Eindruck noch verstärkte. Das Mannkind schaute unwiederbringlicher alt aus, weit mehr verfallen als ein gewöhnlicher alter Mann je aussehen konnte. Aber auch es hatte sicher eine eigne Natur, so daß nur jene, die feste Grundsätze haben, um zu bestimmen, was natürlich ist, sich die Freiheit herausnahmen, es als unnatürlich zu bezeichnen. Und wo habe ich in diesen Tagen meinen festen Grund? Sagen wir, daß der Zyklus von der Geburt bis zum Tod sehr kurz gewesen ist. Kurz und bündig. Aber anderseits alles andere denn ungewöhnlich. Und selbst in diesem Neigen zum Ende waren Dinge, welche den sehnsuchtsvollen Geist an alte Anfänge erinnerten und das Versprechen neuer in sich enthielten wie selbst die eigene Verzweiflung. Ich habe diesen Schmerz schon früher gekannt, nur war er dann viele viele Male vervielfacht worden, aber das mochte nur deswegen sein, weil ich zu jener Zeit nicht so allein war, nicht so weit weg von allem. Mag sein, daß andere einsame Stimmen jetzt am Verzweifeln sind. Ich will mich nicht durch die Stimme verführen lassen, selbst wenn sie anheben sollte, wie sie es in den Tagen der Hoffnung tat. Ich will mich nicht hinreißen lassen, seitdem ich die Zerstörung von Aussichten sah, die sie bewirkte. Aber ich will ihr auch nicht widerstehen. Ich will ein Kork sein.

Es ist doch erstaunlich, oder nicht, wie selbst die schlimmsten Vorkommnisse der Vergangenheit in der Erinnerung Versöhnlichkeit erlangen. Alter widerlicher Kummer ist nun bloß Bild und Geschmack, die nicht mehr länger bedrücken, verheilte Narben, die nur noch Vergnügen bereiten. Seltsam, denn ich kann mich, wenn ich nüchtern darüber nachdenke und ohne irgendwelche nachträglichen Freuden in die tiefere Vergangenheit hineinzudeuten, nur an eines erinnern, nämlich daß es schrecklich war.

Als der Krieg vorbei war, kamen die Soldaten zurück, aber in ihren Heimen war etwas zerbrochen, und sie selber brachten Mord mit in ihrem Herzen und gaben ihn den Nächsten. Ich sah es, nicht allzu eindeutig, denn ich verfügte nicht über die Fähigkeit, es zu begreifen, aber es erschreckte mich. Wir marschierten im Siegeszug, und ich kann mir nicht vorstellen, daß einer teuflisch genug im Geist war, um zu fragen, ob wir wüßten, was wir feierten. Wessen Sieg? Der unsere? Es kam nicht drauf an. Wir marschierten, und nur ein unehrlicher Narr schaut in seine Knabenzeit zurück und behauptet, er hätte gewußt, daß in all jenem kein Sinn gewesen war. Es ist so komisch, daß wir alle meinten, den Sieg willkommen zu heißen. Aber vielleicht ist es gar nicht so komisch und hängt nur damit zusammen, daß der Sieg der identische Zwillingsbruder der Niederlage ist.

Da war zunächst die Gewalt. Auch wenn sie nicht etwas völlig Neues war, die Häufigkeit und die Intensität waren doch neu. Niemand zuvor hatte mir je von so vielen Leuten gesprochen, die weggingen, um zu kämpfen, und die zurückkamen mit Blut und Geld, das ihre Seelen auffraß. Und auch jene, die möglicherweise hätten antworten können, hätte ich sie vorher gefragt, hätten von mir keine Notiz genommen, so beschäftigt waren sie damit, zu schauen und sich wundern, was los war, wann es zu Ende wäre, und ob es überhaupt ein Ende nehmen würde. Es gab damals keine Antworten. Es wird nie Antworten geben. Was will ein Mann jemals machen, wenn er aufgefordert wird, seine Männlichkeit zu beweisen, indem er in einem fremden Land kämpft und seine Frau zusammen mit den Irren, den Kindern, den Alten und andern Frauen zurückläßt? Was anderes soll ein Mann annehmen, als daß seine Frau auch seine Frau bleiben wird, wenn er nicht mit ihr zusammen ist? Und was soll eine Frau machen für Männer, die abwesend sind, die Geld heimschicken, nicht um es auszugeben, sondern um es für eine ungewisse Zukunft auf die Seite zu legen, für dann, wenn sie hoffen zurückzukehren, sofern sie überhaupt zurückkehren? Welch neue Art von Geld, das nicht ausgegeben werden kann? So gab es Männer, die trotz der menschlichen Wünsche ihrer Frauen, die sie in der Jugend geheiratet hatten, nicht in fremden Länder starben, sondern verwegen zurückkamen, wie betrunkene Diebe an heißen Nachmittagen oder kühlen Nächten, und sie wußten, ehe sie das Wasser mit der lächelnden Lüge der Begrüßung getrunken hatten, daß sie betrogen worden waren. Im Blut kam ihr Zorn hoch über ihre Nächsten, diesen Männern, die ausgezogen waren ohne Zorn, um gegen Feinde zu kämpfen, die sie nicht kannten. Auf sie warteten Zorn und Mord im Schoß ihrer Frauen, von denen sie sich einst verabschiedet hatten. Alles, was das junge Auge damals sehen konnte, war die Wahrheit: daß das Land ein schmutziger Ort geworden war mit zerstörten Seelen und verlorenen Körpern, die nach etwas Ausschau hielten, das ihnen den Schmerz abnehmen könnte, und die nichts fanden außer jenen, deren Schmerz ihr Schmerz hätte sein müssen und zu deren Schutz sie hätten lernen sollen zu kämpfen, sofern in diesem Kampf überhaupt irgendein Sinn gewesen wäre. Zu jener Zeit waren auch die Klappmesser große Mode, die rasche unüberlegte Bewegung von plötzlichen, häßlichen Messerspitzen, welche wandernde lebende Gespenster mit dem fütterten, was sie verlangten, Blut, das ihrem innern Leiden doch nie ein Ende setzen konnte. Viele fanden es unmöglich, die Tatsache zu überleben, daß ihre Welt zerstört war, die sie beim Aufbruch in ihren Köpfen mitgenommen hatten. Und so wurden sie ganz einfach wahnsinnig. Wie Home Boy. Endlos wiederholte er rauhe, unverständliche Kommandoworte, die er nie verstanden hatte, aber denen er gelernt hatte zu gehorchen in anderer Leute Länder, den ganzen Tag marschierend, überall, und er trieb sich in wahnwitzige Erschöpfung mit der Wiederholung des militärischen Drills, den er geübt hatte, immer zur stolzen Begleitung seiner Pfadfinderpfeife mit deren noch hellem Metallklang. Andere gingen ruhig in ein großes Schweigen, das keiner je hoffen konnte zu durchdringen, in etwas so Tiefes, daß es den Mann, der vorher stark gewesen war, verschluckte: sie fielen in dieses tiefe Schweigen und ertranken. Die, welche dazu fähig waren, lasen die Scherben ihrer zerschlagenen Welt und ihrer zerstörten Person zusammen, sie würgten die klare Erkenntnis von Betrug herunter, und sie kamen mit uns den Kais entlang, sie suchten irgendeine einfache Arbeit, welche dem fortlaufenden Ablauf unwillkommener Tage irgendwie Sinn geben könnte. Vielleicht hundert warteten mit Augen, die in der Vergangenheit oder in der Zukunft verloren gegangen waren, immer

in irgendeinem weit entfernten Ort und einer andern Zeit, in jedem weit entfernten Ort und in jeder andern Zeit, wenn es nur nicht das schreckliche Jetzt und Hier war, vielleicht hundert Mann, die auf Arbeitsplätze warteten, von denen es ganze sieben gab.
Kofi Billy war einer der Bevorzugten, er wurde aufgelesen für eine Arbeit, die für weiße Hände zu grausam war. Er verrichtete seine Arbeit gut. Er war am Abend erschöpft, aber er fand eine Art von Glück in all dem, und das hatte auch seinen Wert. Er war eines Tages beim Verladen von Lasten, stieß sie mit seinen Riesenhänden über ein Deck, als irgendwo ein junger frischer Engländer an einer Maschine saß und lud, was selbst für ein Stahlseil zu schwer war, so daß dieses riß. Mit aller Wucht schlug das freie Ende durch die Luft und schlug Kofi Billys rechtes Bein unter dem Knie ab. Lange Zeit sagte er, er spüre überhaupt nichts, und dann spürte er alles, was je ein Mann spüren kann, und die Welt erlosch für ihn. Der Engländer sagte, Kofi Billy habe es verdient, er habe bei seiner Arbeit getrödelt, wäre er rascher gewesen, hätte er nicht an jener Stelle gestanden, wo das Stahlseil riß. Vor ihm hatte ich nie jemanden mit einem Holzbein wie diesem gesehen, er selber sprach nicht gern darüber. Er saß da und sah auf die Stelle, welche ein Holz- und Metallglied nie einnehmen konnte, und sagte nichts. Schwester Maanan fand ihre Zuflucht in der Flasche, und die Fremden, die vorbeikamen, gaben ihr Geld und manchmal sogar Liebe. Die Kais machten aus den Männern Narren und Blutsauger, willige Diener, um die Gelüste anderer zu befriedigen, Lotsen für hungrige Fremde, die Menschenfleisch suchten. Es

kam zu Kämpfen zwischen Mann und Mann, nicht so sehr wegen Frauen, sondern wegen der Weißen, die zu Frauen geführt werden wollten, und die Filme lehrten die Aufgeschlossenen neue Moden in Kleidung und Mord. Es gab die erregenderen, viel umfassenderen Kämpfe zwischen größeren Gruppen gewalttätiger Männer, wenn Soldaten aus irgendeinem Grund, der niemanden kümmerte, wie Polizisten kämpften oder wenn echte Kroo-Männer aufstanden, um gegen anrückende Krieger anzutreten. Das waren Gewaltakte, die sich nach außen richteten. Ich glaube nicht, daß selbst diese die Hälfte von dem ausmachten, was wir an Schrecken empfanden. Ich weiß, es ging meinen Freunden wie mir. Und was ich in mir fühlte, war das Herankommen von etwas wie dem Tod. Uns hätte beinahe erledigt, daß es keine Erklärung für all das gab, für nichts außerhalb von uns und jenen um uns und selbst jenen, die schwächer waren als wir und die wir anzugreifen wagten. Es gab keinen sichtbaren Ausweg für uns, und draußen auf den Hügeln standen die glänzenden Bungalows der Weißen, weit weg, so unerreichbar fern, daß auch die Leute in ihrem Leiden nicht an sie dachten. Und für die, welche es taten, gab es die Geschichten von weißen Männern mit großen Hunden, die an einem Tag mehr Fleisch bekamen als eine Menschen-Familie an der Goldküste in einem Monat, Hunde, die ihren Meistern gehorchen konnten wie Soldaten im Krieg und die so wenig übrig hatten für die schwarze Hautfarbe wie ihre Herren.

Der wache Geist wird gestört durch Erinnerungen an die Vergangenheit. Soviel Zeit ist vergangen, und noch immer wirkt sie nicht versöhnlich. Draußen auf dem Schulweg die lange Baumreihe mit den kleinen Mangos, die drauf wuchsen und die einen ärgerten, da sie sauer waren, wenn man hineinbiß. Aber es war nicht möglich abzuwarten. Es gab zu viele Kinder mit zu viel Hunger und so vielen Wünschen. Steine flogen hinauf und kamen im Bogen herunter, sie holten nicht die gewünschten Früchte, sondern ganze Äste mit unreifen Mangos herab. Den Sonnenschein spüren nach dem Morgen eines kurzen ungewöhnlich feinen Regens, auf dem Gras, das sich von den Hügeln der Weißen seitwärts weit hinunterzog, die Feuchtigkeit. Hier und dort die unwahrscheinliche Weichheit von Sandlöchern, Spielzeuge der Weißen auf dem Golfplatz. Gelegentlich der Sonnenspeer, der auf kleine klare Wassertropfen zwischen dem Gras und den Hibiskuspflanzen aufschlug, abprallte, in die Augen stach und verschwand. Drei Jungen in Khaki rennen um die Wette hinüber und den Hügel hinauf, ihre Hosenträger fallen von schmächtigen Schultern. Unaufhaltsam fließt das Wasser auf den saubern sanften Böden der Rinnen herunter, den Hügel aufteilend, und unten mischt es sich mit dem nicht kanalisierten Dreck. Das Wasser, das von den Hügeln kommt, ist immer so sauber wie ungebrauchtes Wasser oder wie Wasser, das Geister ohne Fleisch benutzt haben. So sauber, daß es unten am Hügel alle Aussätzigen benutzen, um ihre Kleider zu waschen und um ihre Wunden zu baden, von der Sauberkeit profitierend, ehe das Wasser den Dreck erreicht. Um die weißen Bungalows auf den Hügeln haben keine hungrigen Kinder Steine geworfen, und die Mangos, die sonst schon längst verschwunden wären, hängen schwer und reif und schön, und der weiße Mann in den Bungalows hat nicht einmal Lust, sie zu essen. Das Sonnenlicht auf dem nackten Nacken über dem Khaki-Kragen, und das kurze Streicheln von feuchtem Gras unter den Füßen, die zu den glänzend weißen Bungalows hinaufklettern. Zäune und Hecken. Zäune weiß und hoch, mit spitzigen und gleißenden Holzstäben. Hecken dick und hoch, ihr schönes Grün versteckt die Dornen nicht. Auf der Suche nach Mandeln, den Erdnüssen des weißen Mannes. Mandeln so groß wie Mangos, und einige so reif, daß sie ganz rot werden. Mangos hängen da, riesig und golden, und von draußen schauen Augen hinein und sind gierig. Der dritte Junge findet ein Loch, am Boden unter der Hecke. Eine schmale Öffnung, drei Jungen, drei Khakis von den Dornen zerrissen und beschmutzt. Vielleicht trifft es zu, daß die Weißen wie lebende Geister zusammenleben. Für einen Platz, wo Leute wohnen, ist es totenstill. Aber es ist unmöglich, ins Haus hineinzusehen durch die Drahtgeflechte vor den Fenstern. Nichts als ein langer Stab liegt da. Nie Steine werfen um den Bungalow eines weißen Mannes. So drehen drei kleine Jungen ihren Rücken dem Bungalow des weißen Mannes zu und holen reife Mangos mit unreifen herunter, die bereits auf den Boden gefallen waren. Ruhig bleiben. Der weiße Mann, sofern er existiert, darf nicht geweckt werden. Dann plötzliche Schritte drinnen, die herauskommen. So viele Mangos und so große Mandeln und all das zurücklassen! Und das Loch ist viel zu eng, und die Dornen sind grausam scharf, sie tun weh, wenn sie durch den Khakistoff ins Fleisch eindringen. Ein Blick zurück gibt dem Schrecken die Gestalt von zwei Hunden, und sie sehen viel bedrohlicher aus als irgendein zorniger Vater. Es ist leicht, einen steilen Hügel hinunterzulaufen, aber leichter rasch als gut zu laufen. Hunde sind jedenfalls rascher. So viel Geschwindigkeit überrennt den Renner. Mitten in allem die volle Befriedigung, daß ein Junge manchmal so rasch laufen kann. Aber selbst das Gras schmerzt, wenn das Gesicht des Renners hart dagegen stößt und es die Erde darunter spürt. Beißt der Hund jetzt, oder ist er nicht mehr interessiert an der Gestalt, die fiel, oder kann ein Hund über ein Kind hinweglaufen und in ihm das Gefühl hinterlassen, daß es fürs Leben durch und durch geschlagen ist? Hinter den Hunden tauchen große schwarze Männer in Unterhemden auf, und sie schwenken in ihren Händen Geißeln. Die schwarzen Männer sind unglaublich zornig, zorniger als die Hunde, und es gab keinen Irrtum über die Wucht ihrer Geißeln. Hätte es nicht genügt, die drei Jungen davonzujagen? Aber das scheint nicht das Problem zu sein. Die schwarzen Männer knallen mit ihren Geißeln, als gehe es um Leben oder Tod. Hinter ihnen ist der weiße Mann herausgekommen, und mit einem kleinen weißen Jungen schaut er vom Hügel herunter, und die Sonne scheint noch immer schön, wie hinter dem weißen Mann die weiße Mauer auftaucht. Die drei Jungen treffen sich wieder und fragen sich, was schlimmer ist, zurückzukehren oder heimzugehen.

Der Zorn stieg auf. Aber es war der Zorn eines Opfers, das schwächere Opfer finden mußte, und er wurde nie befriedigt, sondern es kam zu ihm noch die Scham hinzu. Es ist wirklich so einfach für einen Freund, einen Freund als Verbrecher zu behandeln, den es zu fürchten gilt. Es ist schwierig dazusitzen und einen Freund zu sehen, der etwas hat, das man verzweifelt nötig hätte, aber nicht hat. Es ist schwierig dazusitzen und einen Freund zu beobachten, der dies Ding so lange festhält, bis auch für ihn der Moment kommt, da er es benötigt. Nichts konnten wir tun, nachdem wir die bestohlen hatten, die gut zu uns waren, außer, daß wir uns mit dem Gefühl hinlegten, daß es so nicht in Ordnung war. Es war, als ob wir den moosigen Grund steiler Wasserinnen vom Hügel herunterschossen, ohne daß uns etwas aufhalten konnte. Nur hatten die Rinnen diesmal kein Ende, und die Geschwindigkeit war schon lange so groß geworden, daß wir nicht mehr anhalten konnten.

Es wäre möglich gewesen, auf der Suche nach einer angenehmen Dunkelheit für das Gedächtnis mit dem Trinken zu beginnen. In den Tagen, als immer noch etwas da war, das von einem abwesenden Freund hatte gestohlen werden können, ist es möglich gewesen. Aber es kam der Moment, daß weit und breit nicht genug da war, und tiefe Anstrengung mußte aufgewendet werden für das, was da war. Man wäre am Ende zerbrochen und darob verrückt geworden, nehme ich an, aber es war auch der Zeitpunkt, als wir auf *Wee* kamen.

Es war Schwester Maanan, die es uns eines Abends brachte, sie sagte, das Zeug habe ihr ermöglicht, eine Flasche Schnaps anzuschauen und sich zu sagen, daß es nur wiederum eine Flasche mit Schmerz und Gift sei. Sie schien uns aber nicht eine Predigt halten zu wollen. Sie bot uns das Zeug an, von dem wir spürten, daß wir es schon viel früher nötig gehabt hätten. Die Art, wie Schwester Maanan dazu kam, setzte nicht einmal viel Geld voraus. Und statt uns zu blenden, wie es der Alkohol getan hätte, trug uns *Wee* Jahre über unser altes Selbst hinaus und ließ uns viele Meilen über diese alten Punkte hinausschauen. Ich war später überrascht, daß so viel verlogener Dreck über *Wee* herumgeboten wurde. Ich war so lange überrascht, bis ich alt genug war, um zu verstehen, wie völlig natürlich es ist, daß Richter, bereit, heiße Nachmittage abzusitzen und unter ihren Perücken zu schwitzen, wirklich wütend werden, wenn ein armer Teufel vor Gericht gebracht wird, weil er versuchte über alles Elend des Augenblicks hinauszuschauen, indem er *Wee* rauchte. Diejenigen unter den Richtern, die wirklich lesen können, wissen, daß aller heilige Zorn Hundsdreck ist, schlicht und einfach. Sie wissen, daß die Ärzte, wo immer sie gefragt worden sind, die Wahrheit gesagt haben, bevor alte Richter ihr stinkiges Maul aufmachten. *Wee* ist weit weniger gefährlich als Bier, und nicht nur, weil es nachher keine Kopfschmerzen bereitet. Ich habe noch nie einen Mann oder eine Frau gesehen, die *Wee* rauchten und mit etwas anderem denn Mitleid auf jene schauten, die verdammten, was sie nicht gekostet haben.

Maanan brachte es und zeigte uns, wie man es anzündet und wie man es, einer nach dem andern, raucht. Man muß wissen, daß mindestens so viel daran ist, daß ein unentschlossener Mensch vom *Wee* abgehalten werden könnte, selbst wenn die vielen Lügen darüber nicht so ungeheuerlich wären. *Wee* kann einen Dinge sehen lassen, die man vielleicht lieber nicht sehen mag. Es geht nicht um nicht-existente Dinge, die heraufbeschworen werden. *Wee* ist nicht magisch. Es geht vielmehr darum, daß wir uns ein ganzes Leben lang auf so vielen Wegen vor so vielen harten Wahrheiten schützen, indem wir es einrichten, daß wir hier ein wenig blind und dort ein wenig kurzsichtig sind und zu jeder Zeit nach dem einfallenden Licht schielen. Das ist es, was die Klugen das Leben nennen. Das zerstörerische Ding *Wee* aber sticht der Blindheit den Star und läßt einen das ganze Leben ausgebreitet vor einem sehen. Was man jetzt sieht, ob es von den verborgenen Tiefen der Seele kommt oder von den gewöhnlichen Tatsachen des bewußten Lebens, das man führt, es kann nicht falsch sein. Aber seine Wahrheit ist die tiefe, gefährliche Art von Wahrheit, die einen in eine verzweifelte und trübsinnige Handlung treiben kann, wenn das Leben selbst, das man führt, bereits zutiefst verzweifelt und zutiefst trübsinnig ist. Das ist der einzig vernünftige Grund, dieses Zeug zu fürchten. Ich bin in Gerichtssälen gesessen und habe zugehört, wie man junge Männer ins Gefängnis schickte und ihnen fünf oder sieben Jahre verdarb, und die Richter haben während Stunden durch ihre Mäuler gefurzt, und keiner von ihnen hat gesagt: es geschieht, weil sie den Schwachen und Geopferten vor der Erkenntnis dessen, was ihnen geschieht, schützen wollen. Aber Richter wollen nie wissen.

Wir folgten Maanan, als ob sie unsere Mutter gewesen wäre, Kofi Billy und ich. Sie ging mit uns zum Wellenbrecher, in der Nähe der Stelle, wo der Abfluß der Marktes sich ins Meer ergießt, und wir setzten uns dort hin und rauchten. Kofi Billy schaute immer dort hin, wo sein verlorenes Bein hätte sein sollen. Wie ein Kind fragte er die ganze Zeit Schwester Maanan, sie solle ihm sagen, was eigentlich vor sich gehe. Aber Schwester Maanan sorgte nur dafür, daß das glimmende *Wee* von Mund zu Mund ging, und mit einem Lächeln in der Stimme sagte sie uns beiden, wir sollten abwarten, bis wir uns selbst die Wahrheit sagen könnten. Und dann änderte sich das ganze Leben in einem einzigen Augenblick. Beim ersten Zug war mir, ich müßte mich übergeben. Aber die Furcht legte sich, und ich begriff, es war nur die totale Neuartigkeit der Empfindung. Für einen Augenblick drang nichts mehr, was außer mir war, in mich ein. Es konnte nicht. Ich war allzu beschäftigt damit, zum erstenmal Gewißheit darüber zu erlangen, was mein Körper war. Ich glaube, es war in meinen Fingerspitzen, wo ich es zum erstenmal fühlte – Blutrhythmus in der Spitze, zum erstenmal gefühlt und erkannt. Ich sah hin und wunderte mich, daß die Fingerspitzen nicht sichtbar waren als Tausende und Abertausende von kleinen Bläschen in Bewegung, sondern als das ruhige Äußere einer Haut, welche Knochen bedeckt. Wenn aber eine Fingerspitze schon so viele lose Körper in so viel Bewegung sein konnte, was dann erst mit dem ganzen Körper, wenn er auf diese Weise empfindet. Ich konnte meinen Herzschlag hören. Normalerweise hört man ihn nicht richtig, ich atmete aus und ein und gelangte zur Erkenntnis, daß ich mit der Luft Gerüche und Töne aufnahm. Und dann hörte ich Kofi Billy, der doch die ganze Zeit über nahe gewesen war, etwas sagen, und ich fuhr auf. Seine Stimme

war nicht nur in Körpernähe; da ich das gleiche gedacht hatte, was er sagte, ehe er es sagte, erreichte mich seine Stimme, als ob es meine eigne wäre, die von irgendeinem fremden Ort zurückkommt; die Stimme hatte gesagt: «Mir gefällt es hier nicht.»
So fragte ich ihn, warum, und er fragte mich, ob der Geruch für Maanan und mich nicht zu aufdringlich geworden sei. Er war es. Wir saßen auf dem Wellenbrecher, über den Fundamentblöcken, die hier von den Erbauern auf den Strand geworfen worden waren, und sie wurden vom jedermann sonst für die Notdurft und zum Waschen benutzt. Die Nachtluft trug den Geruch von vermischten Exkrementen unnachsichtig in unsere Mägen und in unser Blut. Maanan, immer noch lächelnd, nickte leicht, wir erhoben uns alle und kletterten von dem Wellenbrecher herunter, gingen vorsichtig an den Felsen vorbei, um nicht in den Kot zu fallen, und als wir an den Wasserrand kamen, setzten wir uns nieder auf den nassen Sand, und die Luft war klar und feucht vom Salzwasser.
Unten am Rand des Wassers sogen wir in unsere Lungen das letzte Stück *Wee*, das Maanan gebracht hatte, und unsere Körper öffneten sich von neuem für alles, was in uns und außer uns vor sich ging. Der Rauch im Mund hatte eine inständige Schärfe, welche die empfindliche Haut unter der Zunge angriff. Ich betrachtete das Meer, das gegen und über den Sand flutete, und ich sah nicht länger totes Wasser in sinnlosen Lärmwellen ans Land schlagen. Das Wasser und das Land begannen für mich lebendig zu werden; das Wasser kam in langen, langsamen Bewegungen, sich ausdehnend in längst vergangene Jahr-

hunderte, und das Land antwortete auf jede Bewegung, obwohl wir in toten Augenblicken nicht die Augen haben, irgend etwas davon zu merken. Töne, das milde Donnern der Wellen, die auf ruhigeres Wasser schlugen, und das Seufzen der sich zurückziehenden Nachwellen, all das zusammen mit dem, was wir sahen. Der Sand sah so schön aus, so viele kleine individuelle Körner im Nachtlicht, sie vermittelten dem Beobachter das kindliche Gefühl von unendlichen Dingen, die endlich begriffen wurden, das demütige Gefühl von der Nichtigkeit des Beobachters.
Ich sah nach Maanan. Das Licht war nicht sehr hell, aber ich konnte deutlich erkennen, daß sie lächelte. Und wie sie so dreinschaute, ertappte ich mich beim Gedanken, daß ich die ganze Zeit über nie die Frau in Maanan gesehen hatte. Oder ich hatte sie bloß angeschaut und Bilder gesehen, ohne dabei etwas zu denken, und das ist die tote Art, Dinge zu sehen, was ich seit jenem ersten Abend am Strand weiß. Wir alle wußten, daß Maanan eine der schönsten Frauen war, aber der Augenblick, in dem mir dies an jenem Abend bewußt wurde, unterschied sich von allen andern früheren Augenblicken. Die Schönheit gab es auch jetzt wie immer in ihrem Gesicht und in der Linie ihres Körpers, der neben mir lag. Aber ihr Gesicht drückte zugleich eine Sanftheit aus, die für mich völlig neu war. Es war nicht eine weiche, bedeutungslose Sanftheit. Es war vielmehr, als ob dieses Gesicht alles ausdrückte, was zur Erkenntnis nötig war: daß es hier um eine Frau ging, die in die Zerstörung getrieben wurde und daß weder sie noch ich etwas dagegen tun konnten. Sie lächelte mir zu, aber ich fühlte mich von der Stille angeklagt,

die zu Millionen und Jahrhunderten von Frauen gehörte, alle mit dem Gesicht von Maanan, und die keine Stimme nötig hatten, um mir zu sagen, daß ich sie verpaßt hatte, ich und all die andern, die wir uns unser ganzes Leben lang und während all der Jahrhunderte zufrieden gaben, nichts zu sein und nichts zu tun angesichts ihrer Leiden. Soviel Vergangenheit erhob sich in diesem Augenblick am Rande des Salzwassers. Ich hätte gerne etwas zu Maanan gesagt, wenn es nicht so schwer gewesen wäre, etwas zu formulieren, aber ich war überzeugt, daß sie auch so verstanden hatte, schon lange verstanden hatte, ehe ich genug gesehen hatte, um sie um Vergebung zu bitten, und daß sie mir vergeben hatte, soweit es möglich war, als Leidende denen zu vergeben, die übrigbleiben, mit ihnen zu leiden und ihre Traurigkeit zur Kenntnis zu nehmen.

Und da fühlte ich mich nicht mehr so schmerzlich weit weg von Maanan. Ihre Augen ruhten in den meinen, und als Antwort auf ihren Blick öffneten sich mein Verstand und mein Herz bis zum Schmerz eines tiefen Gefühls. Vergib mir, Maanan, vergib uns allen, wenn es in diesen Tagen möglich ist. Ich erinnere mich, wir redeten nicht über die Liebe, damals, als vielleicht ein einziges Wort die Reisenden von erschreckenden Reisen zurückgeholt hätte. Wir redeten nicht von der Liebe. Ich streckte eine suchende Hand aus, aber am Ende hielt ich mit meinen Fingern nur eine Handvoll feinen schönen Sandes, und die Schönheit des Sandes zog meinen Blick weg von der verwirrenden Schönheit der Frau neben mir und Kofi Billy. Aber der Moment war vorbei, ich wußte damals nicht, wie unwiederbringlich.

Ich weiß, es ist einfach, von der Traurigkeit vergangener Tage zu reden, als ob ich mit der Zeit besser geworden wäre und als ob ich alle verpaßten Augenblicke zurückgeben könnte, um jenen in Güte näher zu sein, denen meine Schwäche Unglück gebracht hat. All solches Bedauern ist umsonst, um mich vor meiner toten Natur zu verstecken, indem ich sie in die Vergangenheit verweise. Ich weiß. Noch fühle ich das Bedauern, und deswegen wird es mich auch nicht allein lassen, am allerwenigsten jetzt.

Ich konnte mir nicht helfen, als der feuchte Sand durch meine schwachen Finger rann und sich mit dem Strand verband. Wie ein Tier kniete ich nieder und streckte meine Hand aus, um den Sand von der Hand mit der Welle, die am nächsten kam, abzuwaschen. Und dann verspürte ich plötzlich Lust, das Salzwasser in meinen Mund zu nehmen. Es war nicht nur Salz, was ich schmeckte, sondern hundert andere starke Dinge im Wasser, und ich spülte meinen Mund damit und spuckte es langsam aus und wiederholte das Ganze. Etwas, das nicht sterben wollte, brachte mich dazu, Maanans Mund sanft zu berühren. Für lange Zeit verharrte meine Hand dort, und ich sah auf sie und war verloren und verzweifelt. Sie weinte nicht. Sie drehte ihren Kopf, ich folgte ihrem Blick und sah Kofi Billy. Er mußte die ganze Zeit auf den Ozean hinausgestarrt haben, er drehte seinen Kopf nicht zu uns. Er sah weit weg, schaute in seiner interesselosen Stille hinter die Distanzen, und dann, nach geraumer Zeit, hob er seinen Kopf, sah um sich und ließ seine Augen auf dem Sand unter ihm ausruhen, Augen, die auch in diesem schwachen Licht weit und stumm waren.

«Was siehst du?»
Ich weiß nicht, warum Maanan diese Frage stellte. Vielleicht war es eine ihrer Gewohnheiten, um die, die sie rauchen lehrte, aus ihren verborgenen Stellungen herauszulocken. Ich wußte nicht, ob die Frage an mich gerichtet war oder an Kofi Billy oder an uns beide, eine unbestimmte Frage, in den Wind geworfen. Aber Kofi Billy nahm an, die Frage sei an ihn gerichtet, und gab eine Antwort.
«Ich sehe einen langen, langen Weg», sagte er. «Mit viel Leuten, so viele Leute gehen weit weg in die Ferne, daß ich sie nur als kleine Bläschen sehe, die sich zusammendrängen. Sie gehen, sie gehen einfach, und ich gehe mit ihnen. Ich weiß, ich möchte gerne heraustreten, um zu wissen, wohin wir gehen. Aber in dieser entsetzlich langen Reihe von Leuten bin ich nur einer. Es ist überhaupt nicht möglich, da herauszukommen und zu sehen, wohin wir gehen. Ich gehe und gehe.»
Das letzte war ein erschöpftes Feststellen. Darnach kam nichts mehr. Kofi Billy schaute wieder wortlos an seinem Holz-und-Metall-Bein vorbei, hinunter auf den Sand, seine großen Augen leuchteten.
Maanan hob ihren Kopf und fragte, ob der kleine Mond mit seinem Dunsthof nicht komisch aussähe. Kofi Billy lag mit seinem Rücken auf dem Sand, und als wir den Mond fast vergessen hatten, sagte er mit ruhiger Stimme: «Ja, so ist der Mond besonders schön.»
Da war nichts mehr, was wir einander noch hätten sagen können. Wir saßen mit Kofi Billy, wir wußten, daß der Unfall, der ihn gebrochen hatte, die Stille seines Bewußtseins durchdrang, aber wir wußten

auch, daß wir nichts ausrichten konnten, und daß wir umsonst hofften, etwas zu sagen, womit wir seine Ängste hätten beruhigen können; sie waren für einen Außenstehenden zu tief. Dann, nach einer Weile, erhob sich Maanan.

«Gehen wir?» fragte Maanan uns beide. Ich kam gar nicht dazu, etwas zu sagen. Es war Kofi Billy, der ihr antwortete – eine Antwort, voll von Verwirrtsein.

«Können wir überhaupt gehen?»

Maanan hielt Kofi Billy an der Hand, mit Mühe erhob er sich, und wir gingen über den nachgiebigen Sand aufwärts, an den herabgestürzten Steinbrocken vorbei, hockten uns rücklings auf den Wellenbrecher, kreuzten die Beine und ließen sie baumeln. Da war nichts um mich, was nicht mit jedem andern Ding verbunden war. Auf dem Rückweg schien es ganz natürlich, daß die elektrischen Pole Verbindungen haben und sich treffen können, und das einzig Einsame und Unerklärliche an diesem Ort war die Figur einer jungen Frau, die gegen einen Pol lehnte und auf jemand wartete, der nicht zu sehen war. Als wir zu ihr hinaufgingen und wir sie weit hinter uns gelassen hatten, sah sie mehr aus wie ein Insekt, das in der Weite dieser Welt verloren war, als wie eine Frau, die den Herzschlag der Liebe zu lernen begann. Und so gingen wir zurück; wir drei, der gebrochene Mann, ich und die Frau, und als wir auf Leute stießen, denen wir ausgewichen waren, um an diesem Abend an den Strand zu gehen, stand fest, daß nach dem, was durch unsere Sinne gegangen war, als wir aufs Meer hinaussahen, wir ihnen nicht mehr ins Gesicht schauen und ihnen unser Wissen um die Verzweiflung nicht verbergen konnten.

Es gab darnach nicht viel zu sagen zwischen uns dreien. Denn Kofi Billy versteckte sich vor der Welt und sagte nichts, genau genommen wurde er überhaupt nicht mehr gesehen. Und Maanan, Maanan war wieder an ihrem Versuch mit dem Glück auf jene Art, die sie am bitteren Ende nur zerstören konnte. Und mit den andern gab es nicht so viel zu reden wie früher, zumal mehr denn je eines Mannes Sorgen nur das Echo der Sorgen eines andern Mannes und des Schmerzes einer andern Frau waren.

Am Sonntag darnach wurde Kofi Billys Körper gefunden. Er hing an einem Leintuch, vom Balken einer fertigen Tür zu einem Haus, das nicht fertig war. Sein Bein aus Holz und Metall war mit Blut beschmiert, er mußte, bevor er gestorben war, noch eine größere Anstrengung auf sich genommen haben, vielleicht als er versuchte, einen hochkant gestellten Backstein unter ihm mit dem Fuß wegzustoßen. Er war in seinem Leben kein gewalttätiger Mann gewesen, obwohl er stark war, und wir wußten, wie gern er seine Kraft für eine Arbeit einsetzte. Aber im Grunde werden wir es nie genau erfahren. Es ist aber möglich, daß viel Gewalttätigkeit in ihm war, zu viel, die sich dann nach Innen wandte und den Mann zerstörte, der sie nicht mehr aushalten konnte. Ich möchte nicht wissen, wie man leben kann mit der Kenntnis dessen, was ihm zustieß, und der Gewißheit, daß man nie die Macht haben würde, daran etwas zu ändern.

Es gab keinen Anlaß für ihn, so einsam wegzugehen, indem er sich umbrachte. Jeder von uns mußte einmal daran gedacht haben: er war nicht der einzige, der ging, nur der erste. Die Stimmen, mit denen jetzt

die Leute redeten, wurden lauter und jovial; es gab dafür keinen Grund, außer vielleicht einer lächerlichen Hoffnung, daß falsches Glück dem Verzweifelten Halt geben kann. Die Frauen wurden gemein. Sie waren auf dem Markt kleinlich und nahmen es mit dem Geld besonders genau, so daß es uns alle traurig stimmte. Wir schimpften sie aus, wie wir uns selber ausschimpften und alles, was überhaupt nur ausgeschimpft werden konnte. Was sollen Leute, wenn nur noch so viel Sinn in ihrem Leben übrigbleibt und dieses Bißchen davonläuft, mit jedem Tag, der kommt und geht? Was vermögen da Leute noch? Wir verteidigten uns gegen unsere Freunde, als ob es Tiere wären. Vieles ereignete sich, das wir nicht verstehen konnten. Fremde, unser eignes Volk, die als Seeleute nach Westindien gegangen waren, kamen zurück, trugen nur noch Kattun und ihre Bärte und redeten offen von der Grausamkeit des weißen Mannes. Wir alle sagten natürlich, daß sie verrückt seien; aber wenn man mit einem lange genug zusammenstand und ihm ohne allzuviel Furcht aufmerksam zuhörte, hatte man am Ende ziemlich viel Mühe zu sagen, in welcher Hinsicht eigentlich der Mann verrückt sein sollte. Und so fürchteten die Leute sie, nicht nur die wilde, ungewohnte Vornehmheit ihres Aussehen, sondern ebenso die verwirrende, rücksichtslose Wahrheit, die sie so offen aussprachen.
Einen andern, den ich kannte, Tricky Mensah, der in der Nähe des Hafens lebte, ging auf Fahrt mit einem Schiff, das einen Zwischenhalt machte. Er blieb nicht lange weg, aber als er zurückkam, war er plötzlich gut geworden, so traurig bescheiden in allem, was er machte, er sang leise Hymnen und redete

unentwegt davon, daß schwarze Amerikaner kämen und uns mit Liebe, Macht und Gütern befreien würden. Sagt der Name Egya Akon heute noch etwas? Er war ein glücklicher Mensch, mit jedem Scherz einverstanden, den man mit ihm trieb, und zu einer Zeit, als niemand Geld hatte, hieß es – da er nicht trank und nicht rauchte und nicht den Frauen der andern nachlief –, er müsse irgendwo viel Geld haben. Er wurde tot aufgefunden, umgebracht in seinem Zimmer von Männern, denen er allem Anschein nach noch selber die Türe geöffnet hatte. Und die, welche an solche Dinge glaubten, sagten, daß bei seiner Leichenfeier seine Wunden eindeutig bluteten, als bestimmte Freunde vorbeigingen. Aber Egya Akon war ein einsamer Mensch gewesen, und es gab niemand, der aus dem, was offen gesagt wurde, etwas anderes außer Klatsch machte. Aber das war nicht das Ende. Es wurde herumgeboten, es sei Slim Tano gewesen, dem Egya Akon so früh am Morgen die Tür geöffnet habe; denn der Mann liebte ihn und hatte jederzeit für ihn alles getan, zu welcher Stunde er auch immer vorsprach. Egya Akon aber hinterließ niemanden, der etwas gegen Slim Tano unternommen hätte. Doch Slim Tano flüchtete von sich aus in den Wahnsinn. Das einzige, was er sagte und für die andern einen Sinn hatte, war, daß er alle zehn Minuten oder so ausrief:

«Ich hab es niiiiiicht getaaaaaan. Ich hab es niiiiiicht getaaaaaan. Bei meines Vaters Grab, ich schwöre, ich habe es niiiiiicht getaaaaaan.»

Es traf nicht zu, daß Egya Akon viel Geld gehabt hatte. Er verdiente nicht viel, er war ein Mann dieses Landes, aber er hatte nicht den Charakter, sich bei

seiner Arbeit zusätzlich zu bereichern. Daher bezeichneten ihn die Leute, die ihn wie einen guten Bruder liebten, zum Schluß immer als Narren. Ein paar Pfund vielleicht mochte alles gewesen sein, was seine Mörder hatten finden können. Aber ein paar Pfund konnten niemanden enttäuschen, der am Übel unserer Zeit krankte. Wir alle entdeckten etwas, das nur hart schien, solange es neu war. Geld waren nicht Papierfetzen, welche die Farmer verbrannten, um ihren Reichtum zu demonstrieren. Geld war Leben.
Ich weiß, es hört sich wie eine Lüge an, so daherzureden, nur an die Dinge zu denken, die so hart gewesen sind. Aber die Zeiten waren nun einmal hart gewesen, und wir erinnern uns schließlich an das am meisten, was für uns von Bedeutung ist. Ich weiß, es gab ruhigere Ereignisse, viele sogar, wenn man zurückdenkt und sie aus der Vergangenheit heraufholt, Vorkommnisse, die manchmal gut waren, manchmal schön. *Wee*, das wir viele, viele Male rauchten, wann immer wir es uns beschaffen konnten, oder wenn sich Maanan unserer erinnerte, für kurze Zeit zu uns kam und etwas *Wee* mitbrachte. Es war nicht immer am Meer, aber oft genug dort, daher war es für uns nichts Besonderes, als die Zeit kam und wir keinen Unterschlupf hatten, am Strand zu liegen und jeden Morgen in den Himmel zu schauen, wie der Tag zu dämmern begann, mit dem süßen Nachgeschmack dessen, was wir in der Nacht geraucht hatten. Da war etwas in uns, auch wenn es nachträglich schwer ist zu sagen was, wenn wir da saßen und den Stengel von Mund zu Mund weiterreichten und scherzten, bis er vom letzten Raucher wieder zu uns kam, und wir den Rauch in unsere

wartenden Lungen sogen. Da war etwas, von dem ich weiß, daß wir es inzwischen verloren haben. Jeder von uns dachte damals von sich, er sei ein ganz besonderer Kerl, und die Zeiten trieben einen dazu, so etwas wie ein Tier zu werden, aber es war da etwas, das die Leute davon abhielt, sich so gehen zu lassen, und wenn ihnen etwas Gutes widerfuhr, erinnerten sie sich trotz allem daran. Es war eine verzweifelte Zeit. Nicht nur Kofi Billy dachte daran, sich für immer von einer fremdartigen Welt zurückzuziehen, die man nicht aushalten konnte. Wenn wir, eines Tages oder am nächsten, mit den Händen in den Taschen den verlassenen Weg vom Hafen zum Arbeitsamt gingen, im vollen Bewußtsein, nichts anderes zu finden als andere, die ebenfalls umsonst anstanden, wenn wir in der Nacht am Ufer unter den fahlen gelben Lichtern vorbeigingen, dann mußten wir alle an Dinge denken, die weit weg jenseits dieses Ortes und dieser Zeit waren, weit hinter dem Leben selbst. Ich weiß nicht, warum wir eigentlich nicht alle gingen.

Etwas Starkes hatte ihn ausgebrannt. Der nackte Körper war ein Deckenschutz für eine Seele, die einmal fast zerstört wurde und die jetzt für sich fürchtete und fürchtete, es könnte sich wiederholen. Aber der Mann hatte im Grunde nie gewußt, was seinen Freund in ein menschliches Wesen verwandelt hatte, das sich vor andern menschlichen Wesen verbarg. Andeutungen eines Glaubens, an den er sich mit zu viel Leidenschaft und Lauterkeit geklammert hatte, Andeutungen gewichtiger Dinge, mit einer Klarheit durchschaut, die den Frieden einer Person zerstört, das war alles. Der nackte Körper zeigte eine äußere Ruhe, aber drinnen, wieviel Kraft war da verborgen, versteckt vor einem beobachtenden Auge, wieviel von der schrecklichen Energie eines Menschen mit dem Feuer eines strengen Glaubens. Manchmal kam etwas davon ans Licht, aber es wurde sogleich zurückgeholt. Der Mann erinnerte sich an Situationen, als sein Freund sich gehen ließ und nicht nur von sich redete, dann war das, woran er glaubte, nicht mehr so gut verborgen und trat auf eine Weise ans Licht, die alles eindeutig in Hell und Dunkel teilte, in wunderschöne Dinge, die sein könnten, und in häßliche, die waren, soviel Veranschaulichung durch Worte, die Verständnis schufen, wo vorher keines gewesen war. Aber was für eine schmerzliche Art von Verständigung, so daß er sie am Ende mit andern Worten zerstörte, welche die Schönheit mit der Häßlichkeit mischten, welche aus dem Dunkel einen Zwilling des Lichts machten, und am Ende sagte er, was er jetzt glaube, sei die einzige Wahrheit, die übrigbleibe. Der Mann fragte sich, wie er dort saß, ob diese Resignation seinen nackten Freund nicht kleiner machte, als er sein könnte. Warum sollte es so unausweichlich sein, jede Hoffnung schrumpfen zu lassen, und warum sollte so viel Verzweiflung so friedlich hingenommen werden? Ist so viel Schutz vor dem Leben notwendig? Einmal hatte der Mann seinen Freund über diese Passivität und Verzweiflung gefragt, er wunderte sich, warum Lehrer nicht mehr in Beziehung zu seinen alten Freunden treten mochte, die jetzt an der Macht waren. Sicherlich konnte noch immer von einem guten Manne etwas getan werden. Vorerst hatte Lehrer den Mann gefragt:

«Etwas für was für ein Volk?» Doch hatte er gar nicht mit einer Antwort gerechnet: «Was die Leute erwarten, kann ich nicht geben. Und keiner wünscht, was ich nun einmal habe. Am Ende sind es nur Worte.»
Der Mann hatte etwas sehr Ernstes gesagt von Worten und der Freiheit versklavter Menschen. Aber dann hatte Lehrer etwas vom Brutalsten gesagt, was er je von sich gegeben hatte. Mit Achselzucken hatte er gesagt, alle Menschen seien frei, das zu tun, was sie wählen, und sie würden haßerfüllt über jenen lachen, der Licht bringe, wenn das, was sie brauchten, das Dunkel sei. Er erzählte eine Geschichte, von der er sagte, daß sie ihm in seinem Unglück mehr bedeute als irgendeine andere, etwas, das er den Höhlenmythos von Plato nannte.
Es war nicht das letzte Mal, daß sie der Mann von seinem Freund hören mußte, denn sie übte eine besondere Gewalt aus über den Geist des Erzählers: eine Geschichte von undurchdringlicher Dunkelheit und Ketten in einer tiefen und weiten Höhle, wo sich Leute aufhielten, die für Jahrhunderte nichts als die Dunkelheit ihrer eignen Schatten gesehen hatten und die gar keine Möglichkeit besaßen sich vorzustellen, daß es außerdem noch etwas anderes gab. Und von all diesen unglücklichen Wesen gelingt es einem, die Ketten zu sprengen und aus dem ewigen Kreis der lichtlosen Höhle hinauszugehen und die blendende Schönheit aller Lichter und Farben zu sehen. Mit dem Eifer des Neuigkeiten-Bringers geht der Ausbrecher in die Höhle zurück und in ihre ewigdauernde Dunkelheit, dort teilt er, was er hat, die Ideen, die Worte, die Bilder von Licht und Farbe der Außenwelt, in der festen Überzeugung, daß die,

welche er zurückgelassen hatte, wünschen, die Ketten zu sprengen, und sich nach der ersten Begegnung mit dem Licht vor dieser ewigen Höhle sehnen. Aber denen in der ewigen Höhle kam er nur als Kranker vor, der die ewig-gültigen Grenzen überschritten hat, und die Wahrheit, die er sich mühte zu erzählen, war nichts anderes als der Beweis für seine langen Enttäuschungen, und die Worte, die er zu geben imstande war, waren die mitleidsvollen Schreie eines Irren, verloren im Labyrinth eines Geistes, der sich weit weg treiben ließ von der ewigdauernden Dunkelheit und den Ketten, die Sicherheit gewähren. Und jedesmal, wenn der Erzähler die Geschichte beendigt hatte, pflegte er zu fragen, als ob er in die Luft gesprochen hätte, warum Menschen beiseite stehen sollen und enttäuscht sein sollen, wenn Leute, die frei sind, zu wählen, das wählen, was sie wünschen?

Es trifft überhaupt nicht zu, daß Leute, die verzweifelt sind, ihre Arme ausstrecken und den Erstbesten willkommen heißen, der von ihrer Rettung spricht. Wäre dem so gewesen, wären wir dem erstbesten Mann gefolgt, der kam und uns Worte und geheime Pläne anbot, um unsere Seelen zu heilen. Wir aber waren nicht drauf versessen, irgendeinem zu folgen. In unserer Langeweile gingen wir auf die öffentlichen Plätze, um zu hören, worüber die Leute redeten, ob es etwas war, was wir mit unserer Hoffnung in Verbindung bringen konnten oder ob es eher eine kurzlebige Schau war, wie wir so viele gesehen hatten und wie wir jetzt so viele sahen. Wie lange wird Afrika mit seinen Führern geschlagen sein? Da waren Männer, die draufgingen, weil sie die Hoffnung verloren hatten, und andere fanden Gefallen daran, eine Macht zu genießen, die sie nicht hatten. Wir waren für Großes und Schönes bereit, aber was wir hatten, waren unsere eignen Schwarzen, welche die neuen Dickwänste liebkosten, um den weißen Mann herumkletterten, ihn auf unserem Rücken willkommen hießen. Die Männer, die uns aus unserer Verzweiflung führen sollten, erschienen schon fett und zynisch, indem sie schon Jahrhunderte von der Macht gefressen hatten, für die sie nie gekämpft hatten, alt, bevor sie an die Macht gekommen waren, und eigentlich nur fürs Grab zu gebrauchen. Es waren frühere Anwälte, fett gemästet dank der Schwierigkeiten von Leuten, die das Land bebauten, aber jetzt spielten sie sich als unsere Retter auf. Ihre Brüder und Freunde waren Händler, die aßen, was zwischen den Zähnen der Weißen mit ihren Trust übriggeblieben war. Auch sie kamen, um zu uns von der Rettung zu reden. Unsere Meister waren die Weißen, und wir begannen es zu begreifen, und das Wissen füllte uns zunächst mit Furcht und dann mit Zorn. Auch die, welche unsere Führer sein wollten, auch diese kannten den Weißen als den Meister, und auch sie fürchteten diesen Meister, aber nach der Furcht fand sich in ihrem Herzensgrund nicht Haß und Zorn, wie wir es in unserer Verzweiflung kannten. Was sie fühlten, war Liebe. Was sie für ihre weißen Herren und unsere weißen Herren empfanden, war Dankbarkeit und Vertrauen. Und am Ende kamen sie zu uns, um uns zu führen und uns das verheißungsvolle Morgen zu bringen.

Es ist entsetzlich zuzuschauen, wie ein Schwarzer mit allen Kräften versucht, das schwarze Gespenst eines Europäers zu sein, aber genau das konnten wir in jenen Tagen verfolgen. Männer, die sich erhoben hatten, um die Hungrigen zu führen, kamen in Kleidern, von denen sie einmal geträumt hatten, sie am Gouverneursball bei der Geburtstagsfeier der weißen Königin zu tragen. Sie zeigten Manschettenknöpfe, die beleidigend in den Gesichtern von Männern glänzten, die ihre Freunde um ein paar Pennies bestohlen hatten. Sie kamen zu spät und sprachen zu ihren Dienstboten in dem korrekten Englisch, das zu imitieren sie sich ein Leben lang abgemüht hatten, und sie redeten zu uns von Verfassungen und boten uns unbekannte Wort- und Papiergeister an, welche die Europäer heilig halten, und sie baten uns, Vertrauen zu bewahren und ihnen zu glauben. Und sie redeten zu uns in der Überzeugung, daß sie Zauberer seien, Leute mit irgendeiner geheimnisvollen Macht hinter ihnen. Sie begriffen am Ende nicht einmal, weshalb das Volk nicht glaubte. Wie sollten sie verstehen, daß selbst diese, die nie weggewesen waren, wußten, daß der Schwarze, der sein Leben damit verbrachte, vor sich selber in irgendeine Weißheit zu fliehen, keine Macht hat, es sei denn, der Weiße gebe sie ihm. Wie hätten diese Führer wissen sollen, daß, während sie aufwärts kletterten und ihren Völkern ins Gesicht schissen, diese Völker ihre Arschlöcher gesehen hatten und sich in angewidertem Lachen abwandten. Wir wußten es damals, und wir wissen es heute, daß die einzige wirkliche Macht, die ein Schwarzer ausüben kann, vom schwarzen Volk kommen muß. Wir wußten ebenfalls, daß wir dieses schwarze Volk waren, von dem diese öligen Typen Unterstützung erwarteten. Nur sie wußten es nicht. Ihrer Meinung nach erwiesen sie uns eine Gunst, indem sie zu uns mit Worten sprachen, die mit uns nichts zu tun hatten, aber die von oben etwas in unsere Köpfe pressen sollten. Sie kamen Stunden zu spät. Wenn wir in der Sonne standen und darauf warteten, was sie uns zu sagen hätten, kamen sie mit entliehenen Worten, die sie nicht einmal selber fertig überdacht hatten, und es kam den Männern vor, als seien sie aus dem Schlaf gerissen worden, um der Geschichte eines faselnden Idioten zuzuhören.

«Ah, Land, also diese fetten ‹Jawohl-mein-Herr-Männer› in den Anzügen von Witzbolden, diese Leute werden uns anführen?»

«Aaaah, Land, *gebrooochen,* Land nicht *gebroochen,* wir sind im Innern *toht.*»

Einige der am meisten Verzweifelten versuchten herauszufinden, was zu tun ist, überzeugt, sie würden draufgehen, wenn nichts geschieht. Die «Jawohl-mein-Herr-Männer» gaben ihnen gallonenweise von dem tötenden *Akpeteshie* und das übliche Corned Beef und gaben ihnen Dinge zu tun, die den weißen Mann erschrecken mußten. Wenn der Verzweifelte geschnappt wurde, gaben sich die Rechtsanwälte nicht einmal Mühe, sich ihrer anzunehmen. Wie könnten sie auch, wenn ihr ganzes Trachten darauf ging zu demonstrieren, was für vernünftige, was für vertrauenswerte Leute sie sind – anders als die *Akpeteshie*-Trinker – und daß sie es verdienen, daß man mit ihnen die Macht teilt? So gab es die Versammlungen, an denen dem Volk die Offenbarung mysteriöser Pläne verheißen wurde, die seinem Leiden ein Ende bereiten würden. Und für die, die im Regen warteten, war das Ende der versprochenen Frohbotschaft immer das

gleiche: «Habt Vertrauen in uns. Wir kennen den weißen Mann und seine Schliche. Habt Vertrauen in uns. Plan R. Plan X. Plan Z.» Besser war, nach Hause zu gehen und nicht wieder in der Sonne herumzustehen. Besser, die Clowns untereinander und mit dem Weißen, den sie glühend liebten, reden zu lassen. Jede Neugierde für die alten Männer, welche die neuen Führer werden wollten, erlosch, und die Leute dachten einmal mehr an neue Möglichkeiten, ihre Verzweiflung ertragbar zu machen, und an jene, die davon profitierten.
Die alten Juristen und ihre Kundgebungen hatten etwas Gutes, sie machten uns die Tage weniger schwer, da sie uns Anlaß zum Lachen boten. Es war üblich, irgendwo zu hocken und zuzuschauen, wie einer die Rede und die englischen Gesten jener, die uns führen wollten, nachäffte. Da war ein junger Mann, der jeden Magen krank machte, so brachte er einen zum Lachen. Man kennt ihn hier nicht mehr. Er mußte nach dem letzten Streik in Takoradi abhauen. Man sah, er hatte zu vieles gesehen, was an den neuen Parteibonzen komisch war. Aber damals pflegte er uns mit dem ernstesten Gesichtsausdruck mitzuteilen, er habe wichtige Neuigkeiten vernommen. Dann ging er daran, uns vorzuspielen, was er uns sagen wollte. Zunächst spielte er den Gouverneur, der sich herrichtete, um seine Diener aufzusuchen, er setzte einen Helm mit Federn auf, die größer als er selber waren, und ging unter ihm auf und ab. Dann, wenn der Gouverneur sich niedergesetzt hatte, machte der Witzbold von einem Etse eine Pause, um eine andere Rolle zu übernehmen. Wie ein reumütiger Dieb sollte er zum Gouverneurs-

thron hinauflächeln und stammeln: «Mei Härrr, ich habe Neuigkeiten für Sie, Härrr.» Das Lächeln afrikanischer Führerschaft. Sich rasch wendend und sich niedersetzend wie der Gouverneur, würde Etse fragen: «Ja, was ist es, Boy?»
«Härrr», würde unser Führer sagen, «mei Land Leute nicht glücklich, Härrr.»
«Was, nach all dem, was wir für sie getan haben?»
«Ja, Härrr.»
«Diese undankbaren Teufel.»
«Ja, Härrr.»
«Dann, Boy, sag mir: was wollen sie?»
Die Führerschaft lächelte breiter. «Mei Härrr, mach aus mir Führer, mei Volk wieder glücklich.» Breites Lächeln. Bückling. Hingabe und Dankbarkeit.
Es wäre ungerecht von jenen Tagen und nur von Trostlosigkeit und von nichts anderem zu reden. Ich frage mich, in welchem fremden Land sich jetzt Etse herumtreibt, zum Teufel gejagt aus dem Land, das er liebte.
Wir lachten über eine seiner Darbietungen an einem ereignislosen Nachmittag, als nach langem Untertauchen plötzlich Maanan aufkreuzte, gekleidet wie eine Frau, die Männer schwach machen will. Sie sagte uns nicht, wo sie sich aufgehalten hatte. Sie sagte nur, sie sei wegen der Versammlung gekommen. Wir wußten, es sollte eine Massenversammlung in Asmansudo abgehalten werden, aber wir hatten es schon längst aufgegeben, an solchen Anlässen teilzunehmen. Maanan überraschte uns alle. Etse hielt inne und sah nach ihr, wie ein Kind zu seinem Lehrer.
«Kannst du uns erklären, Maanan, warum du hierherkommst und uns auf diese Weise beleidigst, daß

du hier potente Männer sitzen läßt und dir Eunuchen von Juristen anhören gehst?» Aber Maanan lachte nur. So schaltete ich mich ein.

«Bleib hier. Diese alten Paviane können dir nie geben, was wir dir hier bieten. Sie haben sich selber aufgegeben, indem sie versuchen Weiße zu sein.»

Maanan lachte wie eine glückliche Frau, und als sie sich beruhigt hatte, sagte sie: «Leute, ihr seid nicht auf dem laufenden. Ihr habt ihn noch gar nicht gesehen.»

«Wen?»

«Den neuen.»

«Ein neuer alter Jurist, der weiß sein möchte.» Etse war nicht oft zornig.

«Nein. Er ist neu, er ist jung, in Ordnung.» Ich fragte Maanan, woher er komme. «Ich weiß es noch nicht.»

«Ist er denn ein Fremder?»

«Nein, einer von uns. Nur weiß niemand viel über ihn. Es heißt, er werde nicht über sich reden. Nur über die Arbeit, die getan werden muß.»

«Ein neuer Narr also.» Etse sagte: «Wie die andern, die zu Arbeitslosen über die Arbeit reden, die getan werden muß.»

Maanan antwortete ihm nicht einmal. Sie sah uns mit einem seltsamen Blick von Glückseligkeit an und sagte: «Kommt und hört ihn euch an. Punkt vier.» Und sie war weg mit dem glücklichen Licht, das in ihren Augen tanzte, und ließ uns alle stehen, neugierig, was ihr wohl widerfahren war. Zumal wir nichts Bestimmtes zu tun hatten, ließ unser Widerwille Stück um Stück nach, wir strolchten über den Markt, als ob wir kein bestimmtes Ziel hätten. Aber um vier Uhr befanden auch wir uns unter der Menge in Amasundo, und wir waren höchst erstaunt, wie viele gekommen waren. Neuigkeiten waren über unsere Köpfe und unter unseren Füßen hinweggegangen und hatten uns erst jetzt erreicht.

Der Mann hatte schon lange von der Enttäuschung im Innern des Freundes gewußt. Er hatte es auch auf seine eigne Weise gefühlt, und es war ergreifend, denn alles, womit der Mann in der Vergangenheit und jetzt seine Verletzungen heilen konnte, waren Worte von Lehrer, an die er sich erinnerte. Aber jetzt war sein Freund selber in der Situation, die nach tröstenden Worten verlangte. Er, der so oft geholfen hatte mit seiner Rede vom Lebens- und Todeszyklus, von Jugend und Alter, von Gedeihen und Vergänglichkeit, vom guten Essen, das wir einnehmen, und vom Scheißdreck, den wir daraus machen – dieser Mann war trotz aller äußeren Ruhe nun selber in Bedrängnis. Wie oft hatte er es nicht wiederholt: daß dies der Gang allen Lebens sei, daß es nichts gab, was das Versprechen der Jugend halten und ihren Wohlgeruch bewahren konnte, daß alles alt wird, daß die Zähne, die einst weiß waren, sich mit gelben und grünem Belag bedecken, ausfallen und einen ohnmächtigen Mund zurücklassen mit einem Gestank von Fäulnis und dem Geschmack des anrückenden Todes. Doch aus diesem Verfall und aus diesem Dung entstand neues Leben. Vielleicht brachte einen dieser Gedanke etwas weiter. Vielleicht gab er dem leidenden Hirn Klarheit, wenn auch in der Tiefe des Herzens und der Eingeweide der Schmerz und die einsinkende Furcht nicht vermindert wurden. Das Versprechen war so schön. Selbst die, welche zu jung waren, um zu verstehen, wußten, daß etwas Gutes auf die Welt gekommen war. Es lag da. Wir ließen uns nichts vormachen. Wie aber konnte sich etwas so in sein Gegenteil kehren? Hätte es keinen andern Weg gegeben? Es war schön, wie die Machtlosen geweckt wurden. Muß es immer zutreffen, daß ein Ding nicht zugleich schön und stark sein kann? Der Hungrige soll nicht hungrig bleiben. Aber sich auf diese herzzerbrechende Weise vollzufressen, als reine Konsumenten die gemeinsame Aussicht mit dieser Gier zu zerstören, war das notwendig? Wie oft hatte Lehrer versucht zu helfen, indem er sagte, es sei mit dem Leben so, daß es gut sei, jederzeit die Hoffnung der Tage, die nicht mehr zurückgeholt werden können, zu verbrennen; zu wiederholen, es habe sich nichts geändert außer unserer Hoffnung und unserem Muster der Enttäuschung; festzuhalten, daß alle Leute gleich seien, die Kinder, junges Volk und die Alten; hinauszugehen und sie anzuschauen und aus Träumen zu erwachen, mit denen man sich quält; zu schauen, anzunehmen, sich frei zu machen, um deutlich zu sehen, was getan, und was ganz sicher nicht getan werden kann. Der Zuhörer hat zugehört. Er ist nicht so tief in der Höhle, als daß er nicht vernehmen könnte, was gesagt worden ist. Aber was fängt ein Mensch mit dem an, was in seinem Innern unbefriedigt bleibt? Ist der erstickte Schrei nicht auch das Leben?

Der Neue mußte wenige Augenblicke vor unserer Ankunft in Asamansudo mit seiner Rede begonnen haben, seine Stimme war noch zurückhaltend. Er gab sich keine Mühe zu schreien, und die Rede zwang die Zuhörer alle, aufmerksam zu sein.

«. . . und selber dienen . . .» Das Murmeln der Menge hatte sich noch nicht gelegt. «. . . nicht warten, bis der weiße Mann uns sagt, was wir tun sollen . . .» Sätze, die ruhig durch die Luft glitten, und ruhig hörte die Menge zu. «Können wir nicht selber sagen, was getan werden muß? Warum denn zögern . . .?» Worte über Augen, die geöffnet werden müßten, und die Welt, der ins Gesicht geschaut werden müsse. «Dann können wir denken . . . Dann werden wir handeln . . .» Diesmal war Gewalt in seiner Stimme, die jedoch rasch zurückgenommen und durch Verhaltenheit ersetzt wurde.

«Wir helfen uns nicht, wenn wir Insekten bleiben, die von der Macht des weißen Mannes fasziniert sind. Werfen wir einen Blick in uns. Was sind wir? Was haben wir? Können wir selber etwas für uns tun? Uns selber Kraft geben?»

Ich stand da und starrte wie ein Ungläubiger zu dem Manne hinauf, und wenn er sich unterbrach, war ich beschämt und sah mich um, ob mich jemand beobachte. Sie hörten alle zu. Der Mann oben sah eher hilflos aus mit seinem schmächtigen, ausgehungerten Körper. Von wo also hatte er die Kraft geholt, die ihn befähigte, mit solchem Vertrauen zu uns zu reden? Wir standen geduldig da und warteten auf mehr. Da gab es etwas, das stärker war als nur Worte. Sie drangen in den Zuhörer ein und machten ihn willig, dem Redner zu folgen.

«. . . am Ende sind wir unsere eignen Sklavenhalter. Nur wir selbst können uns befreien . . . heute, wenn wir es sagen, ist es noch eine Aufforderung, aber noch nicht eine Tatsache . . . Freiheit.» Die Menge schrie. Ich schrie mit, und diesmal empfand ich keine

Scham. Gegen das Ende redete er von sich selbst. Wenn er nur auf seinem Weg geblieben wäre. Aber nun stand er dort oben über der Welt, ein Retter mit seinen Gläubigen, nicht länger ein Mann mit seinesgleichen. Dann, als er sprach, machten ihn seine Worte kleiner, selbst schwächer, als er anfänglich gewirkt hatte.

«Ich bin zu euch gekommen. Und ihr könnt sehen, ich habe nichts in meinen Händen. Einige von euch wissen, wo ich lebe. Dort ist nicht viel, und selbst das, was dort ist, gehört nicht mir. Ich verdanke es der Güte einer Frau, die einige von euch kennen. Bevor sie mich traf, tat ich, was wir alle machen. Und ich schlief auf der Veranda anderer Leute. Das ist die Wahrheit, und warum sollte ich mich schämen, wenn eingebildete Leute auf mich herunterschauen und ‹Veranda Boy› sagen? Ich schäme mich der Armut nicht. Armut hat nichts Beschämendes. Aber Sklaverei ... wie lange ...»

«Allein bin ich nichts. Habe ich nichts. Wir aber haben Macht. Aber wir werden es nie erfahren; wir werden sie nie an der Arbeit sehen. Es sei denn, wir vereinen uns, damit sie zur Wirkung kommt. Laßt uns zusammengehen. Laßt uns. Wir ... wir ... wir ... Freiiiheieieit ... Freiiiiheieieit.»

Ich war nicht der einzige, der stumm blieb, als wir uns an diesem Abend wieder trafen. Selbst Etse fand nichts, um seinen Witz anzubringen, obwohl die Aussicht, daß alles eine ernste Wendung nehmen könnte, ihn fast umbrachte. Maanan kam viel später, und sie fand uns alle ganz still. Wir sahen an der Bewegung ihres Körpers, daß sie glücklich war. Sie war damals eine verliebte Frau.

«Maanan wird ganz feucht für den neuen Mann.» Es war Etse.

«Ach, Mann, laß mich feucht werden.» Es war überraschend, Maanan so glücklich zu sehen, ruhig sprach sie weiter: «Laß ihn sich vollsaugen vor Liebe. Heute drang etwas in mich, und es brachte Dinge hoch, die ich versteckt gehalten habe. Er brachte sie hoch. Sie waren nicht neu für mich. Nur daß ich noch nie jemand getroffen habe, der sie herauffischte. Er las in mir. Ich weiß, er hat zu mir geredet. Zu euch auch. Habt ihr ihn verstanden? Wie kann ein Mann, den eine Frau geboren hat, mir meine Gedanken sagen, bevor ich sie selber kenne? Ich frage euch, wie kann er?»

«Wieder eine Frau ab», sagte Etse. «Ich Armer.»

Maanan lachte sanft. «Und so hilflos schaut er aus. Er braucht eine Frau, die nach ihm schaut.»

«Vorzugsweise Maanan», sagte Etse mit bissiger Schärfe.

«Vorzugsweise Maanan», sagte Maanan langsam und kostete die Worte, «vorzugsweise Maanan.»

Wie konnte dies mit solch obszöner Schnelligkeit verfaulen? Manchmal habe ich das Gefühl, ich verstehe es, wenn ich es als die Flucht eines erschreckten Mannes vor seinem eignen Tod auffasse. Denn er fürchtete sich nicht vor den Alten, den Witzbolden. Sie konnten nicht kommen und ihn beerdigen. Seine eigne Jugend zerstörte ihn mit dem mächtigen Gespenst seines Versprechens. Wäre er dem Weg gefolgt, der durch seine Jugend vorgezeichnet war, und hätte er sich daran gehalten, was hätte einen jüngeren Mann, von gleicher jugendlicher Reinheit, abgehalten, ihm zuvorzukommen, da er fähiger war, sich an den Weg zu halten? Eine Jugend, welche den Weg gegangen wäre, den er zuerst selber gegangen war, den Weg, den er nie mehr einschlagen konnte, wenn er ein alter Mann geworden war und Blendwerk begann, den ermüdeten Körper ins Ausruhen und in den Verfall zu drängen. Aber das hätte eine andere Art Tod für ihn bedeutet, diesen Tod, vor dem er sich von Tag zu Tag mehr fürchtete. Und so war sein eignes Ende auch das Ende all dessen, was er begonnen hatte, und wenn ein neues Versprechen kam, konnte es nicht die Fortsetzung jenes Versprechens sein, das er einst gegeben hatte, sondern eines, welches ihn aufbrauchte und bis zum Äußersten zerstörte. Aber vielleicht ist es zu grausam von uns, von jenen, die sich dem Ende nähern, zu verlangen, daß sie ohne Furcht das Gehen und Kommen von Leben und Tod annehmen.

Aber vielleicht sucht man damit zu weit. Es ist möglich, daß es die Macht selber ist, jede Art von Macht, die nicht zu den Machtlosen reden kann. Es ist so einfach. Er war gut, als er zu uns zu reden hatte, und er war gerne unter uns. Als das vorüber war, war alles weg. Jetzt sitzen wir da und warten wie damals, bevor er auftauchte. Es muß die Macht sein. Ich sage das, weil er nicht der einzige ist, den die Macht uns nahm. Das widerfuhr auch den Leuten um ihn, jenen, die nicht immer da waren um der lieben Macht willen, die sie finden konnten. Man nehme einen Freund wie Koomson, der mich jetzt reich machen will. Halt dir das vor Augen.

Wir hatten Koomson lange Zeit gut gekannt. Ein Eisenbahnarbeiter, dann ein Dockarbeiter im Hafen. Seile schleppen. Hände mit Schwielen und Blasen.

Zähe Hände. Die Stimme eines Seemannes. Ein großer, rauher Mann, ein Mann der Docks, geschätzt von den Männern der Docks. Er war in Ordnung, wie es die einzige Art ist, hier in Ordnung zu sein. Nicht auf irgendeinen Landsmann spucken, nur auf die fetten Händler und ihre Juristen-Brüder und ihre libanesischen Gangster-Freunde, das war hier völlig in Ordnung. Ich weiß immer noch nicht, wie Koomson nach Accra gelangte. Jedermann sagte mit einer gleitenden Handbewegung: «Oh, ideologisches Zeug. Winneba.» Stimmt. Dorthin geht die ganze Scheiße des Landes heute. Nichts glaubten sie und sagten, sie würden alles glauben, was nötig ist, geglaubt zu werden, solange nur das dicke Geld und die dicken Posten folgten. Männer, die nichts von Politik verstanden, liefen heiß mit Ideologie, versessen auf das Geld, das damit kam. Und der Beamte, der den Sozialismus haßt, ist dort und singt Hosianna. Der Dichter ist dort, ein Liebediener der Macht, der darauf wartet, wie er seinen Wanst mit Brosamen füllt. Er wird auf jede Art springen, um dorthin zu kommen, und wird seine Zunge in neue Arschlöcher stekken, wenn neue Männer aufstehen, um auf uns zu scheißen. Jedermann, der rasch vorwärtskommen will, geht dorthin, und das einzige, was man von ihnen verlangt, ist, gut zu sein im Sich-Ducken. War es der Ort, der den Dockarbeiter Koomson verändert hatte? Oder ging Koomson hin, nachdem er sich selber geändert hatte? Ich habe den Ort gesehen, und ich habe ihn dort gesehen und in Accra. Er lebt in einer Weise, die weit schlimmer ist, als die Weißen gelebt haben. Ist es also wahr, daß nach allem Reden, das möglich ist, der Mensch nur darnach Ausschau hält? Es gibt also keinen Unterschied. Keinen Unterschied zwischen den Weißen und den Affen, den Juristen und den Händlern, und jetzt den Affen der Affen, unsern Partei-Bonzen. Und wenn die Regierung der einen vorbei ist, wird es auch keinen Unterschied ausmachen. Alle neuen Männer werden wie die alten sein. Ist das die ganze Wahrheit? Bungalows, weiß von verletzendem Weiß? Wagen, lang und schwer, mit Chauffeuren in der Uniform der Weißen, Jahrhunderte in der Sonne wartend. Frauen, so schrecklich jung, gevögelt und ausgewechselt wie Unterhosen, denen der Sinn nur nach Blusen und Parfüm aus dem Diplomatengepäck steht und nach Perücken aus echtem Haar, zusammengekratzt vom Kopf einer weißen Frauenleiche. Whisky, ausdrücklich für jene geschmuggelt, welche das Gesetz machen. Zigaretten, daß all jene, die nie gereist sind, vor Scham aufschreien. Wie kann Koomson zu uns zurückkehren? Was hat er jenen zu sagen, mit denen er einst gearbeitet hat? Wird er herunterkommen und seine Kameraden anschauen, die er verlassen hat, und kein Wort sagen? Kann er mit andern zusammensitzen und Wee rauchen und über idiotische Richter fluchen, die andere ins Gefängnis schikken, die niemandem ein Leid getan haben? Er war oft gekommen, aber nur wie ein Weißer kommt oder ein Jurist. Zeitvertreib im Atlantic-Caprice. Junge, saftige Scheiden, die auf ihn an einem geheimen Ort warten, der mit Regierungsgeld gemietet wurde. Wichtige Leute müssen sich am Wochenende entspannen. Die Woche ist angefüllt mit solch aufreibender Arbeit. Reden vorbereiten. Über moralische Besinnung. Sozialismus. Revolution. Einweihungen. Interviews geben. Die Rolle des alten Mannes in der

Emanzipation von jedermann. Warum sollte er nicht nur zu den fetten Juristen und den noch fetteren Politikern reden? Was würden wir ihm schon sagen können? Und was er uns? Es ist grauenhaft sich vorzustellen, wohin die Rede, die Erwartungen, die Liebe der ersten Tage geführt hatten. Es ist schrecklich, aber keine Lüge. Wer kann sie schon bloßstellen, wenn in dieser Gesellschaft überhaupt nicht feststand, daß es auch einen andern Weg gab. Wenn sie den einzigen Weg fanden, um uns zu entgehen und weit über uns hinauszusteigen, indem sie zunächst zu uns als Brüder sprachen, wo sind dann am Ende die Narren? Es gab da so etwas Gutes über ein zerstörtes Volk, das sich erhebt und wieder heil werden will. Es gab so vieles über Freundschaft und Hoffnung, was das Herz erschütterte, in diesen ersten Tagen. So müßte es eigentlich leicht sein, sich damit abzufinden, daß das Versprechen von einst verfaulte. Es müßte leicht sein einzusehen, daß es nie Leute gab, die einen andern retten als sich selbst, weder in der Vergangenheit noch jetzt, und es wird nie einen Erlöser geben außer jenem, der sich selbst erlöst. Keine Erlöser. Nur der Hungrige und der Satte. Alles Betrüger. Nur insofern hat das Leben seine vollkommene Länge. Jedermann wird bestätigen und unterschreiben, daß nur der Schwächling sich weigert. Nur die, welche zu schwach sind für den Besitz, sehen alles falsch, «wenn es um Besitz geht». Die Verdammung durch jene, die nie besessen haben, hört sich kläglich an. Besser war, zunächst einmal zu besitzen, und dann, wenn man immer noch verurteilen will, damit voranzugehen. Aber bedenke, daß das Habenwollen das ganze Leben ausmacht.

7

Der nackte Mann stand auf dem Bett und versuchte über die Türe zu langen und ein Paar Hosen, das dahinter an einem Nagel hing, herunterzunehmen. Aber als er an die Türe stieß, schwang diese nach links und weg von ihm, er mußte vom Bett springen und einen Bogen darum machen, um zu seinen Hosen zu kommen. Er zog sie über den nackten Körper und nahm ein T-Hemd von einem andern Nagel. Während er es anzog, betrachtete der Mann auf dem Pult ihn genau, und er fragte sich, wie es möglich war, daß ein Mann so klar die Fäulnis durchschaute und dennoch die Kraft hatte, in ihr und gegen sie zu leben. Der Mann erinnerte sich an Momente, als Lehrer mit Ungeduld von hoffnungsvollen Dingen gesprochen hatte, aber dann kam er immer zum gleichen Schluß: Ob die Fäulnis und die Schwachheit trotz allem der ewige Fluch Afrikas wären, gegen den das Volk letzten Endes nichts vermochte, was von Dauer war. Einmal würde sich dieser Tod aller Hoffnungen über die ganze Welt ausbreiten. Wenn Lehrer von Leuten gesprochen hat, die sich hier und dort erhoben und entschlossen waren, das zu tun, was seit Jahrhunderten Millionen für unmöglich gehalten hatten, wenn er von dem Chinesen Mao und dem Kubaner Castro sprach, die angesichts einer vernünftigen Hoffnung kämpften, selbst dann würde Lehrers Überlegung über das klare Erwachen hinausschauen und nach der Dämmerung den strahlenden Morgen sehen und dahinter die Mittagszeit und den Nachmittag und die Abenddämmerung und dann ei-

ne neue Nacht von Dunkelheit und Müdigkeit. Einmal hatte er gefragt, ob wir uns eigentlich nur im Schlaf befänden und nicht tatsächlich tot seien und nichts mehr zu erwarten hätten. So blieb selbst nach den großen Bewegungen, für die er Hoffnung hegte, immer die Frage: Lohnte sich das alles. Und Lehrer seufzte aus alter Gewohnheit; er machte sich selber Vorwürfe, daß er von Unmöglichem träume.
«Ich muß jetzt zurückkehren», sagte der Mann.
«Ich weiß. Ich werde dich ein Stück weit begleiten.»
Als der Freund hinter sich die Türe verriegelte, sagte der Mann: «Du weißt, Lehrer, ich bin in diesen Tagen ziemlich müde. Ich meine damit nicht, daß ich zuviel arbeite. Aber es ist nicht mehr viel Verlangen in mir.»
«Nein. Vielleicht arbeitest du jetzt für etwas anderes?»
«Ich bin nicht sicher.»
«Gut, zunächst arbeitest du einmal für dich.»
«Für mich selber?» fragte der Mann. «Ich bin nicht ganz sicher. Ich weiß, daß ich nicht die Arbeit täte, die ich jetzt tue, wäre ich mich selber.»
«O ja», sagte sein Freund. «Das Selbst, das die Lieben beanspruchen, ist ein anderes Selbst als das, das du für dich allein bist.»
«Und da besteht keine Hoffnung, einmal auszubrechen?»
«Nein. Es erschöpft, diese Jagd nach Göttern, die nicht die unsern sind.»
«Sonst sahst du immer irgendwelche Hoffnung, Lehrer.»
«Das muß sehr lange her sein.»
«Gar nicht so lange. Sechs Jahre.»

«In meinen Gedanken ist die Zeit jetzt unter Jahrhunderten vergraben. Sicher, gewöhnlich sah ich viel Hoffnung. Ich sah Männer, welche den Schleier lüfteten, hinter dem die Wahrheit verborgen war. Aber dann, als die gleichen die Macht in den Händen hatten, sahen sie den Nutzen solcher Schleier. Und sie brachten noch mehr an. Daneben hat sich nichts geändert. Nur einige wenige sind hochgekommen, haben sich verändert. Das ist alles. Warum sollte der Präsident, nach einer Jugend, in welcher er gegen den Weißen kämpfte, mit zunehmendem Alter nicht entdecken, daß sein wirklicher Wunsch kein anderer gewesen war, als so zu sein wie der weiße Gouverneur selbst, über aller Schwarzheit thronend im alten Sklavenkastell? Und die Männer um ihn? Warum nicht? Was soll sie daran hindern, ihre Kinder in die Kindergärten nach Europa zu schicken? Und den kleinen Mann in der Umgebung des Großen, seine Kinder in die neuen internationalen Schulen zu schicken? Warum nicht? Dafür kämpft jeder hier: dem Weißen näher zu sein. Alles Schreien gegen den Weißen war nicht Haß. Es war Liebe. Pervers, aber im Grunde Liebe. Schau um dich, und du wirst es auch jetzt feststellen. Besonders jetzt.»
«Ich hab' mich umgeschaut, Lehrer», sagte der Mann. «Ich möchte nur, ich könnte mit der gleichen Verachtung über das reden, was jetzt vor sich geht. Aber ich weiß nicht, ob es der Neid ist, der mich hassen läßt, was ich sehe. Ich bin nicht einmal sicher, ob ich es wirklich hasse, Lehrer.»
«Es müßte davon abhängen, was ein Mensch wirklich wünscht, oder nicht?»
«Aber Lehrer, was kann ich mir wünschen? Wie soll

ich Oyo anschauen und sagen, ich hasse die langen glitzernden Autos? Wie kann ich zu meinen Kindern zurückkehren und die internationalen Schulen miesmachen? Und dann kommt Koomson, und die Familie verehrt in ihm Jesus Christus. Wann kann ich endlich wie ein Mensch empfinden?»

«Ja. Das Leben wird schwierig, wenn Veranda-Boys anfangen, in wenigen Monaten Paläste zu bauen. Wenn du hier Leute triffst, wollen sie wissen, was mit dir los ist: Wo steht dein Haus? Wo hast du dein Auto gelassen? Was hast du in deiner Hand für deine Lieben? Nichts? Dann laß uns schön ruhig sein und nicht zu nah an die Leute herangehen. Die Leute werden dich nur traurig machen, wenn du kein Haus hast, bei dessen Anblick sie stolpern, oder ein Auto, das jedem Fußgänger klarmacht, daß eben ein bedeutender Mann und seine Konkubine vorbeigefahren sind. Laß uns ruhig bleiben und zuschauen.»

Es hatte nicht stark geregnet, und der Regen war kaum hörbar gewesen. Aber draußen waren die kleine Kanäle auf den Straßenseiten zu kleinen Strömen angeschwollen, die gegen das Meer stürzten. Die Luft war neblig, als ob noch nicht aller Regen gefallen wäre, sondern in der Luft hängen blieb, um Schwere zu sammeln.

«Lehrer», sagte der Mann, «du weißt, es ist für mich unmöglich, zuzuschauen und nichts zu sagen. Ich habe meine Familie. Ich stehe mitten drin.»

«Willst du dich als ersten zerstören lassen?»

«Ich weiß nicht. Wenn ich von Koomson rede, schaut meine Frau auf die Kinder, und ich spüre, wie sie sich bedauert.»

«Du mußt es ihr überlassen, an ihrem eignen Schmerz Freude zu haben. Es sei denn, du bist willig genug, dich für ihre Wünsche zu opfern. Oh, ihr tapferen Ehemänner. Am Ende haben eure Frauen auch nur rote Zungen. Wenn es euch erschreckt, warum heiratet ihr dann? Aber ihr seid tapfer. Ihr habt euch entschlossen, gegen sie zu kämpfen. Und die ganze Gesellschaft steht hinter ihr.»

«Es war ein ganz leichter Regen», sagte der Mann nach einer Weile.

«Ja», sagte sein Freund. Dann: «Es tut mir leid, ich war nicht imstande, dir das zu geben, was du erwartet hast.»

«Was ist das?»

«Kraft, nehme ich an.»

Der Mann lachte leicht. «Mach dir nichts daraus», sagte er. «Du weißt, wie es mit dir steht. Und du begreifst. Das ist genug für mich.»

«Du bist höflich», sagte der andere. «Ich weiß, mein Leben ist leer, deines nicht. Alles, was ich mache, ist lesen, Bücher über andere Orte und andere Zeiten, Musik hören aus Südafrika, dem Kongo und afroamerikanische. Und manchmal denke ich an Maanan, und die Bitterkeit und die Leere des Lebens steigen in mir hoch. Das ist alles.»

Nahe bei der Straße, wo die Prostituierten wohnten, lagen kleine Pfützen, eine Hinterlassenschaft des sanften Regens, einige liefen über und suchten nach Abläufen. Gelegentlich warfen die nackten Birnen der Straßenlaternen ein wenig Licht auf die Öffnungen an den Rückwänden der Waschräume, in denen Strähnen von billigen Schwämmen hingen, überkrustet von grünem Moos und Seifenlauge mit altem

Schmutz und Schweiß, und noch immer tröpfelte das Wasser daraus.
«Du bist weit mitgekommen», sagte der Mann.
«Ich verlasse dich hier.» Die beiden gaben sich die Hand, und der Mann sah seinem Freund nach, wie er zurückging und in der leeren Nacht seine Schritte beschleunigte. Aus einiger Entfernung rief er: «Bitte, vergiß nicht, deiner Frau meine Grüße zu überbringen.» Der Mann lachte sanft und gab keine Antwort. Er steckte einmal mehr seine Hände tief in die Tasche und ging gerade auf den Wellenbrecher und das Meer zu.
Beim Wellenbrecher drehte er nach rechts für den langen Heimweg. Im Kopf fühlte er sich ungewöhnlich leicht, aber alle paar Augenblicke spürte er im Nacken einen stechenden Schmerz. In seinem Innern fühlte der Mann einen unbestimmten Wunsch, etwas, das ihn auf eine Begegnung hin drängt, auf irgendeine Art Begegnung, mit irgend etwas, das eine solche bieten konnte.
In der Vergangenheit waren solche Momente immer mit Gedanken ans Leben und die Vorteile lebender Menschen verbunden gewesen. Wenn er zurückschaute auf das, was geschehen war, dachte er, daß selbst dies das beste war, was hätte sein können. Die Weiße gestohlener Bungalows und der Glanz gestohlener Autos spielten in seinem Kopf, und so konnte er über die Gründe und die Wahrscheinlichkeit nachdenken, daß ohne die herabsetzende Macht von Dingen wie diesen wir alle nach wie vor unter alten Bäumen sitzen und Palmwein-Träume von Schönheit und Glück in unseren erstaunten Köpfen weben würden. Und demnach würde der Glanz dieses Besitzes

die Macht haben, uns härter arbeiten zu lassen, würde zwischen uns und unseren Wünschen Frieden stiften, so daß, wenn wir diese Dinge begehren, unsere eignen Seelen wünschen, ein ganzes Volk vorwärts zu treiben. In solchen Momenten war der Mann bereit, den Neid als eine Triebkraft zu betrachten, eine schreckliche Kraft, aus der etwas Gutes hervorgehen könnte, und er konnte um die nächsten Ecken im Labyrinth seines Geistes neue Leben für Oyo sehen, für die Kinder mit den abgewendeten Augen, und sogar für sich selbst. Dann hätten am Morgen die aufsässigen Worte, die ihn blöd aus den Zeitungen anschauten, Worte über hartes Arbeiten, Ehrlichkeit und Lauterkeit, Worte, geschrieben von Männern, denen egal war, was sie schrieben, dann hätten diese Worte plötzlich einen Sinn.

Aber dann im Büro war es schwierig, nicht zu sehen, daß dieser kleine Seelenfriede eine Illusion blieb. Harte Arbeit. Als ob das Mehrschuften je ihn und die Lieben näher an den Glanz hätte bringen können. Wieviel Schufterei, bis ein Monatslohn bis zum Ende des Monats ausreichen würde? Die Mieten gingen hinauf und hinauf. In dem Wohnviertel des Mannes war der Hausbesitzer der Onkel des Mannes, der die Mieten kontrollierte, und beide nannten sich Partei-Aktivisten. Einmal bemühte sich ein Mann darum, daß seine Miete herabgesetzt würde. Er schrieb deswegen an das Partei-Sekretariat in Accra. Ein armer Spinner, der immer noch gläubig war. Er wurde als Saboteur beschimpft, als nationaler Attentäter und mit vielen andern Worten aus dem Parteiwortschatz bedacht. Und als er immer noch nicht aufhörte von Gerechtigkeit zu reden, schaffte ihn die Polizei nach Accra. Und das Essen. Wie lange würde die Arbeit sein und wie hart, bis es für das Essen von fünf reichte und darüber hinaus noch für einen Rest, um nach dem Glanz zu jagen. Es blieb für die Jungen immer nur ein Weg, um den Glanz zu erreichen. Den Weg abschneiden und sich an den Früchten des Betrugs gütlich tun. Der Holzhändler und seine hervorstehenden Zähne, der Bestechungsgeld anbot, das war der Weg. Als der Mann einmal nach Cape Coast fuhr, hielten drei verschiedene Polizisten den kleinen Bus an und verlangten vom Chauffeur die Vierteljahres-Lizenz. Der Chauffeur hatte sie noch nicht erstanden, und jeder der Polizisten sagte ihm vor allen Leuten: «Selbst *Kola* gibt was her beim Kauen.» Und in jedem Falle hatte der Chauffeur gelächelt und die gesetzlichen fünfundzwanzig Pesewas gegeben, und das Gesetz war erfüllt. Es gab nur einen Weg.

Zacharias Lagos lebte schon so lange hier, daß er vergessen hatte, daß er aus Nigeria stammte. Er arbeitete für ein Sägewerk. Er verdiente in den Tagen, da man noch in Pfund und Shilling rechnete, einen Monatslohn von zehn Pfund. Aber Zacharias lebte wie ein reicher Mann. Jeden Abend brachte ein Lastwagen seiner Firma große Ladungen guten Holzes zu ihm nach Hause, er hatte es in seiner Klugheit abgeschrieben und verkaufte es restlos. Als er verhaftet wurde, nannten ihn die Leute einen guten, wohltätigen Mann, und sie verfluchten den Neider, der ihn angezeigt hatte.

Abednego Yamoah lebte immer noch in Freiheit, er würde kaum je verhaftet. Er verkaufte staatliches Erdöl privat, aber so gerissen, daß immer ein anderer für ihn ins Gefängnis ging, ein Ausläufer, ein Putzmann, aber nie Abednego. Die ganze Welt sagte, er sei ein guter Kerl, und die ganze Welt fragte, warum wir nicht alle seien wie er.

Das war immer der Weg, auf dem man sich dem Glanz näherte: in einem gebogenen, korrupten Sprung, der dem Springer noch die Macht gab, verachtungsvoll über jene zu lachen, die ihren täglichen Trott machten, dumm, ehrenhaft, blöd, arm, geringgeachtet und verängstigt. Wir konnten es nie schaffen. Es sei denn, wir wagten den Sprung.

Und es gab viele, viele, die uns an den Rand drängten und baten, wir sollten springen – auf wie gräßliche Art auch immer –, um dem Glanz näher zu kommen, und die andern hinter uns herziehen. Die Lieben aber wären die ersten, das Schicksal zu verfluchen, wenn der Möchte-Gern-Springer im Gefängnis landen würde. Die Lieben waren auch die ersten, die mit Gier nach den erfolgreichen Springern schauten und nach all dem, was jenen der Sprung eingebracht hatte. Der Mann wälzte Gedanken über Geschwindigkeit, über Oyo und Autos und Chauffeure und über Unfälle. Feiglinge nur haben Angst zu fahren. Und Koomson hat fahren gelernt. So sind die Lieben im Lot, wenn wir der kleinen Selbstachtung beraubt werden, die uns in diesem Alter noch bleibt. Der Chichidodo. Nichts bleibt übrig. Wir verschwinden im Nichts und können uns nirgends festhalten.

Der Schmerz, was immer einer vorbringen mochte, war unerträglich, wenn ein Zwillingsbruder wie ein Stern zum Glanz hochschoß, so rasch, daß er selber Licht abgab. Und du richtest dich am Morgen früh her und gehst sang- und klanglos in dein kleines Startloch für die Morgenschicht in der Geisterwelt der Erfolglosen und der Feiglinge und wartest, während dich die Augen zu brennen beginnen, weil wer weiß was nicht in Ordnung ist, und du wartest auf den Vorgesetzten, der nach neun hereinkommt. Wann wird man es nur einmal soweit bringen? Das ist kein Grund, sich aufzuregen. Das wird erreicht sein, wenn du so alt bist, daß du es nicht mehr genießen kannst. Und wenn du es endlich erreichst, wird es keine Belohnung sein. Es wird nichts sein als ein schmutziger Witz.

Es hatte schon längst aufgehört zu regnen. Auf den Straßen gaben nur das Platschen nicht bemerkter Pfützen und das reflektierte Licht von Autos in der Nacht irgendeinen Hinweis auf die Nässe ringsum. Je näher er nach Hause kam, desto mehr dreckige Tümpel lagen selbst mitten auf der Straße. Auf jeden Schritt mußte der Mann acht geben, und er achtete darauf, ob irgendein Widerschein den Weg weisen würde, bevor er den nächsten Schritt tat.

Er schabte den Dreck von seinen Sandalen auf der kleinen Veranda, und als er an die Tür kam, merkte er, er brauchte nicht zu klopfen; sie war nicht geschlossen, sondern nur angelehnt. Er stieß sie leise auf und ging hinein. Die Luft, die ihm ins Gesicht schlug und in die Nase stieg, war heiß, für einen Augenblick verspürte er den Wunsch, wieder hinauszugehen, aber nach einer Weile wurde die Hitze eine immer noch spürbare, aber angenehme Wärme, und der Mann vergegenwärtigte sich, daß es draußen kalt gewesen war. Er zündete das Licht an und sah, daß der Wohnraum leer war. Seine Frau und alle Kinder schliefen also drinnen. Vom Tisch neben der Tür nahm er einen Schlüssel und ging hinaus.

Als er die Küchentür öffnete, stellte er fest, daß alles bereit stand für den nächsten Morgen. Wasser im Kübel für den Fall, daß am frühen Morgen der Hahn einmal mehr nicht ging. Die Kohle war nachgelegt, und in der Öffnung darunter steckte ein Fetzen Papier. Neben der Kerosen-Flasche lag die Zündholzschachtel. Gut. Er schloß die Küche ab und ging in die Halle zurück. Er verschloß diese Türe ebenfalls, nahm seine Sandalen auf, die noch feucht waren, und stellte sie auf den Boden neben der Tür. Dann ging er hinein, ohne daß er das Licht im Wohnraum ausmachte und das im Schlafzimmer andrehte.

Auf dem Boden lagen die Körper der Kinder lieblos im Faltenwurf ihres Moskitonetzes gefangen. Der Mann wollte sie nicht stören, ging direkt durch die Tür der hölzernen Zwischenwand und zog den Vorhang hinter sich. Er nahm den Wecker vom Kopfende des Bettes und drehte am Alarmknopf. Aber der Wecker war bereits gestellt, und so legte er ihn wieder zurück. Er zog sich aus, schlug das Bettuch um sich, ging hinaus in den Wohnraum und drehte das Licht aus. Für wenige Sekunden schloß er die Augen in der Dunkelheit, öffnete sie, und ohne Umstände fand er seinen Platz in dem abgetrennten Raum auf dem Bett neben seiner Frau. In der Dunkelheit hatte er die Vorstellung, der Körper neben ihm könnte jemand Fremdem gehören, einer fremden, ihm unbekannten Frau, und diese Illusion erregte in ihm eine starke, ungewohnte Lust. Seine Augen paßten sich der Dunkelheit an, und er konnte die Körperumrisse seiner Frau erkennen. Da war immer noch nichts von jener abgestumpften Familiarität. Die Decke,

welche sie zugedeckt hatte, war vom Bett neben die schlafende Frau geglitten, und sie lag fast nackt da.
Der Mann streckte seine Hand aus und berührte den Körper zwischen den Schenkeln direkt unter dem Geschlechtsteil. Das Fleisch gewährte sich allzu bereitwillig, und die gefürchtete Vertrautheit schien sich einzustellen. Die Hand bewegte sich nach oben. Die Scheide war härter, leistete Widerstand, war fast rauh mit den scharfen Haaren und der trocknen Außenhaut. Er wünschte die befriedigende Feuchtigkeit einer erregten Frau zu spüren, er fuhr mit seiner Hand weiter aufwärts, bog sie und suchte den verborgenen Fleischknoten. Aber die Bewegung hatte sein Handgelenk gegen den Unterleib der Frau geschoben, und die lange Narbenlinie nahm dem Mann jeden Gedanken an die Lust.
Das letzte Kind mußte aus dem Leib seiner Mutter geschnitten werden. Und als sie das Krankenhaus verließ, war die lange Narbe immer noch eine Wunde unter vielen Verbänden. Der Anblick dieses Schnittes rief immer ein unfreiwilliges Schaudern im Kopf des Mannes hervor, das das ganze Rückgrat hinunterlief. Jetzt, wie immer, weckte die Berührung das ermüdete Bewußtsein mit Gedanken an Blut und frisch zur Schau gestellten Fleisches und an das gequälte Gesicht einer einsamen Frau, an die vergebungsvoll blickenden Augen Oyos im Spital, wenn er sie zu besuchen hatte. Es war Liebe in ihr. Und das war immer der Fall, zumal er ihr nichts anderes zu geben vermochte. Wenn es jetzt nicht zum Vorschein kam, dann lag es vielleicht nicht an der Frau. Vielleicht lag der Fehler in der Seele, die ohne das Glück anderer Seelen geboren wurde? Nein. Sondern

in einem Geist, der sich nicht entscheiden konnte, das zu tun, von dem jedermann sagte, es müsse getan werden.

Da er fürchtete, er habe sie aufgeweckt, drehte sich der Mann zu ihr hin mit einem Lächeln; doch sie schlief. Er stützte seinen Kopf in seine Hand, lehnte sich auf seinen Ellenbogen. Und der Gedanke an die Narbe, an die er sich nie gewöhnt hatte, wurde vertrieben vom Geruch einer Frau, die nicht für die Liebe vorbereitet war, und er zog die Hand von seinem Kopf weg. Im Dämmerzustand vor dem wirklichen Schlaf sah sich der Mann, wie er war, aber in die Vergangenheit zurückgestoßen, sah sich, wie er in die Schule ging und litt noch einmal alle Examen und Prüfungen durch. Dieser Halbtraum war nicht neu, und einmal mehr war der Mann überwältigt von seiner Nicht-Angepaßtheit. Im Prüfungszimmer fand er jede Bewegung unmöglich, so daß er nicht einmal sagen konnte, ob er auch nur eine Antwort wußte.

8

Blendende Lichter, wild und nicht kontrolliert, gefolgt von reiner Dunkelheit, aus der sich das wiedererkannte Selbst erhebt. Der Mann sieht sich sehr klein, sehr deutlich, sehr klar. Er geht mit einer unbekannten Gefährtin, die kaum sichtbar ist, in der Kühle einer angenehmen Dämmerung, und sie kommen von den dunklen, niedrigen Hütten dahinter. In der Ferne, weit weg, doch deutlich zu erkennen, leuchtet eine Gruppe von weißen Türmen, ähnlich dem Universitätsturm von Legon und dem stechenden Weiß des Atlantic-Caprice. Die beiden gehen dorthin, der Mann und seine Gefährtin, glücklich in der Gegenwart und glücklich über das Bild, das sie jetzt von der Zukunft entwerfen.

Aber brutale Lichter tauchen auf und durchschneiden die Nacht mit ihrem plötzlichen Auftreten, stürzen sich in ihrem grausamen Rhythmus gegen das glückliche Paar, das jetzt verwirrt ist. Die Lichter bewegen sich vorwärts, leise aber gewaltig. Der Mann, von einem Lichtstrahl geblendet, bedeckt seine niedergeschlagenen Augen mit den Händen und läßt dabei die Taille seiner Gefährtin los. Sie aber ist nicht geblendet. Durch das ungenügende Schutzgitter seiner Finger kann er sehen, wie ihre Augen in der Helle großer Scheinwerfer aufleuchten und das entgegenkommende Licht reflektieren. Die Lichter kommen näher mit dem Lärm, den Autos von sich geben. Es ist der leichte Schlag zu hören, wie sich eine neue Wagentür öffnet. Aufwärts in die Luft entgleitend landet seine Gefährtin im Vordersitz des Wagens.

Die andern Wagen, eine Prozession glänzender Autos, erinnern den Beobachter an die langen Reihen von AOU-Männern in ihren amerikanischen Fahrzeugen. Sie sausen hinter dem ersten her, fahren alle in Richtung der Türme und lassen nur den Mann zurück. Von den weißen Türmen glänzt ein übernatürliches Licht, wie sich die Autos nähern; diese fahren ein, und alles geht sachte in Dunkelheit über. Alles, was geleuchtet hat, erlischt. Der Mann bleibt übrig, die Dunkelheit kehrt mit spürbarer Kälte zurück. Nach Wärme suchend, legt der Mann sich nieder. Aber auch der Boden ist kalt und sehr hart. Der Mann versucht, den Weg zurückzufinden in die alte Wärme der Hütten, aus denen er gekommen ist; aber wie er zurückblickt, erkennt er, daß er den Rückweg nie finden wird. Alles, was er sehen kann, ist die Kälte und eine Einsamkeit, die an seinem Herzen frißt: die Gewißheit, daß er seine Gefährtin für immer verloren hat und daß er selber nie mehr allein leben kann.

Bevor der Wecker rasseln konnte, griff der Mann nach ihm und stellte ihn ab. Er war schon seit geraumer Zeit halbwach, ein Frösteln überkam ihn, bevor er richtig erwachte. In diesen Tagen war es, als ob es ein inneres System gäbe, das ihn mit seiner Angst alarmierte und ihn ohne den mechanischen Ruf des Weckers erwachen ließ. Tief hinten im Mund belästigte etwas den Gaumen, und er versuchte es herauszunehmen. Drei kleine harte Kerne, die er zwischen Daumen und Zeigefinger preßte. Der Geschmack überraschte ihn jedesmal von neuem, und er widerte ihn mit seiner Aufdringlichkeit an. Vom Kopfende des Bettes nahm er ein großes Tuch und wickelte sich hinein. So früh am Morgen war kaum jemand auf, und er brauchte sich nicht zu beeilen, um den Waschraum zu erreichen. In Sandalen aus altem Pneu ging der Mann hinüber zum Waschraum, und er stellte befriedigt fest, daß das Wasser für die Dusche während der Nacht nicht abgestellt worden war. Er nahm die Seifenschale mit dem Schwamm darin; das kalte Wasser machte ihm nichts aus. Es war besser, nicht zu warten, bis die andern aufstanden.

Als der Mann das Licht im Waschraum eingeschaltet und die Tür geschlossen hatte, konnte er seine Augen für einen Moment nicht von der Stelle lösen, wo die Türe unten verfault war. Er spürte in der Nase den Geruch von totem Holz und selbst in der Mundhöhle. Er versuchte nur in kleinen, befreienden Zügen zu atmen, aber als das kalte Wasser auf seinen Rücken schlug, tat er einen unfreiwilligen starken Atemzug, jede Anstrengung war umsonst, den Fäulnisgeruch von sich abzuhalten. Während er sich einseifte, spürte er ein Knurren in den Eingeweiden, für einen Moment fürchtete er, die Latrine zu Hause benutzen zu müssen, aber das Wühlen gab nach, und er war froh, daß er warten konnte, bis er in seinem Büro war. Eine entsetzliche Bevorzugung.

Unter seinen Füßen war der Zementboden bedeckt mit einer Art Moos, aber nicht mit dem üblichen schlüpfrigen Waschraumgewächs. In Wahrheit war es überhaupt nicht sichtbar, aber die Fußsohlen konnten es fühlen, es war dick und fast angenehm, wenn man sich darüber keine Gedanken machte. Das Abflußloch war wieder teilweise verstopft mit Rückständen von jedermanns Schwamm, so daß der Schaum vor dem Loch eine Art Schranke bildete und das Wasser darunter nur schwer durchfloß und einen Großteil des Bodens überschwemmte, auch wenn die Brause nur kurze Zeit angestellt war. Der Mann legte den ausgepreßten Schwamm in die Seifenschale zurück, er bog seinen Kopf nach hinten und spülte den Mund mit dem Wasserstrahl. Dann wusch er die Seife ab von seinem Körper und trocknete sich rasch, gab acht, daß das Tuch nicht die übelriechende Türstelle berührte oder den überlaufenden schleimigen Fußboden. Als er fertig war, zog er seine Sandalen an und ging ins Schlafzimmer zurück.

Während er sich zwischen den Schenkeln puderte und sich Vaselin ins Haar strich, suchte der Mann in der Tischschublade und fand einige Münzen, genug als Fahrgeld und vielleicht sogar noch genug für das Mittagessen. Er spürte, es war noch mehr da, aber es war nicht notwendig, weiterzusuchen und zu schauen, wieviel überhaupt da war. In den Unterkleidern ging er in die Küche, goß kaltes Wasser in den Kessel und mischte sich ein Getränk mit Ovaltine. Was seine Frau gestern zu dem Bettelweibchen gesagt hatte, war nicht die volle Wahrheit gewesen. Es war noch etwas Zucker da, wenn auch nicht so viel, daß sie davon etwas hätte abgeben können. Sie hatte recht. Er trank seine kalte Ovaltine und aß dazu vom Zwieback, er drehte das Radio an, suchte auf der Skala, bis er seine Lieblingsmusik fand, Klänge aus dem Kongo. Er hörte, wie sich seine Frau drinnen rührte, sicherlich dadurch aufgewacht, aber ohne Lust herauszukommen und ihn in der Halle zu treffen; sie wartete, bis etwas seinen Weggang anzeigte. Ging er früh genug, konnte er den Morgenzug von Kojokrom erwischen und so das Fahrgeld sparen. Sofern er früh genug ging und den weiten Weg bis zur Nothaltestelle in Eile zurücklegte. Er ging hinein, achtete nicht auf seine Frau, nahm Hose und Hemd, vergewisserte sich diesmal, ob er ein Taschentuch habe, und kehrte in den Wohnraum zurück, um sich anzukleiden. Wie viele Tage waren schon vergangen, ohne daß er etwas zu den Kindern gesagt hatte.

Der Weg hinüber zur Station war länger als er gedacht hatte. Als er ankam, hatte er nicht allzulange zu warten, bis der Bummelzug erschien; für einen Augenblick sah es aus, als ob er vorbeifahre, fast widerwillig hielt er an. Da waren noch andere, im Ganzen fünf, die auf den Zug warteten, aber keiner sprach ein Wort, und auch als sie im Zug drin saßen, wurde die Stille nicht gebrochen, den ganzen Weg bis zum Bahnhof nicht. Jeder allein mit seinen Sorgen. Besser so.

Als der Mann im Bahnhof aus dem Zug stieg, trat er neben dem Ausgang in etwas Schleimiges. Als er niedersah, erblickte er das Erbrochene eines Reisenden. Obwohl nicht frisch, war es doch nicht ganz trocken. Er ging darum herum, stieg vorsichtig auf den zementierten Bahnsteig und ging das lange Stück bis zum Eingang des Blockes. Aus dem Schatten erhoben sich zwei bedrohliche Gestalten, aber als er bei ihnen war, grüßten sie ihn steif und sagten: «Morg'n, Härrr.» Zwei Männer von weit weg, verloren im Labyrinth des Südens. Einen Moment überlegte der Mann, ob er ihnen sagen solle, er sei kein «Herr», aber der Gedanke war schon so lächerlich, sobald man Angesicht zu Angesicht vor Männern stand, die einen «Herr» nannten. Was konnten die beiden da unten im Süden gefunden haben, wenn überhaupt etwas? Auf was für eine Art Elend waren sie hier unten gestoßen, das sie zu Hause nicht auch hätten vorfinden können? Oder waren sie auf der Flucht vor sich selbst? Möglich. Möglich, daß weit weg in der Nacht junge Männer seufzten und davon träumten, diesen zu folgen, aber sie ahnten sicher nicht, wie die Reise enden würde. Ruhig. Das mochten vielleicht beneidete Männer sein, solche, die es nicht zu bemitleiden galt und nicht zu beweinen, vor allem nicht von Leuten, die selber ihrer Sache nicht sicher waren. Auf dem Weg traf er andere Nachtfiguren wie den Toilettenputzer, der eben um die Ecke von unten kam, wo sich die Latrinen der niederen Angestellten befanden. Es war nicht viel Licht da, aber es war auch nicht viel Licht nötig, um festzustellen, daß der Mann mit dem Scheißkübel auf dem Kopf einen ungewohnten Blick tiefer und zorniger Bedrohlichkeit hatte, und seine Augen waren von betrunkner Wildheit. Vielleicht hätte ihn der Geruch von *Akpeteshie* umgeben, hätte er nicht einen noch viel penetranteren Gestank mit sich getragen. Sicherlich war der einzige Weg für einen Mann zu überleben, daß er die Exkremente der andern trug; der einzige Weg, sein eignes Selbst zu töten, während das Unausweichliche getan werden mußte, und er wünschte schon, wieder wach zu werden. Es war ungewöhnlich, einem Latrinenmann zu begegnen zu dieser Morgenstunde. Der Latrinenmann ist eine Nachtgestalt und nicht eine des frühen Morgens, ein Mann, allen völlig verborgen, außer den neugierigen Kindern und Männern, die irgend etwas Dunkles zur Nachtzeit im Schilde führten. Und es war nicht üblich, einem Latrinenmann so nahe zu kommen.

Die letzten werden die ersten sein. Sicher, das ist richtig so.

Vorwärts. Die dunkle Treppe des Blocks hinauf. Der Mann suchte und fand den Lichtschalter für das Treppenhaus, drehte ihn an und stieg hinauf. Als er zur Bürotür kam, erblickte er den Nachtwächter, der die Treppe herauflief und zwei Stufen aufs Mal nahm. Seine Schlüssel rasselten mit einem merkwürdig unmetallischen, stumpfen Klang in seiner Hand. Der Mann suchte nach seinem Eisenbahnausweis in seiner Tasche, aber der Wächter gab ein Zeichen, daß er ihn kenne, und öffnete ihm die Tür, und ohne einsichtigen Grund sagte der Wächter: «Danke sehr, mei Härrrr.»

«Mei Härrrr.» Seltsames Wort. Merkwürdiger Name.

Drinn zündete er alles Licht an. Der feuchte, heiße Geruch von eingeschloßner Ronuk-Wichse lag dick in der Luft. Der Mann ging zu den Fenstern, öffnete jedes, soweit wie möglich, um die Morgenluft hereinzulassen. Dann drehte er sich um und ging zu seinem Tisch unter der großen Eisenbahnkarte, klopfte auf den Morseapparat, bevor er ihn in Funktion setzte. Kontrollzeichen für die angeschlossenen Stationen, doch auf den drei ersten schien noch niemand zu sein, und so gab er es auf. Es war noch nicht Zeit, obwohl es bald so weit sein sollte. Er zog eine Schublade auf und sah sich nach etwas um, womit er die Zeit töten könnte. Vier Bleistifte lagen drin, in der violetten Regierungsfarbe, alle stumpf und daneben eine alte Rasierklinge. Er nahm die Bleistifte, ging hinüber zu einem der Papierkörbe, schubste ihn mit dem Fuß den ganzen Weg über den Boden bis zu seinem Pult und setzte sich nieder, um die stumpfen

Bleistifte zu spitzen. Bevor er mit dem dritten fertig war, ging die Tür auf, er nahm zunächst an, es sei ein Putzmann, der seine Morgenarbeit beginnen wollte. Aber der Neuankömmling ging direkt an seinem Pult vorbei und grüßte. Der Mann gab den Gruß dem Frachtbeamten zurück. Er widerstand der Versuchung zu fragen, weshalb er ausgerechnet heute so früh zur Arbeit komme. Vielleicht bot er selbst eine Erklärung an, obwohl der Frachtbeamte als nicht allzu gesprächig galt. Nichts wurde angeboten, und die Neugierde gewann Oberhand.

«Du bist heute früh gekommen», rief der Mann zum Pult hinüber.

«Morgenstund ...», lange Pause, «hat, was immer du willst, im Mund, sozusagen.»

Vergebliche Mühe, weiterzufragen, was diese geheimnisvolle Erklärung sollte. Vielleicht ein anderer Mann, der von seinen Lieben zu Hause davonlief, so früh am Morgen. Der Mann saß da und beobachtete seinen Rätselmenschen. Der Beamte ging zu seinem Abteil, man hörte, wie Schubladen herausgezogen wurden und wie Papier raschelte. Als der Beamte aus dem Abteil kam, ging er zu einem Fenster auf der Straßenseite, blieb stehen und schaute hinaus und hinunter.

Der Mann starrte auf die Karte vor ihm, er vernahm ein deutliches Rumoren irgendwo in seinem Bauch, gefolgt von einem stoßenden Schmerz im Unterleib. Er stellte sich vor, daß ein Sicherheitsstöpsel in seinem After war, der jeden Augenblick drohte herauszukommen. Oben gab es eine Toilette, aber sie war noch nicht geöffnet, und nur die höheren Angestellten hatten einen Schlüssel dazu. Macht nichts. Auch die Toilette unten war besser als die zu Hause. Er

nahm ein paar Fetzen altes, steifes Papier aus einer Schublade und sauste nach unten, er versuchte, seine Hinterbacken zusammenzuklemmen.
Aus irgendeinem Grund sind die Lichter in der Latrine heller als anderswo. Das bewirkt, daß die Zementsitze sich wie alte Monumente erhoben. Der Mann sprang auf den säubersten, den er finden konnte, ziemlich am Ende der langen Latrine. Sein Blick glitt über eine Reihe von Kübeln, an denen alter Scheißdreck klebte. Wenn er wählte, was er benutzen wollte, war er vorsichtig. Als er die Hosen herunterließ, achtete er darauf, mit den Stößen nicht in die Urinlachen zu kommen. Dieser Platz war besser als zu Hause, weil es hier Luft gab, selbst wenn diese Luft nur aus den Löchern aufstieg und durchdrungen war von intimen Gerüchen. Er kauerte sich hin und ließ die kühle Luft von unten über seine Hinterbacken streichen. Er schaute zur schmierig-verschmierten Wand hinüber, auf der das helle Licht der großen Birnen aufschlug. Oben, nahe bei der Decke, war die Wand immer noch von einem verwirrenden Weiß, wo keine Spinngewebe den Anstrich verdeckten. Die Farbe veränderte sich nicht bis auf die Höhe eines erwachsenen Arsches. Dort war die Wand gemasert mit organischem Braun, jeder Schmutzstrich suchte ältere Schmutzstriche zu vermeiden, bis sich die Abdrücke von Händen und Fingern über die ganze Wand hinzog. Es gab Stellen, wie es scheint, wo Männer sich niederbückten, um ein nicht verbrauchtes Plätzchen zu finden, und in wenigen, unwahrscheinlichen Fällen waren die Männer ziemlich hoch gesprungen, um die Hände an der Mauer von oben nach unten abzustreichen. Es mußte aber Leute geben, die nicht nur vergaßen, Papier

mitzubringen, denn die Wand zeigte nicht nur Spuren bloßer Nachreinigung, sondern große, verschiedenartige Haufen Scheißdreck von solchen, die sich nicht darum kümmerten, ihre Ladung an den dafür vorgesehenen Ort fallen zu lassen. Die Augen des Mannes suchten Zuflucht oberhalb des Brauns auf Schulterhöhe. Keine braunen Abstriche hier, nur gelegentliches Bleistiftgeschreibsel, meist in der Regierungsfarbe. Eine kleine obszöne Zeichnung einer unmöglichen indischen Position, darunter sorgfältig geschrieben:

SÜSSE FOTZE

Aber rechts daneben stand etwas, was der Mann gesehen hatte, ohne daß er es sich gemerkt hatte:

SÜSSES GELD MACHT ALLES MÖGLICH

Links daneben waren andere Sprüche, nicht so leicht zu verstehen:

WER ALS TROTTEL GEBOREN

SOZIALISMUS KÖPFEN ICH KÖPFEN AUCH

NATION ZUM TEUFEL

Der Mann fühlte, wie der letzte Rest aus seinem Innern herauskam; als er fertig war, genoß er die Erleichterung, wischte seinen Hintern und zog die Hosen hoch, sprang hinunter und knöpfte sie zu, während er hinausging. Neben der Tür schlug ihm die große Herausforderung ins Gesicht:

AUCH SO PLEITE?

Diese und die beiden nächsten Sprüche brachten ihn zum Lächeln:

BETE FÜR GRATISZELLE

GEFÄNGNISWÄCHTER GRATIS KÖPFEN

Als der Mann wieder hinaufstieg, spürte seine Nase, daß er an sich den Latrinengeruch trug. Er drehte um und ging hinunter auf die Straße, um sich auszulüften. Um diese Zeit waren nur wenige Verkäufer draußen, und keiner schien erst am Morgen gekommen zu sein. Vielleicht waren es nur solche, die erst gegen Morgen eingeschlafen waren, später aufwachten und dann heimgingen, um sich zu Hause weiter auszuschlafen, falls sie ein Zuhause hatten. Hinter ihm, rundlich und klein, betrat ein Mann den Block. Vielleicht ein Arbeiter, den er nicht erkannt hatte. Der Mann ging geistesabwesend in der Richtung zur Bushaltestelle am Hügel. Erst als er ans Ende des UTC-Gebäudes kam, hielt er an und fragte sich, wohin er eigentlich wolle. Nirgendwohin. Es wurde zusehends heller. Er ging zurück, an den Läden vorbei, durch den Eingang und die Treppe hinauf.

Als er die Bürotür öffnete, hörte er lautes, vergnügtes Lachen, und eine Stimme, die ihm irgendwie bekannt vorkam, sagte: «Nein, das ist dein *Kola,* nimm es als *Kola.*» Ein erneutes Lachen. «Ich war sicher, du würdest begreifen, wenn ich dich nur wirklich finden würde, mein Freund. Wenn du es fertigbringst, daß mein Holz wegkommt, werde ich dich wieder treffen. Kein Kummer. Ich werde dich nach Hause einladen.»

«Geht in Ordnung», sagte der Frachtbeamte. «Geht alles in Ordnung.» Als er zu seinem Pult ging, sah der Mann genauer hin und erblickte den Holzhändler mit seinen vielen Zahnreihen, diesmal in einem Anzug, in welchem er dreinschaute, als wäre er irgendein vergessenes Bündel. Er war glücklich.

«He, mein Freund», sagte der Holzhändler. «Meine Karte. Meine Karte.»

Der Beamte streckte die Hand aus, nahm die angebotene Karte und bedankte sich.

«Hoho, nichts zu danken, es ist an mir, danke schön zu sagen.»
Der Holzhändler wandte sich zum Ausgang. Als er an dem Pult des Mannes vorbeiging und ihn anschaute, hielt er einen Moment an, als könnte er nicht glauben, daß jener die ganze Zeit über zusammen im gleichen Raum gewesen war. Dann brach er in ein bissiges, feindliches Lachen aus.
«Ah, Sie sind auch hier heute? Warum versuchten Sie mich so zu behandeln? Mißgönnen Sie mir das Essen? Okay. Schauen Sie sich an. Mann gefunden, der versteht. Mein Freund, warum machen Sie aus mir einen Bösewicht?»
Der Mann sagte nichts. Aber der Holzhändler stand immer noch vor ihm, glotzte ihn an, als ob er eine Antwort auf seine Frage erwarte. Der Mann sah nach der Tabelle, um festzustellen, ob er jetzt auf sein Morsezeichen irgendeine Antwort kriegen konnte. Hinter ihm lachte der Holzhändler wieder auf, äußerst schrill, und schrie ihn an: «Du. Du bist der wirkliche Bösewicht. Du wirst es nie zu etwas bringen. Du.»
Der Mann antwortete nichts, drehte sich nicht einmal um zu dem, der mit Beleidigungen um sich warf. Auf dem Apparat kam ein Antwortzeichen, er hörte es, nahm sich aber nicht die Mühe, die Meldung niederzuschreiben. Sie lautete: «Prestea.» Irgend jemand war gerade daran, am Morgen den Apparat zu testen. Der Mann gab ein Antwortzeichen und kontrollierte die Verbindung zu einer Station weiter oben auf der Linie, als die Tür hinter dem zornigen Holzhändler ins Schloß fiel.
«Was hast du gegen ihn?» fragte der Frachtbeamte.
«Ich sagte ihm, ich könne für ihn nichts ausrichten.»

«Ich verstehe.»
«Wirst du sein Holz befördern?»
«Ja, er hat gelernt.»
«Was gelernt?» fragte der Mann.
Der Beamte antwortete mit einem Kichern, sonst nichts. Es war so normal, all das, es gab keinen Grund, sich dagegen zu wehren. Jedermann, den man fragte, hätte bestätigt, daß der Holzhändler recht hatte, daß der Frachtbeamte recht hatte, und daß man selber ein Narr war, und jedermann hatte Recht – so wie die Dinge nun einmal waren und wie sie weiterhin sein würden. Narren waren all jene, welche nicht das Leben führten, das alle rundherum führten, die am Fluß standen und gegen den Strom schwammen. Es gab keinen andern Weg; sich zu weigern, den Sprung zu machen, half überhaupt niemandem zu keiner Zeit.
Der Morseapparat ratterte wild, und die Unterschrift zeigte an, es war Obuasi. Von neuem. Es war besser zu antworten, als wäre alles in Ordnung.
«Morgen.»
«Du bist dort.»
«Ja.»
«Sag warum.»
«Arbeit.»
«Sag warum.»
«Frau.»
«Sag warum.»
«Sei anständig.»
«Hör auf. Sag warum.»
«Kinder.»
Eine lange Pause. Dann ein anhaltendes Rattern. Zunächst meinte der Mann, es sei bedeutungslos. Aber

als er es in einzelnen Buchstaben niederschrieb, erhielt er eine Antwort, ein endloses «Hahahahaha.» Er morste zurück: «Du spinnst.» Eine neue Lachrolle, die plötzlich abgebrochen wurde.

«Du selber.» Stille. Nichts mehr zu sagen, dann: «Verlad Minenzug.»

«Abfahrtszeit.»

«06.19 Vierzehn Minuten Verspätung.»

«Gut.» Der Mann erlaubt sich, eine Frage einzuschmuggeln: «Wer bist du?»

«Dein Vater, hahahahaha.»

«Du verrückt, hohohohoho.» Vom andern Ende kam jetzt nur Stille.

Das Büro füllte sich, die Tagesbeamten kamen herein, zuerst die Laufjungen und die Botengänger, dann die andern Beamten. Um halb zehn kamen die höheren Angestellten herein, jeder mit einem Überbleibsel britischer Exzentrik. Der eine trug ein weißes Beinkleid, dieses einstige koloniale Weiß-in-Weiß. Ein anderer hatte zwei Monate in England verbracht, was er eine Studienreise nannte, er trug seither trotz aller Hitze in Ghana Weste und Jacke. Er hätte einen vorzüglichen «Obedient Boy of the Empire» an einem Geburtstag der Königin abgegeben. Als der Vorsteher der Frachtabteilung hereinkam, eilte der Frachtbeamte in sein Büroabteil. Die beiden kannten einander recht gut und waren sich gegenseitig sehr verpflichtet. Es war bekannt, daß der Vorsteher, bevor er zur Eisenbahnverwaltung kam, Kassierer an einer nationalen Mittelschule gewesen war. Wie es Sitte war in diesem Land, betrachtete er seine Stelle als eine Gelegenheit, die er gewonnen hatte, so viel Geld in so kurzer Zeit wie möglich zu machen. Und die Art, wie er mit dem Schulgeld umgegangen war, ließ an seinen Absichten keinen Zweifel. Die Studenten reichten beim Erziehungsministerium eine Klage ein. Das Ministerium, wie immer in diesem Lande, suchte nach jenen, die verantwortlich waren für diese Anklageschrift, und wiesen sie wegen grober Insubordination von der Schule. Die andern Studenten rebellierten. Das Ministerium, froh, noch mehr Studenten aussperren zu können, schloß die Schule. Es gab natürlich keine Untersuchung der Finanzen, aber sie wäre auch gar nicht möglich gewesen, da ein Feuer das ganze Büro des Kassierers während der Studenten-Demonstration zerstörte. Kurz darnach wurde die Eisenbahnverwaltung von oben angewiesen, dem einstigen Kassierer zu einem neuen Posten zu verhelfen. Er brachte den Fracht-Beamten mit sich, und der war es wahrscheinlich auch gewesen, der hatte durchblicken lassen, daß das Feuer im Büro des Kassierers nicht von den Studenten gelegt worden sei.

Der Frachtbeamte war mit seinem Vorgesetzten über eine halbe Stunde zusammen. Als er wieder erschien, folgte ihm der Vorsteher und hatte ein breites Lachen auf. Ein sehr zufriedenes Grinsen. Mochten sie lachen. Hier machte man es ihnen einfach. In einem andern Land hätte man sie ins Gefängnis gesteckt, hier waren sie Helden.

Der Mann unterdrückte die Verwirrung über sich selbst und seine Umgebung, indem er sich automatisch auf die eingehenden Morsemeldungen konzentrierte; er schrieb diese eilig nieder, gab kurze Antworten, stellte Fragen, verbesserte die Antworten. Um die Mittagszeit war er sehr hungrig und ging hinunter zu den Straßenverkäufern.

Er hätte gerne ein gutes *Fufu* gehabt, aber ohne viel Fleisch ist das Straßen-*Fufu* ein miserables Essen, und mit Fleisch kostet es so viel, daß es einen Mann umbringt. Was er sich leisten konnte, war *Gari* und Bohnen mit Palmöl, und trotz des Gedankens, daß es ein bloßer Magenfüller ist, begann er es zu genießen. Ein armer Mann mußte auch lernen, mit seinem Magen zu leiden. Er nahm seinen Teller und begab sich in den Schatten eines Baumes, lächelte den Eisenbahnarbeitern zu, die bereits dort standen. Zwischen dem Schmatzen die üblichen Reden von Arbeitern, die genau wissen, daß sie auf der ungeschützten Seite stehen, stets mit einem Windzug um die Fingerspitzen, ohne eine Chance, jemals in den Windschatten zu treten. Zwischen Seufzern und bitterem Lachen pfefferten Sätze, die nur allzu bekannt waren, die Luft. «Er ist im Grunde ein kleiner Junge ...» – «Ja, die CPP hat ihm den Profit ermöglicht ...» – «Zwei Wagen jetzt.» – «Nein, du bist nicht auf dem laufenden, drei. Der neueste ein weißer Mercedes. 220 Super.» – «Ihr meint, ich schwindle, aber ich war sein Klassenkamerad, nun schaut mich an zum Vergleich.» «So ist das Leben.» – «Ei, die Mädchen.» – «Laufen, um seine Autos zu füllen. Ausflüge zum Star für Wochende in Accra. Schnaps. Swinging Nigger, Mann.» «Mädchen, Mädchen. Frische kleine, die immer noch in die Schule gehen – Achimota und Holy-Child.» «Diese Achimota-Mädchen!» – «Diese Holy-Child-Mädchen!» – «Er knackt sie wie Nüsse.» – «Du wärst genau gleich.» – «Sicher ... verfluchtes Geld.» – «Das Schweine-Geld.»

Gruppenweise gingen die Arbeiter sich die Hände waschen. Der Mann wartete, bis sie fertig waren, dann begab auch er sich zum Wasserhahn und wusch sich das Palmöl von den Fingern. Er ging wieder hinauf und setzte sich an sein Pult. Ja, recht schwer. Es war umöglich, der schläfrigen Stimmung zu widerstehen, da blieb noch etwas Zeit. Er schob den Stuhl nach rechts und legte seinen Kopf für ein Schläfchen auf das Pult. Eine Stimme lachte und ließ etwas über die Karwoche fallen, aber der Mann glitt bereits in den Schlaf hinüber, und es kümmerte ihn nicht, was weit weg von ihm geschah.

Als er erwachte, war zwei Uhr vorbei, und sein Platz am Pult war bereits von einem neuen Burschen eingenommen. Der erhob sich und gab den Stuhl frei, auf den er sich gesetzt hatte.

«Bleib sitzen», sagte der Mann. «Bleib sitzen. Du bist heute aber früh.»

«Ja, ich hatte nichts zu tun. So wollte ich zuschauen und üben.»

Der Fleiß eines blutjungen Anfängers. Eines Tages würde er wünschen, er hätte diesen Block nie gesehen. Eines Tages würde er wünschen, nicht geboren worden zu sein, aber noch nicht jetzt.

«Würden Sie mir erlauben, die Arbeit jetzt schon zu übernehmen?» Die Frage schreckte den Mann auf, so daß er keine Antwort gab.

«Ich möchte mich im Morsen vervollkommnen.» Der Mann spürte auf seiner Stirn einen stechenden Schmerz, der mit dem Herzschlag zunahm und nachließ. Der Gedanke an einen freien Nachmittag gab ihm das Gefühl einer großen Erleichterung.

«Willst du wirklich?»

«Ich habe nichts zu tun.»

«Gut. Muß ich dir etwas erklären?»

«Die Tabelle ist klar. Nein, nichts.»
«Danke.»
Manchmal kam es zu einer Art von Erleichterung wie dieser. Man erreichte die Toilette in dem Moment, da man meinte, man müßte es irgendwo laufen lassen. Und dann traten Erleichterungen ein wie diese, die überhaupt nicht erwartet wurden, und wenn sie dann kamen, mußte einem keiner sagen, daß es genau das war, was man die ganze Zeit schon nötig gehabt hätte. Der Mann ging die Treppe hinunter, diesmal hatte er nicht die Kraft, die Hand vom verdreckten Geländer zurückzuziehen, und er ließ sie über den Schmutz gleiten. Der Schmerz in seinem Kopf kam und ging, kam und ging. Als er auf die Straße trat, drehte er gleich nach links ab und suchte den Hafenverkehr des Nachmittags zu meiden.
Nach der Kreuzung der Eingang zum Hafen. Der Wächter dort ließ ihn nicht ohne Weiteres passieren, sondern verlangte seine Karte, studierte sie lange und gab dann mit äußerstem aber niedergeschlagenem Widerwillen das Zeichen zum Passieren. Der Mann ging ein langes Stück im kühlen Schatten der neuen Förderanlage. Als er an deren Ende kam, bog er um das letzte Lagerhaus, setzte sich an den Rand des Kais und ließ seine Beine über das Wasser hängen.
Man wundert sich immer wieder, weshalb das Meer nicht schmutziger ist, als es in Wirklichkeit ist. In der Nachmittagssonne lag es ruhig da. Auch seine Bewegung war ruhig, und am Ende bestärkte sie nur die Ruhe. Da war das Gefühl, das sich einstellt, wenn man auf dem Rücksitz eines Motorrades sitzt oder sich mit großer Geschwindigkeit in der freien Luft bewegt. Gedanken über Vergangenheit und Gegen-

wart, Hoffnungen und Furcht vor der Zukunft, alles kommt mit der Geschwindigkeit eines Fahrzeugs, und am Ende ist ein Mann ganz erschöpft, nachdem er an Orte in seinem Innern vorgedrungen ist, die man nicht oft aufsucht. Die Gedanken, die vom Meer aufsteigen, haben alle eine schmerzliche Hoffnungslosigkeit, so erhob sich der Mann, so spazierte er an der Wasserfront entlang zu andern Docks. Ein geschäftiger Mann kam in Sicht, balancierte auf einem Floß von Holzstämmen, rief die Namen von Holzarbeitern aus, die um ihn ebenfalls auf schwimmenden Stämmen standen, und er notierte alles auf einer Liste, die er auf eine Tafel in seiner Linken geheftet hatte. Er schrie viel, und in der Nachmittagssonne glänzten die Adern auf seinem Nacken vor Schweiß. Weiter draußen ein kleines Schiff; mit seinem rot-schwarzen Anstrich sah es sehr alt aus, es hatte eine Flagge gehißt, die der Mann zum erstenmal in diesem Hafen sah, es wurde mit Kakao in braunen Säcken beladen. Der Fahrer des langen Rollwagens, auf dem die Säcke geschichtet waren, sang ein trauriges Lied, und die Tonart bei diesem Mann überraschte den Zuhörer völlig. Der Sänger hatte sein Hemd abgelegt, und der Rücken, der sich zur Schau stellte, war braun und muskulös. Kofi Billy hatte diese Art von Arbeit geliebt. Auf dem Schiff war ein Haufen schwarzer Körper, die darauf warteten, den Verlad zu dirigieren, und aus dem Schiffsbauch kam, dann und wann, ein gedämpftes vielstimmiges Lachen herüber. In den kleinen Räumen über dem Deck zwei weiße Männer in weißen Hosen und weißen Hemden, der eine sehr klein; sie schauten auf alle die Männer unter ihnen, auf das Schreien und das Arbeiten hinunter. Der Mann ließ das Schiff hinter sich und ging hinaus in Richtung des Hauptdammes, der sich in den Ozean hinausschwang. Der Lärm von heftiger Arbeit wurde immer schwächer, wie sich der Wind hinter ihm erhob. Er hielt sich an den äußersten Rand, so daß er tief ins Meer hinunter schauen konnte. Er war ohne Eile, brauchte nicht an die Zeit zu denken und nicht an die Rückkehr, fühlte sich fast glücklich in seiner schwebenden Einsamkeit, bis er zu einer Treppe kam, die in den Damm hineingebaut war und tief ins Meer hinunter führte. Der Mann lehnte sich nach vorn und betrachtete die Treppe. Sie führte in einer einfachen Linie hinunter ins Wasser, so tief, bis sie von oben nicht mehr sichtbar war. Der Mann setzte sich nieder, da er einen kleinen Schmerz im Nacken spürte, legte seinen Kopf zurück. Kleine Wolken, ganz weiß, versammelten sich weit weg vor einem bleichen bläulichen Himmel, und als der Mann den Blick zum Meer senkte, war das Wasser grün und tief. Eine Seemöwe flog niedrig, stieß einen krächzenden Schrei aus, der im Nachmittag untertauchte, und der weiße Vogel selber flog davon zum Hafen, ein unhörbares Flügelschlagen, schön und leicht.

9

An einem Sonntagmorgen hört der Trott einer ganzen Woche nicht von allein auf. Der abgerichtete Mensch ist bereit, Arbeiten für unerläßlich zu betrachten, die er gar nicht tun mag. Nur mit Anstrengung nimmt die Aussicht auf Erholung Besitz vom ermüdeten Körper.

Vor der Morgendämmerung hatte eine Ängstlichkeit den Mann geweckt. Er hatte sich nicht darum gekümmert, sich in der Nacht richtig zuzudecken, oder dann war das Tuch im Schlaf herabgeglitten. Es fror ihn am Rücken. Ein neuer Tag. Indem er wacher wurde, kehrten die Vorbereitungen vom Vorabend in sein Bewußtsein zurück. Aber die üblichen Alltagsverrichtungen waren nicht notwendig gewesen wie Wassertragen, den Kohlentopf herrichten und Schwamm und Tuch mit dem Kessel zusammen neben der Türe bereitstellen. Und der Wecker brauchte schließlich auch nicht loszugehen. Ohne weiter auf die Gestalt neben sich zu achten, drehte er sich, zog unter dem Körper das Tuch hervor, hielt es hoch in seiner ganzen Länge, wickelte sich hinein und bedeckte auch den Kopf. In der wohltuenden Dunkelheit, die er um sich geschaffen hatte, fiel er wieder in den Schlaf zurück, alle Ängstlichkeit war von ihm gewichen.

Als er aufwachte, lag der Raum im vollen Tageslicht. Er brauchte noch nicht aufzustehen, er lag da und dachte daran, was er am gestrigen Tag getan hatte. Er hatte seine Freizeit dazu verwendet, die High Street hinunterzugehen, um jene besonderen Eßwaren und Getränke einzukaufen, mit denen seine Frau

Koomson und dessen Gattin füttern wollte. Es war unmöglich gewesen, eines jener teuren Getränke zu finden, die seine Frau gewünscht hatte, englischen White Horse Whisky und VAT 69. Sie bestand immer auf diesen Marken, wenn es galt, jemand besonderen zu bewirten. Sie hatte dem Manne auch einmal gesagt, warum, und ihre Überlegung ging dahin, daß jeder Trottel Bier kaufen und trinken kann. Das traf zu, wenn auch immer weniger, da die Bierpreise zusehends stiegen.

Als er gestern mit dem neuen Geld in seiner Tasche in die Geschäfte gegangen war, hatte ihn ein unkontrollierbares Glücks- und Machtgefühl erfüllt, dabei wußte er zuhinterst in seinem Kopf: die Tatsache, daß er so teures Zeug einkaufte, würde den Tiefgang der kommenden Karwoche noch mehr vertiefen. Als er nach den Nahrungsmitteln des weißen Mannes fragte, nach dem schönen langen Reis in dem Paket, auf dem der Afro-Amerikaner Uncle Ben lächelte, nach dem blechverpackten Kuchen, der Tausende von Meilen aus den Ländern reicher Völker hierhergereist war, und nach der Butter aus Neuseeland, wußte er gleichzeitig genau, es war idiotisch, sich so wohl zu fühlen, nur weil man Dinge kaufte, die man sich im Grunde gar nicht leisten durfte; und doch konnte er sich eines Schmunzelns nicht erwehren, das um seine Lippen spielte, und das Wohlbefinden breitete sich in seinem ganzen Körper aus. Wenn die aristokratischen Getränke, der White Horse Whisky und der VAT 69, vorrätig gewesen wären, hätte er sie ohne Bedenken gekauft, wie bitter er es auch nachher bereut hätte, aus einem völlig verrückten momentanen Glücksgefühl heraus. Und zwar nicht nur wegen der bewundernden Blicke der Leute im Laden, die den Wert eines Mannes so hoch einschätzen, wie hoch der Preis der Ware ist, die er ersteht, und auch nicht nur, weil ihm Oyos Worte im Ohr lagen, ihre Befriedigung, wenn ein wichtiger Besucher lobte, was man ihm vorsetzte, und wegen ihres zornigen Schweigens, wenn sie wichtigen Besuchern nur ein Trottel-Essen und Trottel-Getränke anbieten konnte. Nein, es war vielmehr in dem Manne selbst drin, ein hohes Glücksgefühl, das ihn erfüllte, wenn immer er sich in der Lage sah – gleichgültig, wie kurz der Zauber dauern mochte –, all die heroischen Dinge zu tun, die man stets von ihm erwartete, selbst wenn er am Ende sich damit erledigte. Wie sollte ein Mann sich in Kontrolle haben, wenn die Bewunderung durch die Welt, der Familienstolz und sein geheimes, wenn auch nur momentanes Glücksgefühl verlangten, daß er die Kontrolle aufgebe und sich benehme wie irgend jemand, der er nicht war und der er nie sein würde? Geld. Macht.

Als aus seinem Körper jedes Bedürfnis nach Schlaf gewichen war, stand er auf, zog seine Khaki-Shorts an und ging hinaus in die Halle; im Vorraum fand er seine Frau, sie stand vor dem Speiseschrank und war ganz verloren vor den Eßwaren und den Bierflaschen. Der Mann näherte sich ihr und legte ihr sanft seinen Arm auf die Schulter.

«Habe ich irgend etwas vergessen?» fragte er.

«Das Essen wäre schon recht», sagte sie. «Das Essen ist in Ordnung, aber die Getränke . . .»

«Es gab nur Bier in den Läden», sagte er.

«Ja, in den Läden.»

«Und du hast ja den Made-in-Ghana-Alkohol nicht gern.»

Die Frau fuhr, voll Ekel und Zumutung, mit ihrer Hand an die Kehle, dann lächelte sie. «Nein», sagte sie, «ich mag diese Made-in-Ghana-Schnäpse wirklich nicht. Aber es gibt im Land immer noch andere gute Getränke.»

«Ja, bei den großen Tieren und den Partei-Sozialisten zu Hause.»

«Von irgendwoher müssen sie sie haben. Sie versuchen es eben, das ist alles.» Für einen Augenblick war sie ruhig, dann fuhr sie fort: «Du mußt doch Leute kennen, die dir so etwas verschaffen können. Schließlich geht man ja nicht für nichts und wieder nichts in die Schule.»

Der Mann drehte seine Frau um, so daß er ihr direkt ins Gesicht sehen konnte. Dann sagte er mit einer langsamen Wut in der Stimme: «Wenn einer meiner Schulkameraden sich damit abgäbe, europäische Getränke ins Land zu schmuggeln, ließen sie es mich nicht wissen.» Die Frau schien den Zorn in seiner Stimme nicht zur Kenntnis zu nehmen.

«Du weißt genau, daß ich das nicht gemeint habe», sagte sie, «das wurde schon immer so gemacht. Und wenn du Leute kennst, die das tun, ist das auch nicht schlimm.»

«Ich kenne niemand, der eigens für mich etwas importieren kann.»

«Ich kenne einige.»

«Abgesehen davon», sagte der Mann, «was ist denn mit dem Bier nicht in Ordnung?» Seine Frau warf ihm einen Blick zu, daß er ihre Verachtung nicht übersehen konnte. «Schließlich weiß Koomson, daß wir nicht reich sind. Wozu ihm etwas vormachen?»

«Was machen wir vor, wenn wir uns die Mühe geben, ihm das Beste anzubieten?»
«Vielleicht sollten wir warten, bis wir das Geld haben», sagte er zur Entschuldigung.
«Sofern wir das noch erleben.» Als sie das sagte, lachte sie, ein einzelnes kurzes Auflachen, dann bückte sie sich, nahm den Reis und die Konserven heraus und ging damit in die Küche. Dann kam sie zurück und öffnete die oberste Schublade, sie holte all die Teller, Schüsseln und Gläser für besondere Anlässe heraus, und sie konnte ein Lächeln nicht unterdrücken, als sie auf das Geschirr schaute. Der Mann half ihr, es in die Küche zu tragen; es war verstaubt und voll Spuren von Küchenschaben und Geckos, wie immer, wenn lange Zeit keine besonderen Gäste da gewesen waren. Aus der obersten Schublade nahm sie große Tücher hervor, weiße und rosafarbene, und hängte sie in die Sonne, um den Moder zu vertreiben.
Der Mann schleppte die massigen Lehnstühle ins Freie; jedesmal wenn er sie reinigte, wunderte er sich, warum sie so schwer waren. Es gab dafür nur zwei einleuchtende Gründe: so dauerte es lange, bis sie repariert werden mußten oder weggeworfen wurden; und dann war es für einen Dieb zu beschwerlich, solche Lehnstühle wegzuschleppen. Die beiden einleuchtenden Gründe, weshalb jeder junge Mann seine Räume mit solchen Rathaussesseln ausstaffiierte; dennoch waren diese überflüssigerweise recht schwerfällig und häßlich.
Er öffnete das Glasfenster am Bücherschrank und nahm Bücher heraus, die er seit langem nicht mehr in den Händen gehalten hatte. Es waren hauptsächlich Bücher aus seiner Schulzeit, Lehrbücher für das

Diplom. Während er in den Büchern blätterte, fragte er sich, ob er, im Notfall, noch einmal die Examen bestehen würde. Zunächst hatte er überhaupt keine Bedenken gehabt, nachdem die Zensuren bekannt wurden und er das Zertifikat Grad II erhielt. Er war danach voll Zuversicht gewesen, die nächste Stufe in ein paar Jahren zu erlangen. Dann hätte er die Eisenbahnverwaltung verlassen und hätte an die Universität von Legon hinüber gewechselt. Nicht lange, nachdem er bei der Eisenbahnverwaltung zu arbeiten begonnen hatte, war er einmal dort gewesen, um einen Freund zu besuchen. Die Universität war damals brandneu, erst zur Hälfte fertig gebaut, aber das schöne Weiß des Gebäudes hatte in seinem Herzen eine schmerzliche Erinnerung hinterlassen, nachdem er eines Tages begriffen hatte, daß er nie in dieses andere Leben hinüberwechseln würde. Ein anderer Weg hatte sich für ihn aufgetan. Er stellte sich gerne vor, daß er diesen Weg nicht selbst gewählt habe, daß der Alltagskampf eines Eisenbahnangestellten seiner unwilligen Seele aufgezwungen worden sei. Aber in Wahrheit wußte er, daß dem nicht so war. Oyos Schwangerschaft hatte ihm alles andere denn gefallen. Als ihre Eltern kamen und die ausführliche Geschichte von ihrer ruinierten Tochter ausbreiteten, hatte er zwar Qual ausgestanden, doch wußte er in der Erinnerung, daß sie nicht ganz echt war. Die Hochzeitsfeierlichkeiten hatten ihn mit Glück erfüllt, mit dem Gefühl, daß ihm etwas Entscheidendes widerfahren sei. Jetzt allerdings sah es so aus, als ob das Entscheidende von damals nichts anderes bedeutete, als daß er sich von seiner Zukunft abgeschnitten hatte, und daß ihm nichts anderes übrig blieb, als die alltäg-

lichen Mühsale von heute sein ganzes Leben aushöhlen zu lassen. Er wußte, daß alles, was noch hätte kommen sollen, bereits aufgebraucht war.
Als er die herausgenommenen Bücher zurückstellen wollte, sah er, daß hinten im Schrank sich eine Mausfamilie eingerichtet hatte, die kleinen Körper lagen hilflos und zuckend übereinander. Mit einem Besen wischte er die Mäuse heraus und warf sie, noch lebend, draußen in den Mülleimer. Die Kinder, die um das *Oware* herumsaßen, das sie in den Boden gegraben hatten, guckten, was los sei, verloren jedoch sogleich jedes Interesse und setzten ihr Spiel fort.
Drinnen nahm der Mann Kissen um Kissen vom Boden, wo er sie hingelegt hatte, und begutachtete das Material, aus dem sie gemacht waren. Er fand Hunderte von kleinen Löchern im Stoffmuster. Man mußte bald neue Überzüge kaufen und bald neue Kissen, aber davon konnte im Augenblick überhaupt nicht die Rede sein. Er trug die Kissen hinaus und türmte sie auf einem der Lehnstühle, ging zurück und begann die Halle zu reinigen, indem er zunächst die Fenstersimse und die Möbel, die noch drin standen, abstaubte. Als er den Boden gewischt hatte, nahm er den Rest des Bohnerwachses, vermischte ihn mit Kerosin und wischte damit den Boden, wo er nicht mit Linoleum abgedeckt war. Jedesmal, wenn er auf diese Weise geputzt hatte, konnte er eine gewisse Enttäuschung nicht vermeiden; denn alles sah so aus wie vorher. Das Linoleum war immer noch abgenutzt, es hatte die Farbe an unzähligen Stellen verloren und wies dunkle Flecken auf, die man nicht verbergen konnte. Die rote Politur konnte da nicht mehr helfen, sie wirkte schäbig und rot wie Menstruationsblut,

das Dunkelbraun der Möbel dagegen alt und stumpf. Mittlerweile hatte der Mann die Halle geputzt, und er hing nicht mehr länger dem Gedanken nach, daß es vergebene Mühe war, der Halle ihren deprimierenden Eindruck zu nehmen. Etwas anderes wäre notwendig, um die gewünschten Veränderungen hervorzuzaubern, etwas, was er sich nie erträumen konnte. So würde es auch den Kindern ergehen, sie würden aufwachsen und sich an das sinnlose Im-Kreis-Gehen gewöhnen und Dinge reinigen, die nachher gleich aussehen, sich anstrengen, um am Ende an der Stelle zu sein, wo andere anfingen, und sie würden sich an die verfluchte Gewißheit gewöhnen müssen, daß das Rennen immer von den Männern mit Stelzen gewonnen wurde, während ihnen nicht einmal Krücken zur Verfügung standen. Möglich, daß eines von ihnen eines Tages aus dieser Tretmühle der Ohnmacht ausbrach, sich mit einer solchen Kraft emporschwang, daß auch die andern mit nach oben gerissen wurden. Träume. Träume, welche die Rücken der Kinder brachen und die Eltern für den Augenblick beruhigten, die im Innersten ganz genau wußten, daß die Dinge sich nie auf diese Weise entwickeln würden.

Der Schweiß floß ungehemmt aus seinem Körper. Als er die Halle gereinigt hatte, wischte er das Bohnerwachs von seinen Händen und benutzte dazu Stoffreste von einer Unterhose, die er zu einem Putzlappen zerrissen hatte. Dann drehte er das Radio an. Radio Ghana, er hörte das Wunschkonzert aus Akan. Er setzte sich draußen in einen der sperrigen Rathaussessel und lauschte den Klängen eines «high life», die durch die offene Türe drangen. Die Kinder schienen immer noch am gleichen Spiel zu sein, trotzdem beobachteten sie ihn heimlich; er drehte den Stuhl so, daß er nicht mehr die Kinder vor sich hatte, sondern das Nachbarhaus. Als die Musik zu Ende war, ging er hinein und stellte das Radio ab, nahm, was er für eine Dusche benötigte, und ging zum Waschraum. Er wusch sich rasch, hielt seinen Atem an, so gut das möglich war. Dann ging er zurück, zog die Beamten-Khaki-Hosen an und ein weißes Hemd und begab sich in die Küche.

Die Kinder waren bereits beim Mittagessen; runde, einzeln geschnittene *Kenkey*-Stücke, jedes mit Sardinenbrei beschmiert. Der Mann nahm den Teller von einem kleinen Hocker, auf den ihn die Frau gestellt hatte.

«Ich hätte ihn dir auch hinausgebracht», sagte sie.

«Ist schon recht, ich wollte euch Gesellschaft leisten.»

«Ich habe bereits gegessen.»

«Das glaube ich nicht», sagte der Mann. Die Frau lachte nur, der Mann beharrte darauf: «Dann leistest du mir Gesellschaft.» So begann die Frau mit ihrem Mann zu essen. Die Kinder hatten die Küche verlassen, als der Vater hereingekommen war, sie aßen draußen und achteten nicht weiter auf ihre Eltern. Der Mann bemerkte, wie wenig Sardinenbrei auf dem *Kenkey* war. Aber es war immer so gewesen, ein- oder zweimal hatte er seine eigne Portion geopfert, damit die Kinder mehr Fleisch essen konnten. Aber wenn er ihnen das Essen hätte geben wollen, das sie benötigten, hätten sie nackt herumlaufen oder er selber hätte hungern müssen. Der *Kenkey* schmeckte trocken wie Spreu, der Mann erhob sich, bevor er seinen Hunger ganz gestillt hatte, seine Frau sagte nichts und sah ihn nur an.

«Ich trage das Bier hinüber und stelle es in Bentils Eisschrank», rief er über die Schulter.
«Gut», lächelte seine Frau, «kannst du noch einen Augenblick warten?»
«Was willst du?»
«Wenn du die Kinder nachher zu meiner Mutter bringen könntest.»
«Wenn deine Mutter meinen Anblick erträgt.»
«Meine Mutter haßt dich nicht, nicht so, wie du meinst.»
«Ich bin überzeugt, deine Mutter ist heimlich in mich verliebt, Oyo», sagte er.
«Nicht verliebt», sagte Oyo, «nicht verliebt, aber sie wird dich auch nicht beißen.»
Er blieb still. In seinem Kopf drehte sich der Refrain, wie eine kaputte Schallplatte: «Nur weil sie nur noch drei Zähne hat, nur weil sie nur noch drei Zähne hat.»
«Schön», sagte die Frau. «Könntest du Mutter ausrichten, sie solle früher kommen, etwa um sieben.»
«Wozu?»
«Ach, das interessiert dich kaum.»
«Gut, ich werde es ihr ausrichten.»
Die Kinder warteten bereits. Er setzte das Kleinste auf seine Schultern, beugte seine Arme, um die baumelnden Beine zu halten. Das Kind griff in sein Haar, weil es fürchtete, herunterzufallen.
«He, Adoley», rief der Mann.
«Papa.»
«Willst du mir alle Haare ausreißen?»
Das Kind kicherte, hielt sich aber nach wie vor verzweifelt fest, dann ließ es allmählich die Haare seines Vaters los und faltete seine kleinen Hände über

seiner Stirn. Das älteste Kind trug die Tasche mit dem Bier. Der Junge hatte zwei Flaschen aus der Tasche genommen und trug sie behutsam, sein Gesicht war beim Gehen zusammengekniffen wegen der ungewohnten Aufgabe. Die Augen des großen Mädchens nahmen rastlos alles auf, was ihr unterwegs begegnete. Oft war es ihr unmöglich, an sich zu halten mit ihrem Kommentar über das, was sie zum erstenmal sah, oder über Leute, von denen sie wußte, daß die in den Häusern wohnten, an denen sie vorbeigingen. Die neueren Häuser, Mietshäuser der Mittelklasse, von der Regierung gebaut, entzückten sie am meisten. Ihre Ausrufe überkugelten sich, plapperten daher, wie die Häuser auftauchten und verschwanden. Aber im Gefühl des Vaters hinterließen sie ein unangenehmes Echo, jede Wahrnehmung des Kindes enthielt den Kern einer Anklage, die mit dem Älterwerden sich eines Tages offenbarten würde.

«Das ist Mikes Haus.» Was ging in der Seele eines afrikanischen Kindes vor, das mit dem Wunsch aufwächst, selber Mike zu sein? «Mikes Vater hat ein Auto.» Das Mädchen schwenkte die Tasche vor Aufregung und schaute zum Vater auf. Sie tat nichts Unrechtes, indem sie festhielt, daß jemandes Vater einen Wagen besaß. Es wäre unverständlich, sie dafür zu maßregeln, was sie zur Kenntnis genommen hatte. «In dem Haus haben sie das größte Radio der Welt.»

Der Junge brach sein Schweigen und buchstabierte das Wort: «L . . . ü . . . g . . . e . . . n.»

«Du wirst es selber einmal sehen», sagte das Mädchen gleichmütig; sie hatte bereits das Interesse verloren für das, was hinter ihr lag, und hielt bereits gespannt nach neuen Häusern Ausschau. Plötzlich stieß sie einen kurzen Schrei des Entzückens aus: «Ei, schau, in diesem Haus haben sie Fernsehen, im mittleren.» Sie drehte sich im Kreis und schwang die Tasche. «Fernsehen ist so schön.»

«B . . . o . . . s . . . s», buchstabierte der Junge.

«Frag den Vater», sagte das Mädchen. «Papa, ist Fernsehen nicht wunderschön?»

«Ja, Deede», sagte der Mann. «Fernsehen ist wunderschön.»

«Siehst du», rief das Mädchen triumphierend. Der Junge bleckte mit seinen Zähnen und hob den Kopf drohend gegen das Mädchen. Aber sie lachte nur. Unter dem Gewicht seiner kleinen Tochter begann der Nacken des Mannes zu schmerzen.

Sie gingen den kleinen Hügel hinunter, der zum Hause der Schwiegermutter führte; wegen der Neigung gingen sie etwas rascher, und sie konnten schon bald die abgestorbene Hecke erblicken, welche das Haus umgab, in das sie wollten. Als der Mann hinter der Hecke die Stengel der Sonnenblumen sah, verlangsamte er entschieden seine Schritte und ließ die Kinder vorausgehen. Er verspürte keine Lust, ins Haus hineinzugehen, sich niederzusetzen und unehrliche Grüße zu wechseln. Das Mädchen mit der Tasche rannte voraus, und der Junge machte sich eben daran, ihr nachzulaufen, als er plötzlich mitten auf der Straße stehenblieb und auf seinen linken Fuß hinunterschaute. Er war schon ganz in der Nähe des Hauses, und er blieb gebückt, bis sein Vater ihn einholte.

«Was hast du?» fragte er.

«Etwas hat mich geschnitten», sagte der Junge.

Der Vater stellte das Mädchen auf den Boden, kniete

nieder, um die große Zehe des Jungen zu untersuchen. Es blutete ein klein wenig, aber im Schnitt selber war nichts zu sehen. Der Vater konnte nicht feststellen, ob der Junge in einen Dorn oder in einen Glassplitter getreten war. Das größere Mädchen war bereits im Haus verschwunden, um wenig später mit der Großmutter wieder aufzutauchen. Die rechte Hand der alten Frau war feucht vom fetten Palmöl, und sie hielt sie steif weg von ihrem Körper. Sie schaute hin und her von Kind zu Kind, weil sie bewußt dem Manne nicht ins Gesicht blicken wollte.

«Habt ihr schon gegessen?» fragte sie das größere Mädchen. Das Mädchen nickte. Aber damit war die Alte nicht zufrieden. «Stimmt das wirklich, Deede?» Das Mädchen nickte heftig. Die Alte wollte noch weiter in sie dringen, als sie plötzlich bemerkte, daß der Junge hinkte.

«Oh, du kleiner Mann», schrie sie und schlurfte ihm entgegen: «Wer hat dir wehgetan? Wer hat es getan, mein kleiner Mann?» Der Junge wimmerte, sagte aber: «Niemand.» Die alte Frau warf einen ungläubigen Blick auf den Mann.

«Mein armer Kerl», sagte die Alte immer, und noch einmal: «Du hast keine Schuhe, so werden deine armen kleinen Füße geschunden. Oh, mein Kerlchen. Und du hast niemand, der dir Schuhe kauft. Du wirst alle deine Zehen verlieren.» Sie ging nahe an den Jungen heran und suchte die verwundete Zehe.

«Wo ist die Wunde, mein Kerlchen, wo ist sie? Du weißt, du hast niemand, du bist eine Waise, ein völliges Waisenkind. Du darfst nicht herumrennen wie die andern, die Männer als Väter haben, die Schuhe kaufen können. Mein armes Kerlchen.»

Der Mann stand betroffen da, schaute und hörte, fragte sich, ob ein bißchen Speichel übrig geblieben war, um ein weiteres Wort herauszubringen. So oft kam es vor, daß die zarten Kinderköpfe dafür herhalten mußten, daß die Erwachsenen darauf ihre Wort-Geschosse in die Herzen ihrer Feinde abfeuern konnten. Er hatte sogar darauf gewartet, aber jedesmal, wenn es vorkam, erzürnte es ihn von neuem. Die Zähne klebten an seinen Lippen, und er fuhr mit der feuchten Zunge dazwischen. Als er zu sprechen anhob, klang seine Stimme nach angestrengter Höflichkeit.

«Oyo bat mich ...», begann er; die Alte schnitt ihm das Wort ab.

«O ja, meine arme Tochter, was hat sie zu sagen?»

«Oyo bat mich, die Kinder herzubringen.»

«Oh, ich nehme sie noch so gerne», rief sie überschwenglich aus.

«Ich nehme sie noch so gerne aus den Händen dieser armen Frau. Wie muß sie sich todschinden. Mein lieber, lieber Gott.»

«Mutter», sagte der Mann ruhig, «deine Tochter lebt, und es geht ihr gut.»

Die Alte stierte in die Augen des Mannes, sie mußte in die Höhe schauen, da sie von kleiner Statur war. Es schien, als wäge sie ab, ob der Mann ihr damit Hoffnung machen wolle. Ihre Augen lagen tief zurück in den Höhlen, und sie schwammen wie in einer kleinen trocknen Tränenmenge.

«Ist es so, wie du sagst?» fragte sie gedehnt. «Sagtest du wirklich, daß meine Tochter lebt? Und geht es ihr wirklich gut?» Der Mann unterdrückte ein Lächeln. «Dann wollen wir Gott danken.»

«Sie bat mich ebenfalls, dir zu sagen, du sollst früher kommen, so um sieben.»
Der Mund der Alten formte sich zu einem kleinen Rund runzligen Verdrusses; ohne die Runzeln aufzulösen, brachte sie es fertig, dem Manne zu sagen: «Ich habe verstanden.»
Der Mann nahm seinem Sohn die beiden Bierflaschen ab, steckte sie zu den andern und nahm die Tasche seiner ältesten Tochter weg. Als er sich entfernte, konnte er mit erschreckender Klarheit die Stimme seiner Schwiegermutter hören; sie machte dem Jungen klar, daß er nicht zu einem unbrauchbaren Nichtsnutz heranwachsen werde, sondern zu einem ganzen Kerl. Der Mann ging ziemlich rasch, bis er zur nächsten Ecke kam, und gab das Tempo nicht auf, bis er um die Ecke war; dann ging er ruhig weiter, ohne im Nacken den abwägenden Blick der Alten zu spüren. Nach einem kurzen Wegstück klopfte er an der Tür eines Hauses, das ganz für sich stand, ging hinein, gab die Bierflaschen seinem Freund und ging wieder hinaus. Er fühlte sich frei und leicht, nahm langsame Schritte, freute sich an der bloßen Bewegung. Er ging an dem großen Verbrennungsofen vorbei, durchquerte das Feld, in welchem dieser stand, atmete den starken Geruch von brennenden Tierhäuten und Tierhaaren, von brennendem Papier und alter Asche ein. Er wählte nicht den Weg zur Hauptstraße, sondern eine kleine Parallelstraße bis zu dem Punkt, wo die beiden sich bei der Brücke über die Lagune trafen.
Die Stärke der Brise überraschte ihn, als er über die Brücke schritt. Als er nachdachte, fiel ihm auf, daß sonst, wenn er über die Brücke ging, immer mehr Verkehr war, so daß er gar keine Zeit hatte, den Wind zu

beachten. Heute war die Brücke fast gänzlich verlassen, kein einziger Wagen fuhr vorbei. Nach der Brükke wandte er sich sogleich nach links, ging weg vom Meer und entlang der Lagune; der schwarze Schlamm der schmalen Künstenlinie fühlte sich selbst unter den Sandalen angenehm an. Er kickte Stücke alter Muscheln auf die Seite, die über dem grünschwarzen Sand lagen. Da strich ein starker Wind über die Lagune und führte Fäulnisgeruch mit sich. Ein toter Fisch trieb am Wasserrand; das silberne Fleisch seines Bauches tanzte mit den Wellen auf und ab. Als er genauer hinsah, erblickte er zahlreiche kleine Fische, die an dem aufgerissenen weißen Körper fraßen, an Dutzenden von Stellen durchbrachen sie die Wasseroberfläche. Er folgte der Straßenkurve, ließ die Lagune links liegen und ging am Fußballplatz vorbei. Es war ein Spiel für den Abend angekündigt, es dauerte zwar noch ein paar gute Stunden, aber bereits bildeten sich kleine Gruppen um die Tore und unter dem großen COS-Plakat, welches das Spiel ankündigte:

HASAACAS GEGEN KOTOKO

Die Straßenkurve wurde breiter, direkt hinter dem Schutzwall des Fußballplatzes drehte sie nach rechts ab; der Mann folgte ihr. Er ging stetig aber ruhig, er kam zur Mauer des Zentralgefängnisses, überquerte dann die Eisenbahn, wo sie die Straße kreuzte, und ging in Richtung der Hügel, auf denen die Bungalows standen. Nahe beim Friedhof sah er den alten Golfplatz, der so gewaltig und abweisend dreingeschaut hatte, als er noch ein Kind gewesen war. Diese Wiesen waren immer noch schön, besonders das Grün des Grases, das ihn einmal mehr mit seiner Frische und Sauberkeit überraschte. Fünf weiße Männer und

drei weiße Frauen kamen die Straße herunter, in der Gruppe versteckt zwei Ghanesen in weißen Uniformen mit vielversprechenden Bäuchen. Vier Jungen stritten dahinter, sie trugen die Säcke und Stöcke. Als die Gruppe vorbeiging, lachte der eine Ghanese mit einem gezwungenen Vorgesetzten-Lächeln dem einen Weißen ins Gesicht und wiederholte: «Verdammt guter Schuß, Jimmy, verdammt guter Schuß.»
Er versuchte, wie ein Weißer zu reden, und der Ton, der aus seinem Munde kam, erinnerte an jemand, der verstopft ist, auf einer Toilette sitzt und minutenlang drückt. Der Weiße schnitt eine Grimasse und antwortete ihm im Kellner-Englisch: «Ha, sicher gut, hee?» Die beiden Schwarzen lachten laut heraus, und derjenige, welcher gesprochen hatte, hielt mit beiden Händen seinen Wanst.
Als der Mann an die Hügel heran kam, erinnerte er sich an ähnliches Zur-Schau-stellen in der Vergangenheit. Frische Kindermädchen mit gewichtigen Gesichtern kamen hinter Hecken hervor, stießen verschiedenste Arten von Kinderwagen und gingen die langen gewundenen Straßen hinunter. Diener in weißen Uniformen strichen um die Hecken und bewarfen den Eindringling mit verdächtigenden, haßerfüllten Blikken. Nicht alles war gleich geblieben. Hier und da hatten sich Namen geändert. Wahrhaftig, es gab sehr wenig schwarze Namen für die schwarzen Leute. Aber die Schilder auf der Straßenseite wiesen genug Namen auf von schwarzen Leuten mit weißen Seelen und Namen, die sich abmühten, weiß zu erscheinen. In dem Wald von weißen Namen gab es solche, die laut verkündeten: hier wohnt ein schwarzer Imitator. MILLS-HAYFORD . . . PLANGE-BANNERMAN . . . ATTOH-WHITE

... KUNTU-BLANKSON. Da mußte es andere gegeben haben, welche die weißen Nachbarn in ihren Heimen auflachen ließen. ACROMOND ... was für eine ghanesischer Name könnte das anfänglich gewesen sein, bevor der Standesbeamte sich daran machte, ihn zu zivilisieren und ihm den Klang eines Herrn zu geben? GRANTSON ... mehr und mehr unglaubwürdig wurden die Namen. Da war irgendeiner, der sich in der weiten Welt FENTENGSON nannte, und einer, der sogar BINFUL hieß.

Wiederum kam ein schwarzes Kindermädchen vorbei, es stieß einen rosa-weiß-gestreiften Wagen. Aber das Kind darin war schwarz wie Kohle, und es lag in einem Haufen von wollenem Putz. Der Mann erinnerte sich an Lehrers Bitterkeit, wenn dieser über all das nachdachte. So weit also brachte uns der Fortschritt, der einzig wirkliche Gewinn. Dafür hatten arme Männer gekämpft und geschrien. Das war daraus geworden: nicht das Ganze war gestürzt und verändert worden, sondern ein paar Schwarze saßen näher bei ihren weißen Lehrmeistern, und sie mästeten sich mit ihren Privilegien. Das war das wirkliche Ende von allem.

Ein Gefühl von Müdigkeit bemächtigte sich seines Körpers, und der Mann dachte an die Distanz, die er bereits zurückgelegt hatte. Er machte kehrt und versuchte schneller zu gehen.

10

Die Sechs-Uhr-Nachrichten waren noch nicht vorbei, als der Mann nach Hause kam. Auf dem Heimweg hatte er praktisch schon alle Neuigkeiten gehört, und zwar aus den Radios anderer Leute, welche ihre Apparate auf volle Lautstärke eingestellt hatten, um der ganzen Welt mitzuteilen, daß auch hier und daß auch dort Leute wohnten, die ein starkes Radiogerät besaßen. Der Mann drehte sogleich an seinem Radio, als er in die Halle kam, und innerhalb weniger Augenblicke hörte er das Ende der Nachrichten, das rituelle Lobsingen, welches die Neuigkeiten des ganzen Tages auszumachen schienen. Osagyefo der Präsident der Erlöser blablabla, Osagyefo der Präsident blablabla, Osagyefo der Präsident blablabla. Zum Schluß gab der Sprecher die Resultate der Fußballspiele vom Tag bekannt. Der Mann wartete, bis er das Ergebnis hörte, das ihn am meisten interessierte. Hasaacas eins, Kotoko null. Dann drehte er das Gerät ab. Wegen dieses Sieges würde es eine Woche voller Feiern und eine recht strenge Karwoche geben.

Oyo kam aus der Küche, müde, doch vergnügt lächelnd.

«Ich glaube, du solltest dich bereitmachen», sagte sie.

«Und du selber?»

«Ich habe noch einiges zu erledigen», sagte sie, «dann werde ich mich waschen und herrichten.»

«Darf ich schauen, was du gemacht hast?» Er folgte ihr in die Küche, als er dies sagte.

«Nein», lachte sie, «Geheimnis.»

In der Küche konnte der Mann nur sauberes Geschirr

sehen. Was darin zubereitet lag, war mit großen Tüchern zugedeckt.

«Wenn du etwas machen willst», sagte die Frau, «kannst du die Stühle in die Halle zurücktragen.»

Der Mann trug sie ins Haus. Als er den letzten drin hatte, überlegte er, ob er sie nicht neu arrangieren sollte, so, daß sich immer zwei Stühle paarweise gegenüber standen mit dem Tisch in der Mitte zwischen ihnen. Aber die neue Anordnung sah in dem engen Raum lächerlich aus, so gab er es auf und stellte die Stühle in der alten Weise auf. Zum Schluß war er völlig verschwitzt. Als er sich ans Waschen machte, genoß er die beruhigende Kühle des Wassers, die ihn die stickige Luft und die verfaulte Tür vergessen ließ; er verweilte eine Zeitlang im Baderaum, kam am Ende mit müdem Körper und gleichzeitig völlig entspannt heraus. Er begann sich bedächtig anzuziehen, während seine Frau nun ihrerseits den Waschraum aufsuchte. Als sie zurückkam, hatte der Mann erst die Unterhosen und das Hemd an, obgleich er bereits die Hosen herausgenommen hatte, die er tragen wollte, und sie an die Trennwand im Schlafzimmer gehängt hatte. Die Frau legte die Seifenschale ab und hielt sich ihre Kleider vor die Brüste.

«Du machst lange», sagte sie. «Bist du aussätzig geworden?»

«Warum, hast du es eilig?»

«Ich dachte, du seist fertig, und ich könnte mich in Ruhe anziehen.»

«Schämst du dich, nackt von fremden Lüstlingen gesehen zu werden, Oyo?»

«Wenn du magst, schau hin. Du wirst den Appetit

an mir verlieren, nicht ich.» Sie lächelte zu diesen Worten, er aber spürte die alte Furcht in ihrer Stimme, und so sagte er nichts. Sie ließ ihre Kleider fallen, und er konnte ihren schlaffen Bauch sehen und darauf die Narbe, Jedesmal, wenn er sie sah, fand er sie größer, als er sie in Erinnerung hatte. Er nahm seine Hosen herunter, zog sie sich rasch über, nahm seine Schuhe und seine Socken mit hinaus in die Halle, setzte sich auf den harten Stuhl vor dem Tisch und zog sich fertig an. Dann ordnete er die Bücher im Schrank, schloß das Glasfenster. Oyo kam heraus und ging in die Küche, eine Brennschere in der Hand.

«Jesus», sagte er, als er dies sah, «das hast du doch nicht auch noch vor, oder?»

«Natürlich», sagte sie; sie kam aus der Küche mit einer der zugedeckten Schüsseln, dann ging sie zurück und nach wenigen Augenblicken konnte der Mann das verbrannte Haar riechen. Unsicher näherte er sich ihr und schaute zu, wie öliger Rauch aus ihrem Haar aufstieg.

«Tut das nicht weh?» fragte er, doch bereute er im gleichen Moment schon seine Frage.

Oyo legte die Brennschere auf die Kohlen zurück, dann hob sie den Kopf und sagte: «Natürlich tut das weh. Ich wollte sie nur etwas strecken, damit man sich auch zeigen kann.»

«Was ist denn so falsch mit dem natürlichen Haar?»

«Nur Buschfrauen tragen ihr Haar, wie es gewachsen ist.»

«Dann möchte ich, daß du eine Buschfrau bist», sagte er.

Sie lachte eher bitter und sagte: «Ihr Männer seid

Heuchler. Ihr wärt schön wütend, wenn wir nicht nach der Mode gingen.»

«Einige schon.»

«Ihr seid alle gleich», sagte sie, packte die rote, glühende Brennschere und fuhr mit ihr dreimal durchs Haar. Dann legte sie die Brennschere beiseite und wusch ihre Hände. «Wenn ich eine Perücke hätte, könnte ich mir diese Mühe sparen.»

«Wenn du eine Perücke hättest», murmelte der Mann, «säße ich im Gefängnis.»

«Wieso?» fragte sie scharf.

«Diebstahl dank Anstellung.»

«Du redest so viel von Dieben.»

«Ich weiß, es ist der Nationalsport. Aber ich habe immer noch Furcht davor», sagte der Mann. Seine Frau lachte, ein Lachen, mit dem man auf eine recht kindische Erklärung antwortet.

Oyos Mutter kam nicht um sieben. Um halb acht war sie immer noch nicht da, und Oyo fragte ihren Mann, ob er auch wirklich ausgerichtet habe, sie solle früher kommen.

«Ich habe es ausgerichtet», er versuchte ein Lächeln zu verbergen.

Die alte Frau kam kurz vor acht. Hinter sich schleppte sie die Kinder, die alle wie frisch gewaschene Säuglinge rochen, ihre Gesichter und Arme waren weiß von Puder. Die alte Frau ließ sich in einen Lehnsessel fallen, gab eine Reihe von Seufzern von sich, die sich wie unausgesprochene Klagen anhörten. Die junge Frau stand auf, doch bevor sie hinausgehen konnte, fragte ihre Mutter sie: «Wohin gehst du, Oyo?»

«Ich will den Kindern noch zu essen geben.»

Die alte Frau zog ihren Mund zu einem Ausdruck von Verachtung und Beleidigung zusammen. «Ihr meint, während ihr da herumsitzt, lasse ich eure Kinder verhungern», sagte sie.
«O nein, Mama, ich frage ja nur.» Der Mann saß bloß da und beobachtete die beiden Frauen, ohne ein Wort zu sagen.
«Ich habe sie gefüttert», fuhr die Alte fort, «ich habe sie gefüttert, und sie haben alles aufgegessen, so hungrig waren sie. Du solltest sie nicht so hungern lassen.»
«Mama», die junge Frau war außer sich. «Wir geben ihnen genug zu essen. Wie kannst du so etwas sagen?»
Die alte Frau zog sich in ein trotziges Schweigen zurück. Zwischendurch rümpfte sie die Nase und gab kleine Laute des Mißfallens von sich. Die Mißstimmung machte den Mann nervös; da faßte er einen plötzlichen Entschluß, stand auf und ging an die frische Luft. Er hatte zunächst nur die Absicht, sich für einen Augenblick von der Gesellschaft seiner Lieben zu erholen, aber die Luft draußen war so kühl und freundlich, daß in ihm der Wunsch aufstieg, niemehr in diese familiäre Wärme zurückkehren zu müssen. Er beschloß draußen zu warten, bis Koomson eintraf, und dann mit ihm zusammen wieder hineinzugehen. Er machte ein paar Schritte, mehr zum Zeitvertreib, aber dabei ging er in die Richtung jenes Hauses, das für sich allein stand und das er an diesem Tag schon einmal wegen des Biers aufgesucht hatte. Er traf seinen Freund Bentil an, setzte sich für eine kurze Plauderei. Erst als sein Freund sagte, er müsse jetzt gehen und noch einige alte Kolle-

gen treffen, vergegenwärtigte sich der Mann, wie spät es war – weit über neun Uhr.
Er nahm das Bier, dankte seinem Freund und machte sich auf den Rückweg, er malte sich aus, daß der Besuch schon da wäre, wie seine Frau sich ärgerte und seine Schwiegermutter im Groll schmorte. Aber als er zur ersten Kreuzung kam, sah er die mächtigen Scheinwerfer eines großen Wagens, der direkt auf ihn zukam, dann nach rechts abdrehte und in die Richtung weiterfuhr, in der er wohnte. Er beeilte sich.
Koomson und seine Frau hatten sich bereits niedergelassen, als der Mann eintrat. Ihr Wagen war in der Nähe des Hauses parkiert, und der Chauffeur lehnte über dem Steuer. Oyo saß Koomson gegenüber, ihre Mutter saß neben ihr, hingegeben bewunderte sie das pausbäckige Profil des Parteimannes. Estella Koomson saß im andern Stuhl. Der Mann ging auf die Besucher zu, gab die Hand und murmelte etwas vom Bier, um sich für sein Zuspätkommen zu entschuldigen. Estella Koomsons Handdruck war lahm, sie zog ihre Hand mit beleidigender Raschheit zurück und räkelte sich in ihrem Stuhl, wobei sie durchblicken ließ, daß sie an schmeichlerisches Material unter und hinter ihr gewöhnt war. Koomson sah viel breiter aus als der Stuhl, den er einnahm. Als der Mann ihm die Hand gab, war er einmal mehr verwundert, wie matt und schlaff die Hand von Koomson war. Ideologische Hände, die Hände von Revolutionären, die ihr Volk in kühne Opfer führten: sollten solche Hände nicht robuster sein, robuster noch als damals, als ihr Besitzer in den Docks noch Ladungen schleppte? Aber eben – dies waren die Sozialisten Afrikas: fett, parfümiert, weich, mit

der ererbten Schlaffheit jener Häuplinge, die ihr Volk verkauft hatten und sich himmlisch gut taten an den Früchten ihres Handels.
Der Mann sah unsicher in das Gesicht seiner Frau. In solchen Situationen kam er sich wie ein Fremder vor, der aus einem Land kam, das weit weg lag, und empfand sich und jedermann in ein ödes, trauriges Spiel verwickelt, das nie enden würde. Es war entsetzlich, daß der Reiche immer diese Wirkung auf den Armen ausübte und ihn dazu zwang, daß er sich wünschte, sich für seine Armut zu entschuldigen, und daß er zukünftige Bedürfnisse opferte, um für den Moment einen Reichtum zu demonstrieren, von dem er nicht einmal hätte träumen dürfen.
Ein zufriedenes Lächeln seiner Frau durchbrach die Stille. Aus einer der zugedeckten Schüsseln nahm sie fünf sauber geriebene Gläser und stellte sie mit der dazugehörigen Serviette neben die Stühle. Der Mann nahm seines, stellte es vor sich auf den Tisch, etwas von der Gruppe entfernt. Dann öffnete er die Bierflaschen, füllte jedem das Glas und stellte die halbleeren Flaschen daneben.
«Cheers», sagte Koomson, er schien noch etwas beifügen zu wollen, als er das Glas hob, aber die hohe Stimme seiner Gattin schnitt die Luft in Stücke.
«Dieses einheimische Bier entspricht nicht meiner Verfassung», sagte sie.
«Was für eine Verfassung haben Sie?» fragte der Mann von seinem isolierten Platz aus. Seine Schwiegermutter hob ihren Blick für kurze Zeit von Koomsons Doppelkinn und schaute ihren Schwiegersohn von oben bis unten strafend an. Estella Koomson

schien die Frage nicht weiter zu beachten. Sie widmete sich dem Diamanten an ihrem dritten Finger, hob ihre Hand, wie es gelangweilte weiße Frauen im Film tun, sie strich eine Locke aus dem Gesicht und schob sie in ihre Perücke zurück; sie fuhr fort, als hätte sie kein Mensch unterbrochen.
«Wirklich, die einzigen Drinks kommen aus Europa. Das Zeug hier macht einen krank.»
«Was mich betrifft», sagte der Mann und hob sein Glas, «mich machen sie nicht krank, vielleicht in der Brieftasche, aber sonst nirgendwo.»
Seine Frau und seine Schwiegermutter sahen beschämt zu Boden. Koomson gab einen Laut von sich, als wolle er sich räuspern; aber er hatte nichts zu sagen, oder dann war ihm noch nichts eingefallen.
«Sie sollten europäische Drinks kaufen», beharrte Estella, «und nicht das gute Geld für solches Zeug ausgeben.»
«Es gab keine, wir versuchten welche zu kaufen», sagte Oyo hart.
«Ah», seufzte Estella, «hätten Sie doch mich gefragt, ich hätte es Onkel Asford gesagt, und er hätte Ihnen ein paar geliefert.»
Endlich hatte Koomson die passenden Worte gefunden: «Es kommt doch nicht drauf an. Bier ist Bier, schließlich.» Er hob sein Bierglas mit großer Geste und nahm einen Schluck, dann rief er aus, indem er einen Mann an der Börse nachmachte: «Star-Bier.» Als er das leere Glas senkte, floß von seinem Unterkiefer ein Bierbach. Oyo lehnte sich nach vorn, ergriff eine Serviette und wischte ihm das Bier ab. Dann füllte sie sein Glas aus ihrer eigenen Flasche nach.
«Bedienung mit Lächeln», sagte Koomson, sein Ge-

sicht strahlte vor idiotischer Glückseligkeit. Bald war Oyo sehr damit beschäftigt, leere Gläser nachzufüllen. Selbst Estella söhnte sich mit dem Gedanken aus, daß sie eine Afrikanerin war, und trank Bier, wenn auch mit saurem Gesicht. Als das Trinken eine Weile gedauert hatte, fragte Oyo, ob sie hungrig seien und mit dem Essen beginnen wollten.

«Ah nein», rief Koomson. «Warten. Ich werde euch eine Geschichte erzählen.» Seine Frau runzelte die Stirn, doch er sah nicht hin. Er schloß die Augen und begann. «Viele meinen, Minister sein sei immer ein Vergnügen. He, he, manchmal möchte ich statt dessen lieber ein Geschäftsmann sein. Eines Tages führten sie jemanden vor, der den Ministern, den Parlamentariern und den Partei-Aktivisten eine Vorlesung halten sollte. Es war während der Winneba Tage. Der Typ hatte verschiedene Titel und war entsetzlich langweilig. Zunächst einmal war er angezogen wie ein armer Schlucker.» Estella kicherte zufrieden. «Er sprach unendlich lange über Wirtschaft. Es hieß, er würde uns beibringen, wie man aus einem armen Land ein reiches macht. Er verwendete Begriffe so ähnlich wie ‹Wachstumsstufen›. Ich versuchte die ganze Zeit herauszubringen, was er wirklich meinte, aber ich war nicht der einzige, der schlief. Ich wachte auf, als ich den Applaus hörte. Und die andern wachten auch auf und fielen ins Klatschen ein und sagten ‹ja, ja›. Dann erhob sich der Kronanwalt, einer unserer Partei-Ideologen, um die Rede zu verdanken.

‹Sie haben, Herr Professor so und so, zu uns über Entwicklungsstufen gesprochen. Wir danken Ihnen vielmals, daß Sie zu uns über Ihr Spezialgebiet geredet haben.› Der Kronanwalt riß die Zuhörer mit, betrunken wie immer, und fuhr fort: ‹Daher wollen wir jetzt unsere Spezialkenntnisse mit Ihnen teilen. Wir präsentieren die verschiedenen Stufen des Besoffenseins.› Ich sage euch, keiner der Zuhörer nickte wieder ein. Und dann seine geröteten Augen von Zeit zu Zeit öffnend, sang er:

Erste Stufe: Dieser Zustand ist spaßreich
Zweite Stufe: Dieser Zustand ist verdrußreich
Dritte Stufe: Dieser Zustand ist kriegsreich.
Vierte Stufe: Dieser Zustand ist tränenreich
Fünfte Stufe: Dieser Zustand ist schlafreich.

Dann fiel der Kronanwalt um; er befand sich selber auf der letzten Stufe. Wir alle sagten: ‹Jaaaa, jaaaa.› Es war ein herrlicher Tag.»

Oyo und Estella lachten. Oyo mit einem rätselhaften Stirnrunzeln. Koomson selber hielt sich den Bauch.

«Aber das verrückte dran», sagte er, «das verrückte war, daß nur noch der Professor dort stand und nicht lachte. Ich habe gehört, er sei ins Ausland gegangen.»

Die alte Frau bat ihre Tochter, ihr den Witz zu erklären. Als diese sich daran machen wollte, meldete sich Koomson noch einmal zu Wort. «Verzeihung!» sagte er und hob seinen Finger wie ein Schulbub. «Die Natur meldet sich. Man führe mich bitte zur Toilette.»

Auf seinem Stuhl abseits unterdrückte der Mann ein nervöses Lächeln und sagte darauf schlicht: «Wir haben hier keine Toilette.» Oyo erstarrte vor Schreck.

Estella setzte sich in Pose und fragte: «Wie tun Sie denn ... was machen Sie da?»

Der Mann, der die Situation genoß, gab ihr eine ausführliche Antwort. «Natürlich haben wir einen Ort dafür», sagte er, «nur ist er alles andere denn erster Klasse. Es ist nicht eigentlich eine Toilette, es ist eher eine Latrine.»
Koomson platzte vor Lachen. Der Mann sah, wie sich das Gesicht seiner Schwiegermutter zusammenzog, Scham und Haß sickerten durch. Estella gewährte ein amüsiertes, herablassendes Lächeln.
«Solange es nur einen Ort dafür gibt. Wenn die Natur sich meldet, meldet sich die Natur.»
Der Mann erhob sich aus seinem Stuhl. «Schön», sagte er, «gehen wir.» Die beiden Männer verließen ihre Frauen und gingen hinaus zum Badeverschlag und zur Latrine. Der Zementboden im Hof war glitschig, und die Feuchtigkeit nahm zu, je näher sie ans Ziel kamen. Als sie die Latrine erreichten, war sie verschlossen. Sie mußten warten. Die Qual und der Kampf eines Mannes im Innern waren deutlich zu hören; anhaltendes Wühlen in den Eingeweiden führten dort drinnen am Ende zu analen Blähungen, die sich hinzogen, unterbrochen durch allzu kurze Pausen. Es war ein langer Kampf, und der Mann drin nahm sich Zeit. Koomson spähte in die Dunkelheit, und obwohl er nichts wahrnehmen konnte, zog ihn die Atmosphäre allmählich in ihren Bann. Der Mann konnte ihn tief seufzen hören. Da war einer, der geflohen war und nun zu dem zurückkehrte, was er einmal hinter sich gelassen hatte. Endlich war das Rascheln von altem Zeitungspapier zu hören, nach einem langen, eindeutigen Reißen wurde es in den Händen des Mannes drinnen immer weicher. Beide atmeten erleichtert auf. Dann tauchte ein kleiner Junge auf.

Im schwachen Licht, das durch die geöffnete Latrinentür fiel, schien der Junge immer noch seine linke Hand mit dem Rest des Zeitungspapiers zu reinigen. Als er auf die beiden zukam und an ihnen vorbeiging, folgte ihm eine Woge von Gestank und traf die beiden mitten ins Gesicht. Koomson ließ wiederum einen tiefen Seufzer hören, zögerte an der Tür, warf einen einzigen Blick in die Latrine, drehte sich um, sagte nichts zu dem Manne, und der Mann fragte nichts. Jedes Wort war überflüssig. Die beiden gingen zurück ins Wohnzimmer zu ihren wartenden Frauen. Das Essen war bereits aufgetragen. Estella pickte daran, Verachtung durchzuckte von Zeit zu Zeit ihr Gesicht. Oyo war mit ihrer Arbeit zufrieden, sie selber aß nicht viel, aber sie saß da und wachte über die andern. Die Männer aßen, ohne zu reden. Etwas war aus Koomson weggegangen und würde an diesem Abend nicht mehr zurückkehren. Nun war die Reihe an Estella. Sie plauderte von dem anstrengenden Party-Leben, die Namen von Persönlichkeiten fielen von ihren Lippen, daß Oyo zu ihr mit Neid und Selbstmitleid hinsah. Aber der Mann stellte fest, daß Oyo dabei glücklich war. Daß sie diese Gläser und Teller hervorholen konnte, hatte sie jenen Dingen näher gebracht, die sie fürs Leben gern tun würde. Das gab ihr jene Selbstachtung, nach der sie hungerte. Unwillkürlich glitt der Mann in die alten Träume zurück, in denen er sich ausdachte, was er für sie tun konnte. Aber er spürte am Ende, daß er nie zu dem fähig sein würde, was die Voraussetzung war.

Die alte Frau hatte während dieses kontaktlosen Essens unentwegt auf Koomson geschaut, bereit, das erste Wort sogleich aufzuschnappen, sollte er sich

zum Sprechen bequemen. Aber der Parteimann sah nicht danach aus, als wollte er reden. Schließlich sprach ihn die Frau voll Bewunderung an.
«Minister», begann sie; Koomson wandte sich ihr zu. Seine Augen waren die Augen eines Mannes, der sich weit weg, an einem andern Ort und in einer andern Situation befand. «Minister», sagte die alte Frau, «es ist keineswegs belanglos, worüber ich mit Ihnen reden möchte. Sie wissen viel besser als ich, was uns heute abend zusammengeführt hat.»
«O ja», sagte Koomson, er strengte sich an, den Worten der Alten zu folgen, «o ja.»
«Es ist wegen ‹Vorwärts›», sagte die Alte.
«Weswegen?» fragte Koomson.
«Sie meint das Fischerboot», sagte Oyo, «das ist ihr Name dafür.»
«Natürlich, ja», sagte Koomson und nickte heftig.
«Ja, darüber würde ich gerne mit Ihnen reden», fuhr die Alte fort.
«Ach ja», sagte Koomson und lehnte sich in seinem Stuhl nach vorn, «es ist sehr schwer, es ist sehr schwer heutzutage.»
Ein langer Seufzer von Estella: «Dieser verrückte Sozialismus, er bringt jeden um seine Ruhe.»
«Was ist denn falsch an diesem Sozialismus?» fragte der Mann.
Estella lachte.
«Was daran falsch sei, fragt er, was dran falsch sei!»
«Vielleicht wissen Sie Dinge, von denen wir keine Ahnung haben», sagte der Mann ganz ruhig.
«Er ist eine Landplage», sagte der Parteimann, indem er seiner Erklärung ein Lächeln nachschickte. «Er ist in diesem Land nicht möglich.»

«Aber die Leute glauben doch an ihn.»
Koomson lachte jetzt unverblümt. «Selbst der Alte glaubt nicht dran. Aber wenn die Leute sehen, daß du etwas unternimmst, das dich vorwärtsbringt, werden sie neidisch und werfen dir Sprüche zwischen die Beine.»
«Und nur, weil sie neidisch sind», sagte Estella aufgebracht.
Die alte Frau räusperte sich, die Unterhaltung hatte sie völlig durcheinander gebracht. «Reden Sie vom Boot?» fragte sie fast entschuldigend.
«Ja», sagte Koomson, «nehmen wir das Bootsgeschäft zum Beispiel. Da liegt viel Verdienst drin. Aber fang' etwas an, dann werden dich die Idioten mit ihren Sprüchen daran hindern.» In seinen Worten war Wut zu spüren, und der Schweiß über seinen Augenbrauen gab ihm ein zorniges Aussehen.
«So wollen sie Ihnen nicht erlauben, die Boote zu kaufen?» fragte die Alte betrübt.
«Es ist sehr schwierig», sagte Koomson, «sehr schwierig. Aber vielleicht können wir es einrichten.»
Die Alte machte eine Pause; sie wußte nicht, ob es ein Fehler war zu fragen: «Was kostet ein Boot?»
Koomson und seine Frau wechselten Blicke. Dann runzelte er die Stirn und sagte: «Das kleinste Boot wird um die zwölftausend Pfund sein.»
«Ei, das ist viel Geld», entfuhr es der Alten, und sie kratzte sich am Bauch.
«Sie haben recht», schnurrte Estella mit einer Stimme, die nicht ihr gehörte.
«So viel tausend.»
«Ja, aber das Geld ist gar nicht das Problem. Schließlich gehört uns die Commercial Bank, und da ließe sich schon etwas einfädeln», sagte Koomson.

«Mmm», sagte die Alte und nickte.
«Aber es heißt, wir seien sozialistische Minister, und die täten so was nicht.»
Die Alte reckte sich voller Empörung: «Und solche Minister, die brauchen nicht zu essen? Irr, das ist einfach irr.»
«Sie dürfen also nicht solche Boote besitzen?» fragte Oyo.
«Beruhigen Sie sich», Estellas Stimme war in ihre übliche Tonlage zurückgekehrt. «Glauben Sie mir, die gleichen, die schreien, haben ihre Schäflein ebenfalls im Trocknen, und nicht wenig.»
Koomson warf seiner Frau einen unterkühlten Blick zu, als wolle er ihr bedeuten, nicht Dinge preiszugeben, die man besser zurückhielt. Aber dann fügte er selber hinzu: «Sicher, aber nicht unter ihrem Namen.»
«Und jetzt», ergänzte Estella, «dürfen sie nicht einmal mehr den Namen ihrer Frau benutzen, das verderbe die Partei.»
«Irr, völlig irr», schäumte die Alte.
«Was kann man also machen?» fragte Oyo. Es herrschte eine Weile Stille, der Mann konnte sich eines leichten Lächelns nicht erwehren, dann brach Koomson die Stille. «Natürlich wenn wir jemand fänden, der» – er kicherte wie ein Kind – «der uns seinen Namen leiht, dann wäre das eine Art Partnerschaft.» Ein erneutes nervöses Lächeln.
«Aber darüber kann man reden», sagte die Alte, etwas unsicher geworden.
«Wenn Sie Lust haben mitzumachen, bitte sehr», sagte Koomson.
«Ja, man kann darüber reden», wiederholte die Alte.

«Es geht um ein paar Unterschriften auf einigen Papieren, und darum, zu wissen, was man machen muß, das ist alles», erklärte Koomson.
Der Mann sah auf die kleine Gruppe mitten im Raum, er trommelte einen tonlosen Rhythmus auf die Tischplatte.
«Wirft das etwas ab?» fragte er. Die Frage schien jedermann zu überraschen. Aber da sie gestellt worden war, lag sie in der Luft und ging nicht mehr weg. Koomson rückte in seinem Stuhl hin und her.
«Gut», er krauste die Stirn, «es heißt, daß eines der Boote im Jahr einen Reingewinn von tausend Pfund abwirft.»
«Was heißt Reingewinn?» fragte der Mann. Die Alte starrte ihn an und zwinkerte ihm wütend zu, aber der Mann achtete nicht darauf.
«Was übrigbleibt», sagte Koomson, «nachdem der Unterhalt abgezogen und die Mannschaft bezahlt wurde und was es sonst noch so gibt.»
«Nicht die Gesamtkosten des Bootes?»
«O nein, wie wäre das möglich?»
«Aha, ich verstehe. Ich verstehe», sagte der Mann und richtete seinen aufgestellten Daumen gegen die Nase und preßte diese so fest, daß seine Stimme beim Reden säuselte. «In dem Falle dauert es zwölf Jahre, bis man den Preis des Bootes bezahlt hat; erst dann fängt man an zu verdienen.» Er preßte immer noch seinen Daumen auf die Nase.
«Ich dachte . . .», die Alte begann zu reden. Mitten in dem, was sie vorbringen wollte, kreuzte ein Gedanke in ihr auf, sie hielt bestürzt inne, mit offenem Mund; ihr Gesicht wirkte sehr alt.
«Was soll's», meldete sich die hohe Stimme von Koom-

sons Frau, «auf jeden Fall wird man genug Fisch zum Essen haben. Und Fische sind heute sehr teuer.»
Koomson brachte seinen Blick nicht mehr von seiner Uhr los, und er fragte seine Frau: «Was meinst du?»
«Wir müssen wirklich gehen», sagte seine Frau und erhob sich. Die Alte war völlig verstört, dann stand auch sie auf und schüttelte Estella die Hand.
«A-aber, wann werden wir uns wiedersehen, wegen der Papiere und für den Rest?» fragte sie.
«O ja, Estie, wann sind wir frei?»
«Du weißt selber, wie stark wir von unseren Freunden beansprucht sind. Ach, vielleicht Samstag?»
«Samstag», wiederholte die Alte.
«Aber Sie müssen vor sechs kommen, nach sechs muß Joe einige Freunde im Atlantic-Caprice treffen.»
«Samstag vor sechs», sagte die Alte mit einem traurigen Lächeln.
Die Koomsons gaben noch einmal die Hand. «Wir werden alles bereit halten für Sie», sagte Estella mit dem Lächeln einer Königin. Die Gruppe ging hinaus in die Nacht. Der Mann folgte wortlos den andern.
Draußen war der Chauffeur über dem Steuer des großen Wagens eingeschlafen. Um sich vor der Nachtluft zu schützen, hatte er die Scheiben hochgedreht. Das erschwerte es Koomson, ihn zu wecken. Estella schlug zornig ans Fenster. Der Chauffeur wachte auf, entschuldigte sich, kam aus dem Wagen, um dem Parteimann und seiner Frau die Tür zu öffnen. Der Mann, seine Frau und die Schwiegermutter winkten «Auf Wiedersehen». Und mit einem gesunden Wohlstandsklang verschwand der Wagen in der Nacht, ein Schimmer von roten Lichtern, der in der Dunkelheit abnahm.

Die Alte tat einen tiefen Seufzer, als die kleine Familiengruppe wieder in die Halle zurückkehrte.
«Ah, Koomson, der hat's geschafft, das muß man zugeben. Er hat es für sich und für seine Familie geschafft.» Weder der Mann noch seine Frau sagten dazu ein Wort.
«Es ist schon spät», sagte Oyo.
«Tatsächlich», sagte die Alte. «Ich gehe jetzt.»
«Ich komme noch ein Stück weit mit», sagte Oyo.
In kurzen Intervallen machte die Alte sich Luft mit einer Art Brummen, als würden an ihre Brust Dinge klopfen, die hinauswollten. Der Mann begleitete sie auf die Veranda. «Ich muß sagen», begann die Alte nochmals, «es gibt noch Männer in Ghana, die wenigstens wissen, wie man sich seiner Angehörigen annimmt.» Der Mann hielt sich zurück. Das Knurren des Mißfallens kam weiter aus der Alten: «Leute, die für sich selbst etwas tun und erst noch die Bürde der andern auf sich nehmen.»
Jetzt lachte der Mann leise und sagte: «Wir werden in Fischen schwimmen.» Die Alte spuckte kräftig auf den Boden. «Und du wirst in zwölf Jahren ein Boot haben, vielleicht.» Seine Frau stupste ihn mit dem Arm, und so sagte der Mann nichts mehr.
«Irr», murrte die Alte, «völlig irr.» Der Mann wandte sich um, sein Abschiedsgruß blieb in der Nachtluft hängen, es gab keine Erwiderung, und ihm war, als höre er etwas über nutzlose Männer.

11

Er hätte das erstbeste Taxi angehalten. Aber seine Frau belehrte ihn, es sei verrückt, so viel zu bezahlen und sich nicht das Vergnügen leisten, einen Wagen zu nehmen, der nach etwas aussah. So wartete er mit ihr an der Straßenseite, bis ein Wagen erschien, der seiner Frau gut genug war.

«Diesen da», sagte sie. Der Mann winkte das Taxi heran. Es war ein neues Modell; als er drin saß, erkundigte er sich darnach.

«Ein Toyota», sagte der Chauffeur. «Japanisch.»

«Die sind gar nicht schlecht, die Japaner», sagte der Mann.

«Ganz richtig, Bruder», antwortete der Taxifahrer. «Wie die Verhältnisse heute sind, scheint jeder selber zu produzieren. Nur die Afrikaner kaufen ihre Ware teuer ein.»

Der Mann führte das Gespräch nicht weiter. Es war auch nichts beizufügen. Zudem spürte er, wie seine Frau irritiert war – als täten ihr die natürliche Vertraulichkeit,. die freie und ungezwungene Art, wie sich der Chauffeur mit dem Manne unterhalten hatte, irgendwie Abbruch.

Wie ein Nachmittagswind flitzte der Wagen die Straße entlang. Der Chauffeur schien zu wissen, wohin der Mann und die Frau gebracht zu werden wünschten. Erst als er zur Brücke kam, die über die Lagune führte, erkundigte er sich nach dem Fahrtziel.

«Fahren Sie uns zum ‹Oberen Residenzviertel›, Chauffeur», sagte Oyo. «Auf die Hügel hinter den neuen ‹Esikafo Aba Estates›.»

«Ja, Tantchen.»

Oyo hatte sich nach vorn gelehnt, um dem Chauffeur die Instruktionen zu erteilen. Die Worte «Oberes Residenzviertel» und «Esikafo Aba Estates» tanzten von ihren Lippen, der Mann wußte, seine Frau hatte sie lange vorher im Mund gedreht, bis sie sie im Vollgenuß des Wohlklangs dem Chauffeur kundtat, darauf bedacht, ihre Sache perfekt vorzubringen. Sie hatte auf die Frage des Chauffeurs mit jener Selbstverständlichkeit die Antwort geliefert, die klarstellen sollte, daß sie mindest dem Geist nach zu solchen Wohngegenden gehörte. Der Chauffeur hatte zu ihr zu reden begonnen wie einer, der sich ihrer Wichtigkeit bewußt war. Denn schließlich war es nicht jedermanns Sache, eine Adresse im «Obern Residenzviertel» zu kennen, wo man hingehen konnte. Weiße, dann die alten Juristen, und jetzt die höheren Parteimänner und einige wenige Beamte. Nicht jeder Tropf konnte aufstehen und sagen, er wolle ins «Obere Residenzviertel». Oyo hatte sogleich den neuen Respekt und den bewundernden Ton zur Kenntnis genommen. Sie ließ sich tief ins Polster zurückfallen und entspannte sich voller Zufriedenheit.

Im Taxi zu fahren, und selbst ein so kurzes Stück, übte eine sichtbare Wirkung auf Oyo aus. Früher hätte dies den Mann durcheinander gebracht, und er hätte es für eine Art Krankheit genommen, etwas aus der Kindheit, über das seine Frau nie hinausgewachsen war. Sie konnte dasitzen, im Bus, in der Eisenbahn oder so wie jetzt in einem Taxi, und die Art, wie sie sich gab, ließ jedermann vermuten, der sie zum erstenmal traf, daß es ihr Leben ausmachte, in Taxis zu hüpfen und als große Dame angesprochen zu werden. Und dann konnte sie daherreden, brachte die wenigen reichen Dinge an, die ihr im Leben widerfahren waren, und auch einiges, was nicht stattgefunden hatte, und anderes, was überhaupt nie hätte geschehen können. Gewöhnlich brachte sie in Taxis, Omnibussen oder in der Eisenbahn das Gespräch auf entfernte Verwandte, die Geld hatten und Einfluß ausübten. Der Mann hatte einmal darüber zu Lehrer gesprochen, seinem Freund. Aber der hatte nur gelacht und gesagt, daß Oyo damit nicht allein dastehe, sondern daß die ganze Welt so tue, als ob in gewissen Momenten Träume Wirklichkeit wären. Aber der Mann hatte sich nie an diese Eigenheit seiner Frau gewöhnt. Nun saß sie in ihrem Taxipolster und tat, als ob ihr zwölf solche Dinger gehörten. Plötzlich gluckste sie, ein blutleeres Glucksen, das zu etwas überleitete, das zu sagen es die Glucksende gelüstete. Der Mann schloß die Augen und schützte Schlaf vor. Vielleicht konnte er die Schau vermeiden. Aber die Frau fiel aus ihrem Glucksen in ein breites Lachen, und es war für den Mann nicht mehr länger möglich, den Schlafenden zu mimen. So öffnete er ein Auge, und die Frau nutzte die Gelegenheit.

«Grace ist so köstlich.» Jede Silbe aus ihrem Mund war mit Balsam geölt.

«Ja», sagte der Mann. Es war noch möglich, die Schaustellung zu stoppen. Er antwortete mit jenem völligen Einverständnis, das jede Konversation tötet. Aber Oyo war bereits in Fahrt.

«Ach, diese Cousine Grace», fuhr sie unnachgiebig fort. «Habe ich dir die letzte Postkarte aus London gezeigt?»

«Ja, du hast sie mir vor ein paar Monaten gezeigt.»

Für einen Moment war ein Anflug von Wut in den Augen der Frau. Der Mann fixierte den Chauffeur im Rückspiegel, er schien fasziniert zu sein.
«Nein», sagte Oyo. «Ich habe nicht diese gemeint. Damals war sie in Brüssel, erinnerst du dich nicht?»
«Nein», sagte der Mann. Er schloß die Augen, auf diese Weise entging er dem anklagenden Blick seiner Frau, den sie sicher aufsetzen würde. Die Frau schien sich für einen Moment geschlagen zu geben. Aus ihrer Stimme war jetzt alles Glück verschwunden. Eine Tafel, senkrechte schlanke Planken und die Aufschrift «Esikafo Aba Estates» blitzte vorbei. Das Taxi wand sich durch enge gewundene Straßen zwischen Häusern, die alle gleich aussahen, Wohnhäuser mit separaten Dienstwohnungen. Durch die halbgeöffneten Augen konnte der Mann sehen, wie seine Frau auf diese Häuser schielte und auf ihre Unterlippe biß. Er schloß die Augen ganz.
«Da wären wir», sagte der Chauffeur.
Der Mann öffnete die Augen, um im gleichen Moment eine neue Tafel zu sehen: «Oberes Residenzviertel»; die Tafel war klein, die Schrift darauf besonders sauber und kunstvoll. Der Chauffeur fuhr langsamer und zögerte bei einer Gabelung. Der Mann sagte ihm, er solle geradeaus fahren. Als die großen Herrschaftshäuser mit ihren hohen Hecken näher kamen und hinter dem Wagen zurückblieben, fragte der Chauffeur an jeder Ecke und begann nun seinerseits Fragen zu stellen.
«Was heißt das eigentlich, dieser Name?» fragte er.
«Was für ein Name?» fragte der Mann zurück.
«Der Name dieses Viertels», meinte der Chauffeur, lachte und fügte bei: «Ich konnte das nie richtig aus-

sprechen. Wissen Sie, ich ging nicht allzu lange in die Schule.»

«Ach – Residenzviertel?»

«Ja.»

Der Mann drehte den Ausdruck in seinem Kopf hin und her, darauf bedacht, eine Erklärung zu geben, die nicht allzu dumm wirkte. «Das ist ein Ort, wo Leute wohnen.»

Der Chauffeur wandte sich halb um und warf dem Manne einen raschen Blick zu, halb lächelnd, halb ungläubig, dann kicherte er: «Was meinst du mit Leuten?»

«Genau was es sagt: ein Ort, wo Leute, menschliche Wesen, ihr Zuhause haben.»

«Aber das gilt doch für jedes Viertel. Was soll also der aufgeblasene Name?»

«Hören Sie, fragen Sie mich nicht», lachte der Mann. Der Wagen näherte sich Koomsons Haus. Der Mann bat den Fahrer, davor anzuhalten. Er zahlte das Fahrtgeld und half seiner Frau aussteigen. Als der Wagen verschwunden war, traten sie vor ein Tor, das durch eine hohe Zementmauer führte. Der Mann wartete geduldig, bis seine Frau das Eisenwerk des Tores gemustert hatte, Stäbe, welche die aufgehenden Strahlen der Sonne darstellten, in Blau und Gold. Sie schaute auf das Tor mit der gierigen Bitterkeit einer Frau, die auch bald gerne so etwas gehabt hätte, wenn es sich machen ließ. Der Mann schaute herum, ohne seine Augen auf etwas Bestimmtes zu richten.

«Warum ließest du mich nicht ausreden?» fragte die Frau, als sie auf das Haus zugingen.

«Worüber hast du denn eigentlich reden wollen?» fragte der Mann.

«Du weißt genau, was ich meine.»
«Im Taxi?»
«Ja, im Taxi», sagte die Frau. «Warum machst du das immer?»
«Oyo, du sprichst von Dingen, an die ich mich nicht erinnere. Das ist alles.» Die Frau stieß einen verzweifelten Seufzer aus, als hätte sie versucht, an sich zu halten mit ihrem Ärger, was ihr aber nicht gelang. Die beiden durchquerten wortlos den großen Garten vor dem Haus. Nahe an der Mauer auf der andern Seite wässerte ein Gärtner weite üppige Rasenflächen, er war so groß und dünn, daß es schien, er könnte sich beim Bücken wie zu einem Rad formen. Sein Gesicht war ein Netz von Linien, tief ins Fleisch geschnitten, er sang mit einer tiefen und ruhigen Stimme bis auf einen plötzlichen Aufschrei, den er ausstieß und der sich von der Hauptmelodie selbständig machte. Um die Ecke kam ein Mädchen in Blue Jeans und einem gelben Hemd gefahren, hielt knapp vor den beiden und wäre fast mit ihnen zusammengestoßen.
«Wer sind Sie?» Das Mädchen sprach englisch wie ein weißes Kind mit der furchtlosen Direktheit eines weißen Kindes.
«Wir wollen deinen Vater besuchen», antwortete der Mann.
«Daddy ist oben», sagte das Mädchen. Mit seiner eignen Welt beschäftigt, wandte das Mädchen sein kleines Auto und verschwand in der Richtung, aus der es gekommen war.
Ein Dienstmädchen öffnete die Türe, ungefähr sechzehn Jahre alt; sie hatte ein süßes Gesicht, aber ihr Körper war linkisch, sie hielt sich ganz steif,

lächelte mit einer Schüchternheit, als würde sie am liebsten verschwinden.

«Bitte, setzen Sie sich», sagte das Mädchen und deutete auf eine Auswahl von Stühlen und Sofas. «Sie kommen gleich», dann verschwand das Mädchen durch eine Hintertür.

Als die beiden allein waren, waren beide allzusehr damit beschäftigt, den Wohnraum anzuschauen, als daß sie Zeit gefunden hätten, miteinander zu reden. Der Mann sah verwundert auf all die Gegenstände. Er wollte eine direkte Begegnung mit den Augen seiner Frau vermeiden, und er spürte, wie es seiner Frau gleich erging, die ebenfalls den Raum inspizierte. Der Mann hatte mehr als einmal den Eindruck, daß in ihren Augen pure Gier aufflackerte. Er konnte es ihr nicht im Geringsten übel nehmen. Es gab hier Dinge, für die ein Mensch ein Leben verbrachte, um sie sich wünschen zu können. Hier gab es Dinge, die das Auge verführten und es zwangen, dem Besitzer Anerkennung zu zollen. Luxusgegenstände von auffallendem und unbestritten teurem Entwurf. Es war unmöglich, zum Beispiel die Aschenbecher nicht zur Kenntnis zu nehmen, da es nicht einfach Gebrauchsgegenstände waren, sondern Dinge, die durch ihre eigene Schönheit auffielen, die ihnen auch ein Unwilliger zugestehen mußte. Wie konnte ein Mann inmitten all dieser Dinge in Ordnung sein, wenn er einst vorgegeben hatte, gegen alle diese Dinge zu kämpfen. Nicht die Gegenstände, sondern der Weg, wie man zu ihnen kam, war schuld daran, daß die Besitzerseele nicht mehr in Ordnung war. Jedermann wußte: die Chance, einen Weg dazu zu finden, der nicht von Anfang an korrumpierte, ist immer lächerlich gering. Viele fanden es unerläßlich, die korrumpierten Wege zu versuchen, und es gab keinen, der den Mut gehabt hätte, seinen Mund aufzutun und diese anzuklagen. So viele waren vorwärts marschiert auf diesen korrumpierten Wegen und erreichten so leicht die Bequemlichkeiten des Lebens. Die übrigen warteten, bis sie an die Reihe kamen, sich auf diese Wege zu drängen. Selbst bei jenen, die mit einer bestimmten Eindeutigkeit anfingen, war es lächerlich leicht vorauszusagen, daß sie eines Tages ihre Prinzipien aufgeben würden, um voranzukommen. Männer hatten gedacht, daß ihren eignen Persönlichkeiten das bequeme Leben nichts anhaben könne. Aber auch für diese Männer gab es Wege zur Korruption, süße Wege.

Für die Kinder.

Wie ein seitenlanger Kehrreim hüpfte diese Formel in seinem Kopfe auf und ab, eine Erinnerung an frühere Gespräche mit Männern, die schließlich so weit gekommen waren, ihren Widerstand aufzugeben: für die Kinder. Angenommen, auch Deede könnte schöne Kleider haben, besonders schöne Kleider, die tausend Meilen übers Meer importiert worden sind; und angenommen, Adoley könnte ein Kinderauto haben, um damit herumzufahren und ihre Zeit auszufüllen, während sie heranwuchs: würden sie es je erfahren, was für korrumpierte Wege ihre Eltern gegangen waren, wenn diese Eltern einmal nicht mehr lebten? Würde sie das überhaupt kümmern? Würde das überhaupt jemand kümmern?

Für die lieben Kinderchen.

Konnte man überhaupt etwas für die Kinder tun, das man am Ende als Verbrechen bezeichnen durfte?

Wenn für sie in einem bestimmten Zeitpunkt des Lebens ein Opfer gebracht wurde, reichte dies aus für eine nachträgliche Verurteilung und Bestrafung? Schließlich mußten die Leute das hinnehmen, weil sie irgendwie wissen, was das Leben ausmacht. Gab es da nicht ein Sprichwort, das sagt, grüne Früchte seien gesund, aber gesund nur für kurze Zeit ihres Seins? Daß neues Leben nur entsteht, wenn sich die Samen aus der verfaulten Frucht ernähren können? Was dann, was mit der Frucht, die sich weigert, ihre Säure und ihr Grünsein zu verlieren? Was für eine ungeheuerliche Frucht, die ihr Lebensziel darin sieht, gegen die Süße und die Korruption zu kämpfen?
Es war erstaunlich, wieviel Licht in diesem Raum war. Es glitzerte von jedem Gegenstand. Neben jedem Aschenbecher leuchteten zwei Dinge: eine Silberdose und eine kleine Spielzeugpistole. Der Mann fragte sich, wozu die Pistole gut sein sollte. Licht glänzte auf den Marmorplatten der kleinen Seitentische. Die Leute hätten sich gewundert, von welchem Nutzen die «Staatliche Marmor Korporation» sein konnte. Sie brauchten sich aber gar nicht zu wundern. Sie war wirklich nützlich.
Der Raum nahm nur die Hälfte eines größeren Komplexes ein. Rechts neben der Türe war wahrscheinlich das Eßzimmer, doch, wie immer er sich auch auf seinem Platz drehte, um besser schauen zu können, er sah lediglich eine Reihe von Gestellen mit Glasscheiben, Mengen von polierten Tellern und Gläsern darauf. Der Wohnraum war abgetrennt durch ein anderes hohes Gestell, auf Hochglanz gebracht, mit Tablaren, auf denen kleine, wertvolle Gegenstände lagen, die aus fernen Ländern kommen mußten; doch

wozu sie gebraucht wurden, konnte der Mann sich nicht recht vorstellen. Zu seiner Linken war eines der neuesten Fernsehgeräte und gegenüber zwei riesige Apparate, deren Gehäuse aus kostbarem Holz waren. Einen davon konnte er als Radio erkennen, obwohl er unglaublich groß war. Wozu der andere gebraucht wurde, konnte er sich nicht erklären. Es waren ferner noch fünf tiefe, weiche Sessel da, mit roten Kissen bedeckt, und ein Teppich auf einem geräuschlosen Boden. Dazu noch zwei Sofas, auf dem einen saß seine Frau.

Als der Blick des Mannes auf seine Frau traf, sah er, daß sie schon längst darauf gewartet hatte, ihm etwas sagen zu können.

«Mama hätte mitkommen sollen», sagte sie. Doch der Mann schwieg, und sie fuhr fort. «Mama wäre auch gekommen, wenn sie nicht Angst gehabt hätte, von dir ausgelacht zu werden.»

«Ich frage mich, wer von uns beiden am Ende über den andern lacht.»

«Es betrübt mich, wenn du dich über sie lustig machst», sagte sie.

«Oyo, wenn du streiten willst, such jemand anders.»

«Das Boot liegt ihr ernsthaft am Herzen», sagte sie. «Das willst du nicht einsehen.»

«Oh, ich sehe es nur zu gut.»

«Warum machst du sie denn lächerlich?»

«Ich fürchte, sie wird hereingelegt. Das ist alles», sagte er. «Und du mit ihr.»

«Das scheint dir jetzt schon Spaß zu machen», antwortete sie.

«Euch beiden macht's Spaß. Warum sollte ich der sein, der weint?» Die Frau sah so aus, als wolle sie

etwas recht Bösartiges sagen, aber in dem Augenblick war eine Stimme von der Treppe her zu vernehmen.
«Wir machten eben ein langes Nickerchen», sagte Koomson, indem er die Treppe herunterkam. «Eine so anstrengende Nacht, die letzte Nacht. Wir waren in drei verschiedenen Night-Clubs.» Er hatte den Morgenrock übergezogen, ein auffallend glänzender Stoff, und er hatte ihn noch nicht fertig zugebunden.
«Guten Abend, Minister», lächelte Oyo.
«Guten Abend», antwortete Koomson, selbstgefällig strahlend. Fast im gleichen Atemzug rief er: «Atinga!» Er rief den Namen in der Art, wie die Weißen afrikanische Namen verwendeten, die sich keine allzu große Mühe wegen der Aussprache gaben, und mit ihrer Ungeschicklichkeit gleichzeitig eine gewisse Überlegenheit demonstrierten. Der Ruf wurde mit einem lauten «Härrr» beantwortet, von irgendwo aus dem Hintergrund, und gleichzeitig trat ein magerer, gedrungener Mann um die Fünfzig durch die Hintertür und wartete auf weitere Befehle seines Meisters. Er trug ein weißes Zwilchhemd und Hosen mit roten Seitenstreifen. Ohne auch nur den Anschein zu erwecken, er habe die leiseste Kenntnis von seinem Diener genommen, ging Koomson hinüber zum großen Radio in der Ecke und drehte den Knopf. Eine Stimme füllte den Raum wie Donner, und Koomson stellte den Ton leiser.
«Nichts schlägt ein deutsches Radio», sagt er.
«Dort wartet jemand auf dich», sagte der Mann und zeigte auf den Diener.
«Ach, der Diener», sagte Koomson und spielte weiter mit den lauten Geräuschen seines großen Spielzeugs. «Übrigens, was möchtet ihr trinken?»

«Mir ist alles recht.»
«Oh, ihr müßt euch entscheiden», sagte Koomson. «Es hat White Horse, wie du weißt. Black and White, Seagram's, Gilbey's Dry ...»
«Alles ist recht», wiederholte der Mann, leicht verschüchtert.
«Gut, ich überlasse euch die Wahl», sagte Koomson. «Atinga, bring den Servierwagen und verschiedene Flaschen. Eis, Gläser, vier.»
«Ja, Härrr», sagte Atinga und verschwand durch die Tür.
«Estie wird jeden Augenblick herunterkommen», sagte Koomson. Er drehte wiederum am Knopf des Radios, und der tiefe sanfte Baß einer «high-life»-Melodie war an Stelle der ersten sinnlosen Töne zu hören. Der Diener erschien wieder mit all den verschiedenen Getränken, dem Eis und den Gläsern auf dem Servierwagen, schob ihn ehrerbietig vor sich her und schenkte dem Mann und seiner Frau Whisky ein. Mrs. Koomson stieg die Treppe herunter, sie trug ein Kleid, das jeden Strahl auf sich zog und ihn in das Auge des Betrachters zurückwarf. Wie ihr Gatte nahm sie keinen Drink. Sie saß gelangweilt in ihrem Stuhl, und für einige Zeit tat sie nichts anderes, als ihre Perücke von vorne nach hinten zu streicheln, sie tat es ausführlich und gekonnt.
«Ist dies das Eßzimmer?» fragte Oyo, indem sie mit dem Finger zeigte.
«Ja», sagte Estella. «Sie sind wegen der Möbel gekommen.»
«Sie?»
«Die ‹Staatliche Möbel Corporation›. Sie frischen sie auf. Joe steht mit dem Manager sehr gut.»

«Ich verstehe.» Es gab Fragen in Oyos Augen, die dem Neid und der Bewunderung entsprangen, aber sie stellte sie nicht, statt dessen gab sie dem Gespräch eine andere Wendung.
«Ich wußte gar nicht, daß aus Ihrer Ältesten eine kleine Dame geworden ist. Wie heißt sie?»
«Prinzessin», sagte Estella.
«Ist das ihr wirklicher Name oder eine Art Kosename?» fragte der Mann.
«So heißt sie wirklich.» Estella gewährte einen herablassenden Blick.
«Ich war mit Ihrer Schwester Regina eng befreundet, als wir noch in die Schule gingen», sagte Oyo.
«Sie ist jetzt in London.»
«Und was macht sie dort?»
«Sie hat ein Stipendium. Joe arrangierte es für sie.»
«Ist sie an der Universität?» fragte der Mann.
«Nein, sie spezialisiert sich im Kleidermachen. Sie sagt, sie wird hier ihr Geschäft nach mir nennen, sobald sie zurückkehrt. ‹Estie Modelle London Style›.»
«Sie hat Glück», sagte Oyo.
«Sie ist ein verrücktes Ding.» Estella lachte kurz und hart. «Sie sagt, sie sei in einen Jaguar verliebt, und sie würde sich umbringen, wenn sie keinen kriege. Sie möchte, daß wir die nötigen Devisen besorgen.»
«Ich dachte, das sei nicht mehr möglich», sagte der Mann und schaute Koomson an.
«Alles ist möglich. Es kommt auf die Person an.»
«Hmmm.» Der Mann hätte gerne seinen Mund geöffnet und von all diesen Widersprüchen geredet, von Leuten, denen man die Macht gab, weil sie hervorragten beim Schreien gegen die Versklavung durch die Waren aus Europa, und welche die gleiche Macht

benutzten, um eben diesen Waren nachzurennen. Er hätte fragen können, ob sich wirklich etwas verändert hatte seit damals, als die Häuptlinge ihre Völker gegen Flitter aus Europa verschacherten. Aber er dachte an die Macht des neuen Flitters und dessen Verwendbarkeit und an den unwiderstehlichen Wunsch, den sie weckten. Er dachte an seine eignen Kinder, an deren Träume und an die Befriedigung von Koomsons kleiner Prinzessin, und so sagte er nichts.
Koomson schlenderte hinüber zu dem großen Gegenstand neben dem Radio. Er öffnete den Deckel und drückte auf einen unsichtbaren Knopf. Er langte auf die andere Seite und stellte den Radio ab.
«Was ist das?» fragte Oyo. Manchmal verfügte sie über die plappernde Naivität eines staunenden Dorfmädchens. Ein Trick, um Gefallen zu wecken.
«Oh, das ist ein Tonband», antwortete Estella, bevor ihr Gatte etwas sagen konnte. «Manchmal ist die Musik aus dem Radio überhaupt keine Musik. Mit dem Tonbandgerät hören wir nur das, was uns gefällt.»
Orgelmusik, tief und gewaltig, füllte den Raum. Als hätte diese Sonntagsmusik ihre Seele getroffen, schloß Estella ihre Augen und atmete tief. Koomson sah auf und runzelte die Stirne.
«Es wird spät, ich hole die Papiere.» Er war in wenigen Minuten zurück, in der Hand hielt er einen Ordner.
«Ich dachte, die alte Dame würde unterschreiben», sagte er.
«Mama konnte nicht kommen», sagte Oyo. «Es geht ihr nicht besonders gut.» Sie schaute nach ihrem Mann mit einem Blick, der ihn herausforderte und gleichzei-

tig bat, ihr nicht zu widersprechen. «Wir können für sie unterschreiben.»
«Ich glaube nicht, daß ich unterschreiben kann», sagte der Mann. Oyo war verwundert und enttäuscht. Aber es war nur ein kurzer Augenblick, und daher fast gänzlich privat.
«Ich werde unterschreiben», sagte Oyo.
Darnach waren beide still, der Mann und die Frau, sie warteten geduldig auf Koomson und dessen Gattin, die sich zum Ausgehen herrichteten. Nach langem Warten kamen sie. Die vier gingen hinaus und stiegen in den riesigen Wagen. Der Chauffeur fuhr los.
«Du weißt, wo Kwesi Anan wohnt?» fragte Koomson den Chauffeur.
«Ja, Härrr.»
«Gut. Gehen wir zuerst dorthin!», dann drehte er sich zu Oyo auf dem Rücksitz und erklärte: «Kwesi Anan ist der Mannschaftsführer des Bootes.»
Der Mannschaftsführer lebte in der Nähe des Fischerhafens, in einem Raum am äußersten Ende eines außerordentlich langen und niedrigen Hauses. Es war schon ziemlich dunkel in seinem Raum; als er herauskam, schielte er im schwachen Dämmerlicht, murmelte etwas laut und verworren, er schien zu sagen, er entschuldige sich, daß er sie nicht hereinbitten könne, denn sein Raum sei überhaupt kein Zimmer, sondern eine umgebaute Toilette.
«Begrüß die Dame hier», sagte Koomson. «Sie wird sich ums Boot kümmern, wenn ich nicht da bin. Merk dir ihr Gesicht.»
Der junge Mann stierte in Oyos Gesicht und dann in das Gesicht des Mannes und nickte befriedigt.

«Chauffeur, du erinnerst dich, wo wir letzten Sonntag waren?» fragte Koomson.

«Ja, Härrr.»

«Dorthin.»

Der Wagen glitt weich über die Küstenstraße. Das ruhige Motorengeräusch mischte sich mit dem leisen Rauschen der Wellen, die über den Sand fluteten. Der Mann schloß die Augen. Ein Gedanke kreiste unaufhörlich in seinem Kopf, daß es nie möglich sein würde, eine solche Bequemlichkeit zu genießen und sie gleichzeitig wirklich zu verachten. Neid sicher, aber nicht Verachtung. Wie war ein Mann je fähig, gegen all diese Dinge anzukämpfen, und gegen all die Lieben, die nie aufhörten zu drängen, daß nichts anderes zähle, daß der Weg nicht wichtig sei, daß das Ziel des Lebens der Besitz dieser Bequemlichkeiten darstelle. Für sich selbst, und wenn nicht für sich selbst, dann für die Lieben, dann für die Kinder. Nichts anderes zählte.

12

Das Boot fuhr nicht einmal so weit aus, wie sein Schatten reichte, genau, wie der Mann befürchtet hatte. Wenn an einem Tag die Brise aufkam und er gelegentlich zum Fischerhafen spazierte, sah er das Boot, wie es auf dem blau-grünen Wasser lag, der Name von Koomsons Tochter auf der Vorderseite war deutlich zu lesen: Prinzessin. Jedesmal, wenn er das Boot von neuem sah, fiel ihm auf, wie schön es war. Dann verspürte er jeweils den Wunsch, wenn er nach Hause kam, Oyo von dem schönen Tag zu erzählen und von all den Booten im Hafen, die ihm immer mehr bedeuteten. Aber er wußte, er würde damit seiner Frau mehr Schmerz und Enttäuschung denn Glück bereiten. So sagte er schließlich nicht, was er fühlte oder was er dachte.

Selbst die alte Frau hatte nach und nach resigniert. Sie merkte, was ihr Koomson angeboten hatte, war nicht der Regenbogen, der den dunklen Sturm ihres Lebens und des Lebens ihrer Tochter beendigte. Aber auch wenn sie sich darüber Rechenschaft gab, änderte das nichts an ihrer Bitterkeit, die sie gegenüber dem Mann empfand. Diese vertiefte sich sogar, als wäre die alte Frau im Innern überzeugt, daß der Mann gar nichts anderes als ihre Enttäuschung wollte. Der Mann seinerseits gab sich zufrieden, einmal mehr festzustellen, wie unwillig die Machtlosen wurden, wenn an sie der Ruf ging, dem Mächtigen Widerstand zu leisten. Einmal sah es so aus, als ob Oyos alte Hoffnung in einer unangenehm gefühlvollen Art noch einmal auferstehen würde. Aber sie erlosch und ließ

Asche zurück. Es geschah so, daß Koomson sich von Zeit zu Zeit jener erinnerte, die in den Augen und nach den Ohren der neugierigen Welt die Besitzer seines Bootes waren, und ihnen einen seiner Chauffeure schickte mit etwas Fisch, sei es zu Oyos Mutter oder sei es zu Oyo selbst. Zwar wußten sie, was damit los war, aber sie waren für diese Geschenke kindisch dankbar und verbanden damit unrealistische Hoffnungen und Wünsche.
Der Mann war von der Arbeit nach Hause gekommen, müde, aber nicht unglücklich. Oyo hatte ihm ein Nachtessen mit Fisch und Kenkey bereitet, und mit großem Appetit hatte er zu essen begonnen. Aber ganz plötzlich, als gäbe sie einem Wunsch nach, dem sie nicht länger widerstehen konnte, sagte Oyo: «Die Fische kommen direkt von Koomsons Boot.»
Dem Mann fiel keine Antwort ein. Da war etwas um diese Worte, das die Luft mit Ungesundem füllte. Der Mann kaute weiter an seinem Stück und kaute und kaute, bis der Fisch seinen Geschmack völlig verloren hatte.
«Immerhin, wir haben nicht umsonst unterschrieben.»
Unter seiner Zunge spürte der Mann etwas wie einen scharfen Stich, er wandte sich vom Tisch weg und sagte sanft zu seiner Frau: «Bitte, koch mir nie mehr von diesem Fisch.»
Es war unmöglich, den Blick in Oyos Augen zu deuten; sie hatte sie gesenkt, so daß das Licht auf ihrem Vorderkopf und der breiten Partie über ihrer Nase aufleuchtete; ihre Mundwinkel bewegten sich kaum merklich, es sah mehr nach Selbstmitleid als nach Haß gegen den Mann aus. Das entsetzliche Gefühl von Einsamkeit überkam den Mann von neuem in

seinem eignen Heim, und er ging hinaus in einer Verzweiflung, die trotz aller Plötzlichkeit sehr tief ging, er tastete sich durch die Nacht und suchte jene einzige menschliche Hand, welche die seine fassen würde und ihm das Gefühl gäbe, in diesem Leben kein Fremder zu sein.
Aber dann geschah nichts mehr dergleichen. Und zwar in einem Maß, daß es möglich war, die Angelegenheit zu vergessen. Was geschehen war, war vorbei. Vielleicht waren es sogar die Koomsons selber leid geworden, weitere Fischpakete zu schicken. Vielleicht schickte Oyo alles zu ihrer Mutter hinüber, die ihre eigne Bitterkeit kostete und nicht mehr so oft zu ihrem Schwiegersohn kam, um der Sache auf den Grund zu gehen. Es herrschte jetzt sogar unter den Lieben eine Bereitschaft, wenn auch nichts anderes, das Versagen des Vaters hinzunehmen. Das zauberte zwar nichts hervor an Glück und Selbstachtung, aber es war immerhin angenehm zu erfahren, daß die Lieben von einem Ohnmächtigen nicht große Dinge abverlangten. Anderseits war das Leben wie es war, eben Leben. Ein kleiner Sturm hier und da, und manchmal zur Abwechslung ein großer. Aber zu dieser Zeit wußten das aufmerksame Auge und das aufmerksame Ohr besser, daß es keinen Sturm gab, der die Dinge anders zurückließ, als sie vorher gewesen waren. Der Mann wußte jetzt genau, daß er angefangen hatte, jedermanns Natur als einen Fortschritt ins Grab zu begreifen. Wenn alle Hoffnungen Enttäuschungen geworden sind, wird kein großer Widerstand vorhanden sein gegen den letzten Gang.
Es gab gelegentlich Gerüchte über Untersuchungen,

das Land von der Korruption zu befreien. Wer hatte diese Kommissionen bestellt? Wo waren die Leute an der Macht, die nicht selber korrupt waren? Da gab es weit und breit niemand, der sich darüber hätte ereifern können, auch wenn die Männer bereit waren, von einer Kommission zu reden. Der Kommission stand ein Professor aus Legon vor. Von Legon, sagten sie, um dem Unternehmen Gewicht und Seriösität zu geben. Am Ende sagte man auf der Straße, was damit geschehen müsse, sei auch geschehen. Das Netz war in der besonderen ghanesischen Manier geknüpft, es erlaubte den großen Korrupten durchzuschlüpfen. Ein Netz, in dem nur die Kleinen hängen blieben, die unerläßlichen Mitläufer, die in ihrer verängstigten Blindheit zu hüpfen versuchten, um den Glanz zu erlangen und die Bequemlichkeit – die einzige Art, wie es geschafft werden konnte. Und die Großen schwammen sich frei wie alle Parolen. Ende der Bestechung und Korruption. Den Sozialismus aufbauen. Gleichheit. Scheißdreck. Ein Mann mußte endlich einmal begreifen, daß es nichts anderes gab als Verzweiflung und daß es keinen Ausweg gab, außer dem einen. Und das konnte warten. Inzwischen konnten die Tage verrinnen wie bis anhin. Ein Mann konnte lernen zu leben mit vielen, vielen Dingen, bevor es soweit war. Mit vielen, vielen Dingen.

13

Am frühen Morgen ließ der Mann die Umwelt nach und nach in dem wachsenden Muster des Eisenbahndiagramms aufgehen, das über dem Pult vor ihm hing. Manchmal konnte er sich und fast alles andere vergessen, indem er sich auf seine Arbeit ausrichtete und alles tat, was verlangt wurde. Es war nicht schwer, sich selbst und die Welt zu vergessen, gegen die er zu leben hatte. Zumindest war seine Arbeit, verglichen mit der der Andern, eine der wenigen, die einem nicht vor Langeweile umbrachte. Es war sogar schön, wie das Gewirr auf dem Diagramm zunahm, und es befriedigte einen, die eingetragenen Linien zu sehen, welche die Linien für die Uhrzeit und die Stationen kreuzten, rote Linien für Personenzüge, Bleistiftlinien für Güterzüge und blaue Linien für die Mangan-Züge. Diese Arbeit war nicht stupid, und das war immerhin etwas.

Zwischendurch hatte er für kurze Zeit in die Unfall-Abteilung zu gehen, um den höheren Beamten einige Unterlagen zu bringen, die sie für ihre Untersuchungen über Entgleisungen und ähnliches brauchten. Einmal hatte er dort sogar einspringen müssen, um einen Mann zu ersetzen, der im Urlaub aufs Land gefahren war und dann seine Ferien verlängerte, indem er eine Reihe von Telegrammen schickte, in denen er einen Tod nach dem andern eines ganzen Verwandtenclans mitteilte. Die Arbeit bestand darin, abzulegen. Und nur allzu rasch hatte der Mann entdeckt, daß pro Tag dreißig Briefe abgelegt werden mußten, nach denen wahrscheinlich ein Leben lang niemand mehr fragte, war ein Ordner einmal voll. Das war eine Arbeit für ungefähr drei Viertel Stunden, nachher konnte man nur noch dasitzen und spüren, wie einem der Schweiß den Rücken hinunter zwischen die Hinterbacken rann. Als der Ablagebeamte aus seinem langen Begräbnisurlaub zurückkehrte, sah er ungewöhnlich munter aus. Und als die Kollegen ihm ihr Beileid wegen der verstorbnen Verwandten ausdrükken wollten, überwand er ein kleines, verständnisvolles Lächeln zu ihrem Nutzen, als ob es eigentlich an ihm sei, sie zu bemitleiden. Später hatte der Mann dann herausgefunden, wie es dieser Beamte fertig brachte, mit seiner Arbeit einen ganzen Arbeitstag auszufüllen. Er hatte herausgefunden, daß der Beamte ein minutiöses System ausgetüfftelt hatte, um seine Arbeit in die Länge zu ziehen, und er hatte dies so oft getan und sich so sehr daran gewöhnt, daß er wahrscheinlich vergessen hatte, daß das meiste, was er tat, bloße Zeitverschwendung war. Er legte alphabetische Listen an, die niemandem dienten; er versuchte anhand der Poststempel auf die Minute herauszubringen, wann die Briefe aufgegeben worden waren; er schrieb die Listen dreimal ab, immer auf saubereres Papier und in einer immer schöneren und sorgfältigeren Schrift, ohne auch nur einmal zu schmieren: und dann suchte er regelmäßig die Toilette auf, nicht aus Bedürfnis, sondern aus Gewohnheit. Der Mann wußte, es verhielt sich mit den meisten Arbeiten so. Angestellte verbrachten ihren ganzen Tag hinter einem Pult wie irgendein Zivilbeamter, und wenn eine Frau vom Land kam und sich dafür interessierte und geradeheraus fragte, womit sie ihre Zeit verbrächten, hätten sie nie eine wirkliche Ant-

wort geben können. Eine Anstellung war eine Anstellung. Es spielte keine Rolle, daß man angestellt war und nichts tat.
Er war jetzt allein. Wann immer er allein war und sich seiner Einsamkeit bewußt wurde, war das mit einem besonderen Ton verbunden. Es war ein ganz hoher Ton, fast zu hoch, um hörbar zu sein, und wenn er dennoch hörbar war, dann nur, weil das, was im Ohr war, nicht der Ton der totalen Stille sein konnte. Er horchte auf diesen Ton, und er war neugierig, ob er ihn verändern könnte und ob er lauter würde, wenn er sich auf ihn konzentrierte. Aber dann läutete das Telefon, er antwortete, und der einsame Ton verstummte.
Erst nach acht Uhr kamen gewöhnlich die andern Beamten allmählich ins Büro. Als um halb acht noch nicht einmal die Ausläufer erschienen waren, wunderte sich der Mann, was wohl geschehn sein könnte, aber es kümmerte ihn nicht weiter. Wie üblich kamen zwar auch jetzt die Ausläufer zuerst. Einer von ihnen trat wie ein Gespenst herein, so lautlos, daß der Mann ihn gar nicht bemerkte, bis der andere kam. Dieser kam pfeifend herein, was recht ungewöhnlich war, auch wenn es den Mann nicht weiter störte. Aber der erste Bote stopfte ihm den Mund. Der zweite hielt jedoch die Stille nicht lange aus, lief hinter dem Mann herum und seufzte tief und rief aus: «Ei, diese Staatsstreiche.»
Der Mann wandte sich gar nicht um, sondern fragte: «Wieder einer mehr?»
«Ja, Mann.»
«In Afrika oder sonstwo?»
«Heute, heute. Hier in Ghana.»

Nun kam der andere Bote aus der Ecke und gesellte sich zu den beiden: «Hast du nichts davon gehört?»
«Bei der Frühschicht können wir keine Nachrichten hören», sagte der Mann.
«Nichts mit Sechs-Uhr-Nachrichten heute morgen. Einzig eine merkwürdige Durchsage von einem Mann mit einem merkwürdigen Namen und dann Soja-Musik. Sie sagen, sie haben die Macht übernommen.»
«Wer?» fragte der Mann.
«Militärs und Polizisten.»
«Ich verstehe. Ich dachte, sie waren schon immer an der Macht. Zusammen mit Nkrumah und seinen fetten Anhängern.»
Die Boten sagten nichts. Selbst der, welcher pfeifend hereingekommen war, hatte Furcht in den Augen, einen Blick, den Leute haben, wenn sie nicht wissen, was sie tun sollen, und sich abmühen, im Notfall sagen zu können, es sei alles ein Witz gewesen. Den Mann hatte das Ganze verwirrt. Was konnte das bedeuten? Ein Mann war mit der Hilfe des Volkes, das ihn liebte und das an ihn glaubte, an die Macht gekommen, und als er an der Macht war, hatte er sie für sich verwendet. Und nun waren andere Männer mit Hilfe der Gewehre an die gleiche Macht gekommen. Was sollte das bedeuten?
Die höheren Beamten erschienen nicht zur Arbeit. Sie nahmen die Furcht in ihrem Leben sehr ernst, und so war es begreiflich, daß sie abwarteten, wenn etwas Derartiges geschah. Beim großen Streik hatten viele Männer gemeint, der wirkliche Wechsel sei nun endgültig eingetreten, und sie hatten sogleich verkündet, wie sehr sie gegen jene Ordnung gekämpft hatten, von der sie annahmen, daß sie gestürzt worden

sei. Aber als am Ende die Polizei kam und die Leute in ihre Gefängnisse schleppte und es jedermann aufging, daß der Wechsel nicht stattgefunden hatte, gingen viele höhere Angestellte mit der Furcht herum, jemand könnte sie an den kritischen Tagen gehört haben und könnte sich an ihre Worte erinnern.

Die niederen Angestellten kamen einer nach dem andern ins Büro, boten einige zum Teil recht wilde Ergänzungen zu den verfügbaren Nachrichten. Sie sagten, alle Partei-Bosse seien verhaftet und unter so was Ähnliches wie «Schutzhaft» gestellt worden – ein neues Wort für die alte Gewohnheit, jemanden ohne Prozeß ins Gefängnis zu stecken. Neue Leute, neuer Stil, alte Tänze. Als der Beamte für die Zeiteinteilung hereinkam, grüßte er jedermann laut und fügte in höchst befriedigtem Tone bei: «Jetzt wird eine andere Gruppe von Dickbäuchen sich am Reichtum in diesem Land vollfressen.» Die Reaktion darauf war wie alles an diesem Tag, ein Durcheinander von Zustimmung und unsicherem Zögern.

Als die Sonne aufging, war draußen auf der Straße Aufruhr. Ein Mann, der unter der gestürzten Regierung Gewerkschaftler gewesen war, stürzte ins Büro und meldete den Staatsstreich, als ob er ihn selber durchgeführt hätte; er befahl den Leuten, auf die Straße zu gehen und den neuen Machthabern ihre Ergebenheit zu beweisen. In einer Stille, die jedermanns Beschämung aussprach, gingen die Beamten aus dem Büro, um sich auf der Straße der Menge anzuschließen. In der gleichen Art und mit der gleichen Furcht waren sie hinausgegangen, um die Fürze der Partei-Männer anzuhören.

Der Mann rührte sich nicht von seinem Pult. Der

alt-neue Gewerkschaftler stand da, starrte ihn an und sagte: «Du, was ist mit dir los?»
«Was womit?»
«Wir gehen alle demonstrieren.»
«Wofür?»
«Weißt du nicht, daß wir eine neue Regierung haben?»
«Sie haben es mir gesagt. Aber ich weiß nichts über die neuen. Wofür soll ich demonstrieren?»
«Hör mal, wenn du keine Schwierigkeiten haben willst, geh auf die Straße.»
«Und wenn zwei Züge zusammenstoßen, während ich demonstriere, übernimmst du die Verantwortung?»
«Oh», sagte der Organisator, «wenn es die Arbeit ist, das geht in Ordnung. Aber wir dulden jetzt keine Nkrumahisten mehr.»
«Du weißt», sagte der Mann, «du weißt ganz genau, wo die wirklichen Nkrumahisten zu finden sind.»
Der Gewerkschaftler wandte sich um und ging hinunter auf die Straße, um sich der Masse anzuschließen. Durch die Fenster war ihr Geschrei zu hören: alte Lieder, bei denen die Worte ausgewechselt wurden, so daß aus den einstigen Preisliedern auf Nkrumah Schmäh- und Spottlieder wurden. Wie der Lärm der Parteimänner, als das erste Versprechen aufgefressen worden war und das Ganze nur noch dazu diente, daß dicke Männer noch dicker wurden. Der Lärm verzog sich den Hügel hinauf. Die Männer, welche ihrer Furcht gefolgt waren und sie noch anwachsen ließen, erschienen für den Rest des Tages nicht zur Arbeit. Es herrschte eine Ruhe, die in dem Manne Gedanken an sein ganzes Leben wachriefen;

Bilder und selbst Geschmäcker packten seine Sinne mit schmerzlicher Schärfe und verschwanden gleich darauf, sie ließen nur das Gefühl von etwas zurück, das für immer vorbei war, eine Einsamkeit, die selbst der Tod nicht enden konnte.

Der Mann von der Abendschicht kam nur ein paar Minuten zu spät. Er gab sich sehr beschäftigt mit einer persönlichen Angelegenheit und bot nichts, keine einzige Auskunft über den Staatsstreich außer einem langen Kummerblick und Unsicherheit. Vielleicht hatte er wie alle Ehrgeizigen einen großen persönlichen Traum von plötzlichem Reichtum verwirklichen wollen und sah nun mit dem Sturz der alten Regierung diesen Traum sterben. Vielleicht.

Die Straßen waren sehr ruhig. Nur hier und da Gruppen von Leuten, die sich unterhielten, und es war nicht einmal ausgemacht, daß sie von dem redeten, was an diesem Tag geschehen war. Auch an der Bushaltestelle Leute, die plauderten. Aber im Grunde wußte niemand etwas Genaues, außer daß ein Wechsel stattgefunden hatte; die Worte wiederholten nur, worüber sich der erste Sprechende schon gewundert hatte, dann die endlosen Fragen, wer die neuen Machthaber seien, was sie wohl vorhätten und was sie bis anhin getan hätten. Auf keine dieser Fragen gab es eine Antwort. Nur ein Mann, der nach Schnaps und Kotze roch, schrie, daß alles nur ein Plan des teuflischen Nkrumah sei, um alle auf die Straße zu locken und um seine Soldaten und Polizisten loszulassen und die Leute zu schnappen und sie einzusperren, wie er es schon früher gemacht habe. Nahe bei Effia Nkwanta hatte der Bus eine Fehlzündung, und eine Frau unter den Passagieren, die ein Kind im Arm trug, stürzte sich zum Ausgang und winselte, man wolle sie und ihr Kleines töten. Sonst ereignete sich nichts Ungewöhnliches, außer daß vielleicht die Leute um ihn ruhiger waren und weder Zeit hatten noch Lust verspürten, die Luft mit dem üblichen Lebenslärm zu füllen, so sehr hingen sie ihren Gedanken nach. Als der Mann von der Straße abbog, um nach Hause zu gehen, fühlte er sich weit weg von dem, was sich ereignete. Er hätte gerne etwas mehr darüber gewußt, aber das hatte noch Zeit, und ihn belasteten keine Hoffnungen, daß daraus etwas Neues, etwas wirklich Neues entstehen würde. Vielleicht mochte in ferner Zukunft neues Leben im Land erblühen, aber wenn es kam, dann würde es nicht als Werkzeug die gleichen Männer benutzen, die sich zur Gewohnheit gemacht hatten, neue Blumen zu köpfen. Das Gute mochte in irgendeiner Zukunft einmal kommen, aber wo war in der Gegenwart etwas, was den Weg dafür vorbereitete?

Als der Mann nach Hause kam, fühlte er sich fast glücklich. Und ausgelassen stieg er nicht die vier Stufen bis zur Veranda hinauf, sondern sprang hinauf, dachte an seine Jugend und an die Schulzeit, als die Sonne gütig über die Felder schien.

Der Sprung über die Stufen hätte fast zu einem Zusammenstoß mit Oyo geführt. Sie stand gerade vor der Wohnzimmertür. Und als er ihr Gesicht sah, konnte er sehen, wie verwirrt sie war. Etwas Entsetzliches schien sie aus der Fassung gebracht zu haben, aber gleichzeitig konnte der Mann in ihren Augen etwas anderes sehen, das er nur als tiefe Liebe und großen Respekt auffassen konnte. Er ging weiter auf seine Frau zu, bis er sie gegen die Wand neben der Tür geschoben hatte. Auch wenn ihn die Bewegung und die plötzliche Zärtlichkeit überraschten, er wußte, daß es ehrlich gemeint war, und er fuhr mit allen Fingern seiner Frau tief ins Haar, hielt ihren Kopf, preßte sich an sie und ließ sie seine Begierde spüren. Sie hob ihre Augen mit lieber Ungläubigkeit und sah wie ein kleines Mädchen aus, das Angst hat, es mache etwas nicht recht.

Deede kam heraus und steuerte auf die Küche zu. Es war unmöglich, das Gesicht des Kindes deutlich zu sehen, aber das Kind schien sehr aufgeregt zu sein. Der Mann sah wiederum seiner Frau ins Gesicht.

«Gehen wir hinein», sagte er.

«Er ist drin», sagte sie mit einem verstörten Blick. «Koomson.»

«Wann kam er?»

«Vor ein oder zwei Stunden.»

«Aber warum?»

«Sie verhaften sie alle. Er hat Angst, sie werden ihn umbringen. Es ist entsetzlich.»

Sie hielt seine Hand und führte ihn hinein, als ob er ein Fremder wäre, den sie ins Haus bat, oder ein Liebhaber, der seiner Sache nicht sicher ist. Adoley und Ayivi schliefen in der Halle, wie eine Art siamesische Zwillinge lagen sie ineinander verschlungen im gleichen Stuhl.

«Sie haben schon gegessen», sagte Oyo. Dann machte sie wiederum völlig überflüssige Gesten, er solle ruhig weitergehen, und sie traten in den inneren Raum.

Es war ganz dunkel drin. Ein Geruch, den der Mann nicht erwartet hatte. Er war umwerfend, als ob ein schon halb flüssiges Gas den Raum anfüllte und zer-

fraß, nicht nur die Nase angreifend, sondern auch die Augen, die Ohren, den Mund und die Kehle. Es war im ersten Moment schwer zu sagen, wo sich Koomson befand, so tastete der Mann nach dem Schalter und drehte das Licht an.
Koomson saß auf dem Bett, gerade hinter der Trennwand. Er saß völlig verängstigt da, als könnte nur schon die Tatsache, daß ein Wort ausgesprochen wurde, sein Ende bedeuten. Er trug einen Anzug aus dunkler Wolle mit einem Hemd, das im plötzlichen Licht bläulich schimmerte, und eine schwarze Fliege. Auf seiner Nase wuchsen kleine Schweißperlen, die im nächsten Moment zu fallen schienen, aber sie fielen nicht. Koomson saß eine Weile ganz steif da, wie eine Person, die weiß, daß sie jede Bewegung vermeiden muß. Langsam, als wollte er die Aufmerksamkeit unsichtbarer Beobachter nicht auf sich ziehen, hob er seine starren Augen zum Licht und blickte dann den Mann flehend an. Aber der Mann, überrascht durch den völligen Wechsel in Koomsons Verhalten, deutete den Blick nicht richtig. Mit raschen, verzweifelten Bewegungen gestikulierte Koomson, zeigte zuerst auf das Licht und dann auf das offene Fenster, in stummer Raserei, die Angst drang ihm aus jeder Pore.
Diesmal verstand der Mann. Er knipste das Licht aus. Dann ging er hinüber zum Fenster, zog die Läden zu und verschloß sie, nachdem er noch einmal frische Luft eingesogen hatte. Er wartete darauf, daß jetzt Koomson etwas sage. Aber nur das zurückgehaltene Atmen eines verängstigten Menschen, das halblaute anwachsende Rumoren in seinem Bauch, und volle, laute Fürze zerstörten die Stille im Raum. Als

die Augen sich an die Dunkelheit gewöhnt hatten, konnte der Mann das vage Leuchten von Koomsons Augen in der schwarzen Fläche seines Gesichtes sehen. Die Augen waren noch immer auf das Fenster gerichtet, auch wenn sie von Zeit zu Zeit mit irrer Schnelligkeit zur Tür sahen, sobald irgendein Geräusch oder eine Bewegung von dort kam. Mit der Zeit wurde auch das weiße Hemd Koomsons erkennbar, das selber so etwas wie ein Licht ausstrahlte. Einmal meinte der Mann zu sehen, wie Koomson auf sein Hemd starrte, als ob dieses weiße Hemd für ihn eine neue Gefahrenquelle darstellen könnte. Indem er den Parteimann so vor sich sah, als sei er nur noch von feindlichen Dingen umgeben und fürchte, jeder bevorstehende Moment könne sein letzter sein, da erinnerte sich der Mann an den letzten Besuch und staunte, wie sehr das alles im Gegensatz zur Anmaßung von früher stand. Es war falsch, völlig falsch zu meinen, wie er es tat, daß der Wechsel nichts Neues brächte. Im Leben der Nation selber mochte sich nichts ändern. Neue Männer kamen an die Macht und stahlen den Reichtum der Nation für ihre persönlichen Interessen. Damit, das war klar, damit mußte gerechnet werden. Neue Leute würden sich der Macht bedienen, um Männer und Frauen loszuwerden, die eine Sprache redeten, die ihnen mißfiel. In dieser Hinsicht würde sich nichts ändern. Das wäre einfach die Fortsetzung des normalen ghanesischen Lebensstils. Aber hier, da fand ein wirklicher Wechsel statt. Für den einzelnen Machthaber, der jetzt zerbrach, und dessen Kopf voll Furcht war vor der Rache jener, denen er unrecht getan hatte. Für ihn änderte sich alles. Und für solche wie er, die fett und dick geworden waren, indem sie ihrem

Chef die Preislieder sangen, für jene, die bereit waren, die erhofften Gunsterweisungen zu genießen, ihnen standen jetzt Tage der Not bevor. Die Schmeichler mit ihren neuen weißen Mercedeswagen mußten sich nun umsehen, wie sie ihre Worte von früher aus der Welt schaffen konnten. Und jene, die offen gegen die alte Macht angetreten waren, durften auf glückliche Tage hoffen. Aber für die Nation selber wechselten nur die Veruntreuer und die Jäger und Gejagten. Nicht mehr viel war übriggeblieben von jenen Tagen der Hoffnung, auf die Lehrer noch immer zurückblickte, als jeder einzelne in sich die Hoffnungen eines ganzen Volkes trug. Übriggeblieben war davon nur, daß die Mächtigen sich daran machten, die Macht eines ganzen Volkes dazu zu benutzen, ihre eignen Mägen zu füllen. Eine Zeit, die nicht aufhörte, die sich auch in die Zukunft erstreckte, wo kein Ende abzusehen war.

Ein räuspernder Ton kam von dort, wo Koomson saß. Er schien etwas gesagt zu haben, doch der Mann hatte ihn nicht verstanden.

«Hast du etwas gesagt?» fragte der Mann. Er sah, wie Koomson zurückwich, als ob er fürchtete, daß nur schon der Klang einer normalen Stimme ihn verraten würde. Die leuchtenden Augen schloßen sich für einen Moment; als er sie wieder öffnete, schien sich Koomson von seinem Schreck erholt zu haben, lehnte nach vorn und flüsterte dem Mann ins Gesicht: «Sie werden mich töten.»

Sein Mund stank nach verfaultem Menstruationsblut. Der Mann hielt seinen Atem an, bis dieser neue Gestank untertauchte in der feuchten Luft, die schon mit den Fürzen des Parteimannes geschwängert war.

Zu gleicher Zeit gab Koomsons Inneres ein erneutes Rumoren von sich, länger als zuvor, ein innerer Furz von einem persönlichen verdorbenen Donner, der tönte, als sei er den ganzen Weg vom Mund durch den Bauch und die Gedärme heruntergerollt, um am Ende die Luft, die schon von der Angst zum Schneiden dick war, noch mehr zu verstinken. Oyo war die ganze Zeit über ruhig gewesen, stand nahe bei der Tür. Jetzt aber, mit einem Würgen, flüchtete sie in den Vorraum.
In dem Manne gab es nur einen Gedanken: aus dem Raum zu gehen. Aber da war Koomson, der auf dem Bett saß, den Körper zusammengezogen, als ob sein größter Wunsch wäre, ganz klein zu werden, und wenn es ginge, sich völlig aufzulösen.
«Sie werden hierher kommen», flüsterte Koomson wieder. Diesmal war der Mann schnell genug, seinen Kopf zurückzuziehen, um dem stinkigen Atem des Parteimannes zu entgehen. Aber auch so drang der Gestank bis zu ihm, etwas hinausgezögert und weniger stark. Der Mann wünschte, daß Koomson mit Stummheit geschlagen würde, aber jetzt war es unmöglich, weiter zu schweigen.
«Sah dich jemand kommen?» fragte er.
«Ich weiß nicht», sagte Koomson. Dann, nach einer Weile: «Ich glaube schon.»
Der Mann war überzeugt, daß er erbrechen mußte, wenn er nicht sogleich den Raum verlassen konnte. In der Hoffnung, etwas frische Luft schnappen zu können, begab er sich ans Fenster. Aber als er sich daranmachte, die Läden zu öffnen, ohne damit Koomson zu beunruhigen, hörte er ein tiefes Elendsgemurmel aus Koomsons Kehle. Er ließ das Fenster und

ging zu dem flüchtigen Minister zurück, auf eine gewisse Distanz bedacht, die auch nichts nutzte. Zu seiner Überraschung merkte er, daß er überhaupt nicht betroffen war von den Gefühlen und Ängsten des Mannes neben ihm. Er war sich nur seines eigenen Unbehagens bewußt und eines gewissen Grolls, der immer größer wurde und bemerkbarer, daß der Parteimann nach all seinen guten Tagen erst jetzt das Bedürfnis hatte, ihm näher zu kommen. Und der Gestank war unerträglich.

«Möchtest du dich nicht waschen?» fragte der Mann.

«O nein», sagte Koomson rasch, seine Augen bewegend, wie er den Kopf schüttelte. «Nein, nein.»

«Gut, gut», sagte der Mann, und er spürte, daß er ob dem Gestank fast draufging. «Willst du zuerst einmal auf die Latrine gehen?»

Eine lange Pause. Dann hörte er Koomson seufzen in der Art eines Verfolgten, bevor er sagte: «Ich muß nicht.»

«Schon gut», sagte der Mann. Der Gestank war wirklich unerträglich.

Als ob Koomson darum bitte, einen armen Flüchtling nicht noch länger mit grausamen Fragen zu quälen, seufzte er noch einmal, einen langen, langsamen Seufzer, der sein Leiden offen kundtat. Aber selbst ein Seufzer aus ihm verpestete die Luft noch mehr. Der Mann versuchte es noch einmal, er suchte nach einem Ausweg, nach irgendeinem Ausweg.

«Hast du schon gegessen?»

«Nein.»

Das Wort aus Koomsons Mund klang überraschend hoffnungsvoll. Der Mann sprang auf.

«Ich schau, daß Oyo dir etwas macht», sagte er. Ohne

überhaupt die Möglichkeit einer Antwort abzuwarten, stürzte er hinaus in die Halle und sog die frische Luft ein und begrüßte sie mit großen dankbaren Atemzügen.

Deede war immer noch wach. Sie saß auf dem Boden, in einer Ecke neben dem Tisch, und sah sehr müde aus. Oyo saß am großen Tisch und sah auf die Tischplatte. Sie stand auf, als sie ihren Mann erblickte, und als er ganz nah bei ihr war, flüsterte sie ihm ins Ohr: «Wie er stinkt!»

«Es ist die Angst», sagte er, er versuchte gleichgültig zu bleiben. «Er sagt, er sei hungrig. Hat es etwas zum Essen?»

«Und du, du selber, du hast auch noch nicht gegessen.»

«Ich bin überhaupt nicht hungrig», sagte der Mann, «aber wir müssen ihm etwas geben.»

Oyo ging voraus in die Küche. Im Kohlentopf glühte immer noch etwas Feuer. Oyo blies die Asche weg und legte noch Holzkohle nach. Dann fächelte sie so lange, bis sie ein Feuer hatte, um darauf das Essen des Mannes zu wärmen. Der Mann nahm es und brachte es dem hungrigen Parteimann.

Koomson aß im Dunkeln. Man sah kaum etwas, Koomson wollte nicht, daß die Tür offen blieb. Nur die Geräusche, die Koomson machte, verrieten, wie gierig er aß. Gierige Geräusche, schmatzende Geräusche, von einem hungrigen Mann, der sich mit Ungeduld das Essen ins Gesicht schob. Seine Angst mußte seinen Appetit verstärkt haben. Nun konnte ihn der Mann allein lassen.

Er ging in die Halle zurück und stand ruhig neben Oyo. Sie nahm seine Hand und hielt sie fest, und dann, mit einer Stimme, als würde sie ersticken, flüsterte sie: «Ich bin froh, daß du nie so geworden bist wie er.»

In Oyos Augen lag wirkliche Dankbarkeit. Vielleicht zum erstenmal in ihrem Eheleben konnte der Mann glauben, daß sie froh war, daß er so war, wie er war. Er gab ihr den zunehmenden Händedruck zurück, dann ließ er sie, um für Koomson ein Glas Wasser zu holen.

Koomson tastete mit der Hand nach dem Wasser. Es klang hohl, als das Wasser in seinen Bauch fiel, und ein feuchtes Rülpsen stieg aus seiner Kehle. In diesem Augenblick wurde das Tuch am Fenster, ganz kurz, von einem Fahrzeug, das vorbeifuhr, erleuchtet. Der Mann hörte, wie Koomson tief stöhnte. Dann erstarb das Motorengeräusch, und auf der harten Straßenunterlage draußen waren Stiefel zu hören. Und diese Stiefel marschierten in einem disziplinierten Rhythmus.

«Sie kommen», sagte Koomson.

In der Dunkelheit hatten seine Worte ganz ruhig geklungen. Aber kaum hatte er sie gesagt, war er auch schon beim Manne und klammerte sich an ihn wie ein erschrocknes Kind. Ohne ein Wort nahm der Mann den zitternden Arm und stieß ihn sanft hinter sich.

In der Halle war nun auch Deede eingeschlafen, und Oyo hielt nur noch die Furcht wach. Es war klar, daß auch sie den Lärm draußen auf der Straße begriffen hatte, und die Gewißheit hatte ihre Unsicherheit bis zur Panik vertieft. Der Mann gab ihr ein Zeichen, sie solle sich nicht bewegen.

«Sag, ich sei ausgegangen, allein, vor einiger Zeit»,

sagte er, «du wissest nicht, wohin. Erwähne ihn nicht.»
Oyo nickte zögernd.
Koomson ging wie einer ohne Willen. Der Mann mußte ihn fast nachziehen, an den andern Türen und an dem feuchten Platz vor dem Waschraum vorbei, hinein in die Latrine. Der Gestank war so übermächtig, daß der Mann meinte, einzelne Kotteile würden mit schalen Urintropfen einen wilden Tanz aufführen.
Der Mann schloß die Tür, schob den Riegel und zündete das kleine Licht an. Koomson blickte fast erleichtert zur Decke empor. Aber da war nichts zu sehen als Zement, der einst mit einem ekligen Gelb bemalt worden war und nun an vielen Stellen geschwärzt war von Kerzen, die verstopfte Leute benutzten, wenn die kleine Birne ausgebrannt war. Der Mann sah, wie sich Koomsons Blick senkte und das Fenster links über dem Latrinensitz betrachtete. Das Fenster führte hinaus auf einen Hof und war wahrscheinlich breit genug, damit ein Mann durchkriechen konnte, selbst von der Statur Koomsons. Aber in die Fensteröffnung waren drei eiserne Stäbe eingemauert. Die Stäbe sahen jetzt höchst überflüssig und brutal stark aus. Koomson, der durch alle seine Kleider schwitzte, sah dem Mann kläglich ins Gesicht.
Der Mann blickte ungerührt hinab auf den hölzernen Sitzkasten der Latrine. Das Scheißloch in dem Kasten war, wie gewöhnlich, von alten Exkrementen überkrustet. Gelegentlich kam es vor, daß ein Mieter, der sich angewidert fühlte, sich einen Stoß gab und den Sitz reinigte. Aber das war äußerst selten. Die meisten, die die Latrine benutzten, gaben sich damit zufrieden, ihren Hintern mit einem Zeitungspapier

zu schützen, das sie nachher für das Reinwischen brauchten.

«Wir kommen durch», sagte der Mann und fügte bedächtig hinzu: «Wenn du willst.»

«Hier?» fragte Koomson und zeigte auf das Scheißloch. Seine Stimme war voller Verzweiflung.

«Ja. Hier durch.»

Der Mann hielt sich an dem einen Ende des Holzkastens und zeigte mit einer Handbewegung auf das andere. Koomson gehorchte ihm und hielt das freie Ende. Gemeinsam zogen sie an dem Holzkasten und versuchten ihn von der Wand zu lösen.

Aber das Ding tat keinen Wank.

Der Mann gab auf, um genauer zu untersuchen, wie es an die Wand befestigt war. Nägel, welche den Sitzkasten ans Gebäude fixierten. Der Mann sah auf Koomson.

«Wir können es nochmals versuchen», sagte er. Aber Koomson blieb ganz ruhig. Der Mann streckte seine Linke durch das Scheißloch. «Hilf mir, den Kübel beiseite schieben.»

Es dauerte eine Weile, bis Koomson seinen Entschluß faßte. Aber am Ende, wie ein Mann an seinem eignen Begräbnis, streckte er seine Hand auf der andern Seite durch das Scheißloch und faßte den Kübel an. Zusammen schoben sie ihn auf die eine Seite. Der Kübel, den sie anfaßten, brachte eine unerwartete Empfindung. Er war kalt, aber keineswegs feucht oder glitschig. Es fühlte sich an, als wären unzählige einzelne Tropfen seit Jahrhunderten auf dem Kübel eingetrocknet, aber nie zu einer wirklichen trocknen Kruste geworden. Als der Kübel zur Seite geschoben war, quoll ein neuer Gestank in die Gesichter über dem Scheißloch. Er war eher mild, er hatte etwas von totem Schlamm. Eine große glänzend braune Kakerlake flüchtete unter dem Kübel hervor, hielt sich an Koomsons weißes Hemd und fiel schwer auf den Sitzkasten, bevor sie in einen Spalt unten auf der Seite krabbelte.

«Wir müssen durch dieses Scheißloch durch und dann durch das Türchen des Latrinen-Reinigers, der die Kübel leert.»

Koomson antwortete nichts.

«Du gehst voraus», sagte der Mann. Er spürte, er mußte noch etwas als Erklärung hinzufügen, und so sagte er: «Wenn sie kommen . . .» Koomson stand einfach da.

«Geh schon.»

Die Aufforderung schien Koomson von irgendeinem weit entfernten Ort zurückgeholt zu haben. Er sah auf das Loch mit dem ohnmächtigen Ekel eines geschlagenen Mannes, dann stützte er die Hände auf den Sitzkasten, um seine Füße durch das Loch hinabzulassen.

«So geht es nicht», sagte der Mann. «So bleibst du stecken.»

Koomson zögerte. Es schien, als ob ihm keine andere Möglichkeit einfiel.

«Kopf zuerst», sagte der Mann. «Es geht nur so.»

Widerwille kam in Koomsons Gesicht hoch und kämpfte dagegen, daß er bereits nachgegeben hatte. Draußen im Hof wuchs der Lärm. Es wurde an Türen geklopft, und Türen wurden geöffnet, brüske Stimmen verlangten etwas, verhaltenere Stimmen antworteten mit hochachtungsvoller Angst, harte Schritte auf dem Zement des Hofes. Einmal hörte

man den brutalen Schlag einer Tür, die etwas Schwerem und Hartem nachgab.
Der Ekel verschwand aus Koomsons Gesicht, und die Resignation kehrte zurück. Mit einem kleinen Schauder senkte er den Kopf bis über das Loch, dann steckte er ihn in einem plötzlichen Ruck durch. Er begann zu husten, als er versuchte seine Schultern durchzuzwängen. Dann hörte jede Bewegung auf. Der Lärm draußen wurde lauter und kam gefährlich näher. Die Stimmen der Verfolger waren nun deutlich zu erkennen, und sie klangen zornig.
Der Mann sah den Parteimann wie irr strampeln. Rasch packte er die Beine und zog mit aller Kraft daran. Koomsons Kopf schlug an den Rand des Scheißloches, als er herauskam.
Ohne ein Wort langte der Mann nach Koomsons Jacke und zog sie ihm aus. Koomson selber legte die Fliege ab. Dann ging er wieder hinunter ins Loch, auf seinem Gesicht zeigten sich gleichzeitig Ekel und Willenlosigkeit.
Diesmal glitt Koomsons Körper leicht durch das Loch, bis über die Schulter zur Körpermitte. Aber bei den Hüften schien es ein neues Hindernis zu geben. Vielleicht war die Öffnung des Latrinen-Mannes verschlossen. Aber das Holzschloß, das zur Sicherung angebracht war, konnte nur ein kleines Ding sein und leicht aufgebrochen werden.
«Stoß», schrie der Mann, ohne daran zu denken, wie nahe die Verfolger schon waren, oder daran, daß ihn sein Gefährte gar nicht hören konnte. Ruhig kletterte er darnach auf den Holzkasten und rammte die Beine von Koomson hinunter. Er konnte hören, wie Koomson preßte, als ob er etwas ausscheiden

mußte, und dann ein langes Geplätscher, als ob er sich übergebe. Aber der Mann ließ nicht nach und stieß weiter, und plötzlich schlug ihm faule Luft entgegen, und er wußte, daß der Kopf des Parteimannes draußen war. Der Körper zwängte sich mühsam nach unten, und der Mann machte sich daran, ihm durch das Loch zu folgen.

Seine Hände trafen auf kleine Erdkugeln, die sich wie jene Erdbißchen anfühlten, welche Würmer aufwühlen. Der Geruch von Kakerlaken stritt mit menschlichem Gestank, und ihre Auswürfe blieben an den Ellenbogen des Mannes hängen, als er durch das Loch und das Innere des Sitzkastens kroch. Etwas Feuchtes ließ seine Hand ausgleiten und setzte sich unter seinen Fingernägeln fest, und er erinnerte sich an den Kotzton, den Koomson auf seinem Weg nach unten von sich gegeben hatte. Das Türchen war offen. Mit letzter Kraftanstrengung zwängte der Mann den Kopf durch, und als sein Körper nachkam, atmete er auf. Die Luft draußen war süß, trotz aller Latrinennähe. Der Himmel über ihm war ohne Mond und Sterne, obwohl ein diffuses Licht vermuten ließ, daß der Mond nur verborgen war.

Koomson lag neben ihm im Durchgang hinter der Latrine. Der Mann packte ihn und hob ihn halb auf. Sie gingen durch die Hintergassen, abseits der Straße, wo sie auf Leute gestoßen wären.

14

Die beiden Männer gingen ostwärts zum Fischerhafen. Sie hielten sich an die kleinen Durchgänge zwischen den Mauern hinter den Wohnhäusern, an vielen Latrinenlöchern vorbei und deren kleinen Abflüssen, in denen es schwarz rann und die in der Dunkelheit der Nacht stanken, eine Mischung von Urin und Scheiße. Sie gingen durch das Reich des Latrinenmannes. Ein ganz kleiner Junge, der unerklärlicher Weise so spät noch draußen war, schlüpfte an ihnen auf einem der Hinterwege vorbei. Er rannte davon, und dann, in einer sicheren Entfernung, hielt er an und stieß einen langen, angewiderten Schrei aus: «Schweiiiiiine.» Dann rannte er den beiden Erwachsenen davon und verschwand hinter der nächsten Ecke.
Wo die Häuser aufhörten, kamen die beiden Männer ins offene Gelände. Normalerweise, von der Straße her gesehen, schien das Feld eben zu sein. Den beiden Männern aber, die quer durch gingen, um jedem auszuweichen, der sich um diese Nachtzeit noch draußen herumtreiben mochte, boten sich auf dem Feld nur Strünke, Löcher und Erdaufschüttungen. Koomson ging wie ein Stück Holz, er schien nicht achtzugeben, wohin er trat – einer, für den die Welt aufgehört hatte zu existieren.
Ziemlich in der Mitte des Feldes war ein breiter, flacher Abwassergraben, welchen der Mann umgehen wollte, indem er auf die Bushaltestelle zusteuerte, wo unter einer schmalen Holzbrücke der Abwasserbach westwärts abzweigte und parallel zur Straße weiterfloß. Aber er vermochte, wenn auch ungenau,

die Umrisse einer Gruppe von Leuten zu sehen, die dort an der Bushaltestelle wie vernachlässigte Gespenster warteten, vielleicht auf einen der Nachtomnibusse. So nahm er Koomson am Arm, und sie wateten durch das Abwasser, ihre Füße sanken an einzelnen Stellen in den weichen Grund, und auf der andern Seite stampften sie auf die Erde, um den Dreck, der sich festgeklebt hatte, loszuwerden.

Die alten Konservenbüchsen auf ihrem Weg waren angefüllt mit festem Dreck und so vom Rost zerfressen, daß sie nur einen dumpfen, flachen Klang von sich gaben, wenn an sie gestoßen wurde. Gelegentlich traten sie nicht auf rostiges Metall, sondern auf Stükke von auseinandergebrochenen Behältern, angefüllt mit feuchtem Kot, und kleine Scherben, die unter ihren Tritten zerbrachen. Manchmal stieg an einer trockenen Stelle würgender Geruch von Asche auf, vermischt mit ganz feinem Staub.

Von irgendwoher begann der Mond undeutlich zu scheinen. Die Luft war dick von Dunst, so daß die Straßenlaternen nur schwach leuchteten, jede mit ihrem eigenen Schleier. Ganz selten wurden die Stille und die Feuchtigkeit gestört durch einen kurzen, starken Windstoß vom Meer her, das noch weit weg lag, aber sogleich kehrte wieder die Stille zurück. Bei diesen Windstößen schöpfte der Mann, der weite leichte Schritte nahm, tief Luft in seine Lungen; er liebte diese Luft, da sie frei von aller Verwesung war.

Bei der großen Brücke war etwas, das mit seinen roten Stopplichtern wie ein dunkler Wagen aussah. Von weitem nahm er sich aus wie ein Bereitschaftswagen der Polizei. Als sie näher kamen, beobachteten sie vier Gestalten, die sich darum bewegten, als such-

ten sie etwas. Ein Lastwagen mit krachendem Auspuff fuhr vorbei, und sie sahen, wie er an der Brücke anhielt und nach einiger Zeit wieder weiterfuhr.
«Polizeisperre», sagte der Mann, er legte seine Hand auf Koomsons Arm. Kommson war für einen Augenblick starr, dann kam Vernunft in seine Verwirrung und ließ ihn entschlossen weitergehen wie zuvor.
«Hier durch», sagte der Mann zu seinem Begleiter, aber Koomson lief geradeaus auf die Polizeisperre zu. Rasch sprang der Mann von der Straße und zog Koomson hinter sich her. Nach einem steilen Abstieg ging das Straßenbett in Kies und hartes, stachliges Gras über. Der Mann marschierte sehr langsam, er achtete darauf, die Gruppe auf der Straße nicht aus den Augen zu verlieren. Das Licht war nicht sehr stark, aber es wäre möglich gewesen, daß selbst aus der Entfernung eine falsche Bewegung hätte entdeckt werden können.
Nach dem Kies kam grober Schutt, dann der Sand. Die Wellen waren weich und fast geräuschlos, begannen weit draußen und brachen in langen schäumenden Linien kurz vor dem Strand – kleine freundliche Wellen in der Nacht.
Freundschaftlich zog der Mann seinen Begleiter fast bis an den Rand des Wassers, dann drehte er wieder nach links und ging mit ihm vorsichtig dem Strand entlang. Als sie sich der Brücke zur Linken näherten, hielt der Mann von Zeit zu Zeit inne, hob einen Stein auf und warf ihn ziellos ins Meer hinaus. Als sie an der Brücke vorbeigingen, war kein Laut zu hören, nur Wellen schlugen an einen Holzstamm, der ans Ufer getrieben worden war. Nicht ein einziges Fahrzeug fuhr vorbei.

Als sie zum Damm kamen, war die Brücke ein unbedeutendes Ding weit hinter ihnen. Aber bald machten es riesige Blöcke, die man für den Dammbau aufs Ufer geworfen hatte, unmöglich, weiter dem Strand entlangzugehen.
Der Mann hielt Koomson und half ihm, über die Steinblöcke bis zum Fundament des Dammes zu klettern. Dort zeigte er seinem Begleiter, was nun zu tun war. Er bückte sich tief, so daß sein Kopf nicht von der Straßenseite gesehen werden konnte, und schlich der Zementmauer entlang. Hier und da wurde das leichte Geräusch des Meeres zur Rechten durch die schweren Fahrzeuge übertönt, die zur Linken auf der Straße vorbeisausten.
Beide hatten ihre Köpfe eingezogen, schlichen sorgfältig in der Kurve, bis zur Stelle, wo die Straße vom Ufer abbog, der Damm selbst aufhörte und in nur noch zufällig aufgeschüttete Felsblöcke und hartgewordene Zementsäcke überging. Dann gingen sie wieder dem Strand entlang.
Als sie in die Nähe Anafos, ihres Ziels, kamen, ließ der Mann Koomson als ersten auf die Straße und die kleinen, engen Nebenwege hinunter.
«Du kennst den Bootsmann besser als ich», sagte der Mann. «Geh du voran.»
Koomson murmelte schwach, dann schien er plötzlich seine Schritte zu beschleunigen. Er führte den Mann einen langen, kurvenreichen Weg hinunter, so daß im Manne der Verdacht kam, er folge einem Verlorenen. Aber gerade da erblickte er das niedrige Haus, das aussah wie etwas Langes, Schmales, das man gegen die Erde gedrückt hatte. Und so gingen sie bis zur unbemalten Tür am äußersten Ende.

Der Mann klopfte leise an die Tür. Schwache Geräusche im Innnern, als würde eine Matte verschoben.
«He, Jack, bist du es?» schrie eine Stimme von drinnen.
Koomson schien vor dieser Menschenstimme zurückzuschrecken, die wissen wollte, wer draußen war. Als ob jeder Ton, sobald er ausgesprochen war, sich in eine Nadel verwandelte, die ihn ins Fleisch stach. So antwortete auch der Mann nicht.
«Oder bist du es, Alomo?» fragte die Stimme von neuem. «Alomo?»
Darauf das Schweigen einer verwirrten Person im Innern. Der Mann klopfte wiederum, er gab sich Mühe, daß das Holz freundlich und vertrauensvoll klang. Aber die Stille drin war total geworden.
Der Mann bückte sich und sprach beruhigend durch das Schlüsselloch: «Bruder, komm. Niemand, nur der Minister.»
Nun brach eine Stimme im Innern das Schweigen: «Ah, Chef, Sie sind es?» Wie unglaublich rasch angelernte Ehrerbietung sich verlor. Es lag Furcht in der Stimme des Bootsmannes, aber in dieser Nacht war es nicht die Furcht des Schwachen, der einem Mächtigen begegnet. Es war die Furcht eines schwachen Mannes in Gegenwart eines andern genauso schwachen, der eine mögliche Beute mächtiger Feinde ist und daher eine gefährliche Person, mit der man nicht verkehren mag. Eine lange, gedankenvolle Pause – dann öffnete der Mann von innen die Tür und sah nach den beiden draußen.
Die Augen des Bootsmannes waren nicht mehr die diffusen, unsicheren, bittenden Augen eines Untertanen, den der Mann bei der ersten Begegnung ange-

troffen hatte. Jetzt schien es, daß eine gewisse Härte in sie gekommen war.
«Hereinkommen.»
Lag in dieser Stimme eine Art Ungeduld, gemischt mit Furcht? Auf alle Fälle war nichts mehr von der üblichen alten entschuldigenden Rechtfertigung zu hören, statt dessen wurde die Aufforderung in einer Art vorgebracht, die es klar und deutlich machte, daß der, der redete, genau wußte, daß er seinen Gästen eine Gunst erwies.
Die beiden traten ein. Man konnte sich nirgendwo setzen. Sie blieben mitten im Raum aufrecht stehen, während sie der Bootsmann musterte. Am Boden zu seinen Füßen lag die Matte, ausgebreitet, um darauf zu schlafen. Es entstand ein langes Schweigen, und dann begann der Bootsmann:
«Ah, was mich betrifft, hier hab ich immer gelebt. Das ist mein bescheidener Platz. Du, du bist ein Stück weiter gekommen. Daher ist mein Mund geschlossen, aber meine Ohren sind offen, damit ich hören kann, was dich hierher bringt.»
Der Bootsmann war in die alte Würde der formellen Ausdrucksweise zurückgefallen. Vor ihm aber stand nicht mehr länger ein Chef oder ein Herr, sondern nur noch ein Mann, der Hilfe brauchte. Der Mann hielt an sich und sagte nichts. Es war an Koomson selber, gegenüber seinem Diener die entsprechende Bitte zu formulieren. Aber Koomson zögerte. Lange war er nur fähig, dem Bootsmann ins Gesicht zu schauen mit haßerfüllter Bitterkeit und mit dem nicht ausgesprochenen Vorwurf von Undankbarkeit in den Augen. Er mußte eine Zeitlang den Atem angehalten haben, denn als er zu reden begann, stieß er die

zurückgehaltene Luft aus. Und er redete ebenso wenig in der Sprache eines Vorgesetzten. Seine Stimme klang verhaltener und leiser als die eines Mannes, der zu handeln begann, aber nicht so leise wie die eines Bettlers.

«Du weißt, was geschehen ist», begann Koomson.

«Ja», die Augen des Bootsmannes verhärteten sich und dazu lächelte er ein wenig. Koomson versuchte, ihm gerade in die Augen zu schauen.

«Du pflegtest immer ein gewisses Sprichwort zu wiederholen», sagte Koomson. ‹Wenn der Ochse grast, frißt auch der Reiher.› Erinnerst du dich?»

Der Bootsmann antwortete mit einem sicheren «Ja», als wolle er sagen, daß Zeit und Umstände die Wahrheit einer solchen Spruchweisheit hätten ändern können. Der Mann, der etwas abseits vom Parteimann und dem Bootsmann stand, spürte, daß schnell gesagt werden mußte, was gesagt werden konnte.

«Wir haben nicht viel Zeit», sagte er. «Wir haben überhaupt keine Zeit.»

«Wenn du mir hilfst», sagte Koomson, «gehört die Hälfte des Bootes dir.»

«Wohin gehen wir?» fragte der Bootsmann.

«Wirst du überhaupt gehen?»

Noch ein zähneknirschendes «Ja».

Der Fischerhafen lag nicht weit von der Hütte des Bootsmannes. Und sie begegneten auf dem Weg dorthin niemandem, obwohl sie in der Ferne einige Leute sahen, die einsam unterwegs waren, und obwohl sie in der Nacht Stimmen hörten, die sie nicht weiter unterscheiden konnten. Als sie zum Hafentor kamen, erhob sich der Nachtwächter aus seinem Schlaf und stellte sich gegen den Eingang. Der Bootsmann schien

den Zugang erzwingen zu wollen. Aber der Nachtwächter nahm aus der Tasche eine Trillerpfeife, die im gelben Licht aufleuchtete, und hielt sie zwischen seine Lippen. Er blies nicht, sondern behielt sie im Mund, zufrieden, damit drohen zu können, und nicht mehr. Im fahlen Licht konnte der Mann sehen, wie der Wächter als Mitwisser seinen Kopf schüttelte.
«Du meinst, ich sein Idiot, ich schlau», sagte er endlich. «Oh, schlau! Ich schlau, du Nkrumah Partei Mann. Du nicht durch.»
Der Wärter versperrte den Weg. Die drei Männer starrten ihn an. Ein Jeep kletterte die Straße zum Hügel hinauf, die zur alten Festung führte, und für einen Augenblick leuchteten die Scheinwerfer das Hafentor ab. Dabei sah der Mann das Gesicht des Wächters, und es war nicht das Gesicht eines Mannes, der seine Drohungen wahr zu machen pflegte. Es war das Gesicht eines Mannes, der etwas Ungewöhnliches erwartete, den Auftritt des Glücks. Und er schien auch nicht den Gestank zu Kenntnis zu nehmen. Er stand einfach da, mit zusammengepreßten Lippen, streckte beide Handflächen hin, in erwartungsvollem Vertrauen, und seine Pfeife blieb an ihrem Platz wie von einer mysteriösen, unsichtbaren Macht gehalten.
Koomson stand da wie ein völlig gebrochener Mann, der sich nicht selber helfen kann.
«Gib ihm doch etwas», sagte der Bootsmann zu Koomson, ganz ungeduldig. Wie ein Toter steckte Koomson die Hand in die linke Rückentasche und zog seine Brieftasche heraus. Er machte eine Bewegung, als wolle er in seiner Geistesabwesenheit die ganze Brieftasche dem Wächter überreichen. Der Bootsmann entriß

ihm energisch die Brieftasche, öffnete sie und schaute lange hinein. Endlich zog er eine einzelne Note heraus und hielt sie dem Wächter unmittelbar vor die Nase. Der Wächter wollte mit seinem Schweigen einen besseren Preis aushandeln.

«Schau», sagte der Bootsmann, «fünfzig Cedi. Fünfzig.»

Der Wächter schüttelte den Kopf. «Noch eine drauf.»

Der Bootsmann zögerte. Aber der Mann wandte sich an ihn und sagte: «Gib sie ihm, wenn noch eine da ist.» Der Bootsmann nahm noch eine Note aus der Brieftasche. Der Wächter langte gemächlich und mit zärtlicher Ehrfurcht danach; die Scheine raschelten, als er sie zwischen seinen Fingern rieb.

«Durch», sagte der Wächter.

Die drei gingen durchs Tor. Zwischen den angebundenen Booten war das dunkle Wasser dick und zähflüssig, fast erstarrt. Der Bootsmann ging voraus, und seine Schritte wirkten erstaunlich sicher. Die beiden folgten ihm an der ersten Bootsreihe vorbei, an deren Ende die Rampe des Fischerdocks scharf nach links abbog. Der Bootsmann hielt beim zweiten Boot und wartete, bis die beiden Männer hineingeklettert waren. Als er selber ins Boot gestiegen war, ging er stracks zum Bootsende, wo der Motor war, und rief den Mann zu sich.

«Du mußt mir helfen, ihn anzulassen», sagte er. «Halt dich da dran.» Er gab dem Mann etwas, das wie eine kleine Kurbelwelle aussah, eine verkleinerte Ausgabe der Art, wie man sie immer noch auf alten Lastwagen finden kann. Der Bootsmann bewegte sich einige Schritte weg, bückte sich über etwas und rief: «Jetzt drehen.»

Der Mann gehorchte. Er brauchte viel mehr Kraft, als er angenommen hatte, um die Kurbelwelle zu drehen. In der Dunkelheit keuchte der Bootsmann, hart und vernehmbar, und machte hastige und unverständliche Handbewegungen. Im nächsten Augenblick begann der Motor zu arbeiten, die ersten zögernden Explosionen liefen in ein weiches, regelmäßigeres Klopfen aus.
«Okay», sagte der Bootsmann, und er begab sich an die Vorderseite des Bootes, der Mann folgte ihm.
Das Boot fuhr zunächst langsam, zuerst in die Dockmitte, dann, an Schnelligkeit gewinnend, dem langen Arm entlang, der den äußeren Wasserbrecher bildete, und ließ das stille, dunkle Wasser hinter sich. Das Meer begann gleichsam sichtbar zu werden, als der Schaum im Kielwasser des Bootes aufwirbelte, und die versinkende Stadt mit ihren schwachen Lichtern schien etwas zu sein, das weit weg war, etwas, das sich von der Existenz des Mannes völlig gelöst hatte. Weiter draußen begann das Kielwasser aufzuleuchten im phosphoreszierenden Meer. Der Mann lehnte über das Boot, und für eine Weile vergaß er alles, als er in das ruhige, seltsam gebrochene Licht schaute.
Der Kotgeruch, der ihn nie verlassen hatte, wurde stärker, und als er sich umdrehte, bemerkte er Koomson neben sich. «Du gehst zurück», sagte der Parteimann; er mußte das Motorengeräusch überschreien.
«Was wird aus Estella?» fragte der Mann.
«Das gibt sich», sagte Koomson. «Wenn sie ihr keine Schwierigkeiten machen, kommt alles in Ordnung.»
«Hat sie genug Geld?»
«Uhuuu.»
«Wo ist sie jetzt?»

«Bei ihrer Mutter.»
«Weiß sie, wohin du gehst?»
«Uhuuu. Einige ihrer Verwandten leben in Abidjan.»
Eine lange Pause, nur die merkwürdige Leere von zwei Leben, die auseinandergerissen werden. Mit der zunehmenden Geschwindigkeit des Bootes wurde der Wind steifer und hatte mehr vom Geruch und der Feuchtigkeit des Meeres in sich.
«Kann ich irgend etwas tun?» fragte der Mann.
Koomson schien unsicher, aber endlich sagte er: «Geh und besuche sie gelegentlich.» Und dann, als eine Antwort auf eine Frage, die nicht gestellt war, fügte er hinzu: «Sie hat Freunde, die werden sich um sie kümmern.»
Von vorn schrie der Bootsmann etwas, das im Wind und im Motorenlärm des Bootes unterging. Die beiden Männer bewegten sich nach vorn.
«Wir nähern uns Essikado», bemerkte der Bootsmann zum Mann. «Die Bucht ist dort draußen, falls Sie an Land gehen wollen.»
Die Stadt schien schon weit weg, und der Mann fühlte sich von ihr und allem, was zu ihr gehörte, schmerzlich befreit.
«Ja», sagte er. «Ich verlasse das Boot.»
Im gleichen Moment wendete der Bootsmann das Schiff, so daß das Kielwasser einen großen Bogen bildete, der sich zunächst nach links hinzog und dann nach rechts zur Bucht ging.
«Dort sind Autoreifen, dort drüben, rechts von Ihnen», sagte der Bootsmann. «Nehmen Sie einen. Sie werden ihn brauchen, um sich an Land treiben zu lassen.»
Der Mann ging zu dem Haufen von Gummischläu-

chen und nahm sich den größten und härtesten, den er finden konnte. Als der Bootsmann die Geschwindigkeit fast bis zum Stillstand verringert hatte, warf der Mann den Schlauch aus dem Boot.
«Du gehst also», sagte Koomson und kam zum Mann nach vorn.
«Ja.»
Der Parteimann nahm seine Hand. «Danke dir.» Der Mann vernahm die Worte und fühlte überhaupt nichts für Koomson.
«Wir werden uns wiedersehen», sagte Koomson.
Dem Mann kamen diese Worte dumm und kindisch vor. Aber als ob er nicht sich selber wäre, sondern ein ganz anderer, wiederholte er die Worte: «Wir werden uns wiedersehen.»
«He, Sie, jetzt», schrie der Bootsmann.
Für einen Augenblick stand der Mann auf dem Bootsrand. Das Boot schwankte leicht unter einer Welle. Der Mann sprang und fiel in die Dunkelheit des Wassers. Es war nicht kalt. Der Mann tauchte tief ins Wasser. Er blieb unten, solange er seinen Atem anhalten konnte. Er hielt ihn so lange an, daß er Vergnügen fand am Gefühl, zu explodieren und nicht mehr zu leben. Aber dann wurde es unmöglich, länger auszuhalten, unfreiwillig tat er einen Atemzug und schluckte dabei viel Wasser, das unglaublich salzig war. Die Wasseroberfläche war so weit weg über ihm, daß sie unerreichbar schien, aber plötzlich gab der Druck auf seinem Nacken und in seinen Ohren nach, und er öffnete wieder seine Augen. Es war nicht mehr möglich, über den Wasserwogen die Stadt zu sehen, aber da war immer noch das abklingende Geräusch des Bootes, und wenn er genauer hinschaute,

konnte er dessen Umrisse erkennen und sehen, wie es aus dem eignen Kielwasser herausragte. Der Mann schloß die Augen wieder, um die Dunkelheit zu kosten, und dann öffnete er sie.

Der Gummischlauch war weiter weggeschwommen, als er erwartet hatte, er schwamm auf ihn zu, tauchte unter und stieg in der Mitte des Ringes hoch, von der Taille abwärts immer noch im Wasser. Er ruderte mit langsamen, angenehmen Bewegungen der Bucht zu. Als er den Strand erreichte, war er müde, obwohl seine Ruderbewegungen nicht anstrengend gewesen waren, und wo sein Oberarm gegen den Gummischlauch gerieben hatte, verspürte er einen andauernden lästigen Schmerz. Auch fror es ihn. Aber gleichzeitig gab ihm die Kälte das Gefühl einer unbestimmten Freiheit ähnlich der ungetrübten Einsamkeit, die er in letzter Zeit zu lieben begonnen hatte; die Welt war in seiner Vorstellung weit weg von diesem Sand, der ihn am Ufer aufnahm.

15

Als er erwachte, fror es ihn am Rücken, obwohl die Sonne bereits über dem Meer stand; die Strahlen fielen klar und deutlich auf das Wasser. Und der Himmel war weit und schön. Aus der Ferne kam eine einsame Gestalt, auf diese Distanz nicht genau wahrzunehmen, den Sand entlang.

Der Mann schloß seine Augen und hob das Gesicht gegen die Sonne. Farben, dunkel-purpur und orangegelb, spielten hinter seinen Augenlidern, und jede Farbe tauchte in einer entschwindenden Dunkelheit unter um gleich wieder heraufzukommen. Als er seine Augen ganz öffnete, war die Gestalt, die über den Sand kam, schon näher.

Es war eine Frau. Und die Art, wie sie über den Sand ging, ließ vermuten, daß sie eine Irre war. Von Zeit zu Zeit hielt sie für eine Weile an, stille Unterbrüche; dann, ohne irgendwelche Eile, setzte sie ihren Weg fort, häufig nach links auf das Meer schauend und nicht weniger nach rechts zu den Kokospalmen und zu den grünen Büschen dahinter auf der andern Seite der schwarzen Straße.

Er sah ihr Gesicht. Es war nicht jung, und es sah aus, als sei es vor langer Zeit für immer zerstört worden. Und doch fand er es schön, als er es sah.

Sie kam geradewegs auf ihn zu, so direkt, daß er für einen Augenblick wähnte, sie wolle mit ihm über etwas reden, das er verstehen würde. Aber gerade vor ihm hielt sie an, bückte sich, nahm so viel vom Morgensand in ihre Hände, als sie halten konnte, reckte sich hoch und ließ, schön und frei, durch ihre

Finger den Sand rieseln, der in der Morgenbrise des klaren Sonnenlichtes zerstäubte. Während der Sand fiel, sagte sie mit der Eindringlichkeit einer kranken Seele: «Sie haben alles zusammengemischt. Alle Dinge. Sie haben alles gemischt. Und wie soll ich es nun finden, wenn sie es mit so viel anderem gemischt haben?»
Sie blieb von neuem stehen, die Frau sah nach etwas, das im Sand verloren gegangen war, und versuchte die Körner zu trennen. Ihre Lippen teilten sich zu einem Lächeln. Der Mann versuchte zurückzulächeln, sah ihr unmittelbar ins Gesicht und rief: «Maanan.»
Die Frau lachte bei dem Namen auf in Erinnerung an etwas, das weit zurücklag, und der Mann wußte im gleichen kalten Augenblick, daß es nur ein Traum war. Dann wandte sie sich ab und ging auf die Stadt zu, die in der Ferne lag, weg von der Sonne mit ihrem Schatten, der vor ihr herging und den Sand verdunkelte. Und sie ließ einen Mann zurück, der sich wunderte, aber schon wußte, daß er keine Antwort finden würde, nicht bei ihr, nicht bei Lehrer und auch sonst bei niemandem.
Der Mann hatte den Eindruck, etwas gehe von ihm weg, über die Nervenenden und die Fingerspitzen, überhaupt über jeden Körperteil, und sinke in den Sand. Er schloß seine Augen wieder und verlor sich in den dunkelroten Schatten in ihm.
Die Sonne stand hoch, als er sich erhob. Die See sah heller aus, Grün und Blau waren nun getrennt und nicht mehr unterschiedslos im Dunkel des Morgens vermischt. Wellen zerflossen am Strand, kamen wieder und brachen in tausend Stücke, jede über die andere hinweg. Der Mann erinnerte sich seiner Sandalen, sie lagen irgendwo auf Meeresgrund. Seine

Kleider waren nun fast durchwegs trocken. Der Gummischlauch schwamm mit der Strömung nach Osten, tauchte auf, trieb vorwärts mit jedem hier und jetzt, wurde gleich wieder verschluckt, schlingerte, bis ihn eine neue Welle weiter trug, weiter hinaus in die See. Der Mann kehrte dem Meer den Rücken zu und kletterte hinter dem Sandstrand über das harte Gras unter den Kokospalmen.

Bevor er auf die Straße kam, ging er an einem Friedhof vorbei. Dort sah er zwei kleine Jungens, die von den Grabsteinen Marmorstücke abschlugen. Sie rannten davon, als er näher kam, aber als er an ihnen vorbei war, kehrten sie zu den Grabsteinen zurück, an denen sie herumgespielt hatten.

Die Fußsohlen empfanden die Wärme des Straßenbelages zunächst als angenehm, aber der Teer wurde bald zu heiß. So ging der Mann neben der Straße auf der braunen Erde und dem Kies.

An der Stadtgrenze, unterhalb der römisch-katholischen Schule, auf ihrem Hügel, durch den sich rostrote Abzugskanäle zogen, hatten Soldaten eine Straßensperre errichtet und standen daneben. Polizisten, ebenfalls mit Gewehren bewaffnet, untersuchten die Fahrzeuge, sobald diese bei der Sperre ankamen. Personenwagen wurden ziemlich rasch durchgelassen, aber Autobusse und Lastwagen mußten länger warten, da die Männer und Frauen kontrolliert wurden. Und die, die kontrolliert worden waren, mußten auf der Straßenseite warten, bis ein Polizist oder ein Soldat zu ihnen herüberkam und dem Chauffeur das Zeichen zur Weiterfahrt gab. Der Mann hielt an der Straßenseite an, kauerte ins Gras, um beobachten zu können, was vor sich ging.

Ein kleiner Bus, neu und sauber mit seinem grünen Anstrich, fuhr gegen die Sperre. Einer der Polizisten hielt ihn beiläufig an und ging ebenso beiläufig weg zu den andern. Nur wenige Fahrzeuge warteten jetzt vor der Sperre. Aber die Polizisten taten geschäftig und schauten in ein großes Buch, das einer von ihnen hielt.
Der Fahrer des kleinen Busses sprang heraus und begab sich vorsichtig zu den Polizisten hinüber. Er war jung, trug Khaki-Shorts und darüber ein hellgrünes Hemd.
«Polizist», sagte er, als er zu den Polizisten kam. «Meine Passagiere. Die haben es eilig.»
Einer der Polizisten sah auf und fragte: «So?»
Der Fahrer zeigte auf den Bus: «Die Leute drin. Die wollen weiter.»
Der Polizist hob seine Rechte und zeigte in einer großen Geste auf seine Zähne. Der Mann hatte die Geste schon früher gesehen, mehr als einmal. Gewöhnlich fügte der, welcher sie ausführte, die Worte bei: «Selbst Kola-Nüsse können eines sagen: Danke.»
Der Polizist aber sagte nichts. Er überließ es ganz dem Fahrer, zu begreifen oder zu warten. Der Fahrer begriff. Ohne daß er dazu aufgefordert worden wäre, nahm er den Führerschein aus seiner Hemdentasche, zog aus der gleichen Tasche eine Cedi-Note hervor und legte sie in den Ausweis. Dann, mit dem Rücken zu den Wartenden im Bus, übergab der Chauffeur seinen Ausweis zusammen mit dem Bestechungsgeld dem Polizisten.
Der Polizist schaute mit ausführlicher und nachdenklicher Würde auf den Führerschein und auf das, was er enthielt. Mit seiner Linken zog er das Geld heraus, rollte die Note und versteckte sie in der Hand, wäh-

rend er mit seiner Rechten schwerfällig Rechenbewegungen ausführte, als gehe es darum, die Echtheit des Ausweises zu prüfen. Gleich darauf ging er mit dem Chauffeur zum Bus, schaute flüchtig hinein und ließ weiterfahren. Die Passagiere lehnten sich in die Sitze zurück, und der Bus fuhr an. Der Chauffeur mußte den stummen Beobachter am Straßenrand bemerkt haben, denn als der Bus hinauf und stadtauswärts fuhr, lächelte er und winkte dem Manne. Der Mann sah, wie der Bus sich die Straße hinaufwand, in der Kurve entlang der Stadtgrenze verschwand. Auf der Rückseite hob sich vom grünen Anstrich des Busses ein helles Oval ab, in das mit sorgfältigen Lettern eingeschrieben war:

Die Schönen sind noch nicht geboren

Mitten in diesem Oval war eine einzelne Blume, allein, unerklärbar und sehr schön.

Als der Mann aufstand, um in die Stadt zurückzukehren, die er in der Nacht verlassen hatte, war es ihm unmöglich, diese schön gemalten Worte zu vergessen. In seinem Kopfe gingen sie auf und ab und rundherum. Nach einer Weile verschwand das Bild der Blume und wurde eine einzige Melodie.

Über der Schullatrine auf dem Hügel sang ein Vogel ein merkwürdig frohes Lied, tauchte tief und ließ sich auf dem Dach nieder. Der Mann wunderte sich, was für eine Art Vogel das sein konnte und welchen Namen er trug. Aber dann plötzlich stand all das, wohin er zurückging, vor seinen Augen: Oyo, der Blick der Kinder nach Feierabend, das Büro und der Alltag, und über allem die ewige Gewißheit, daß ihm für den Rest des Lebens eine schmerzende Leere blieb.

Er ging sehr langsam, und er ging heim.

Wort- und Sacherklärungen

AOU	African Organization of Unity; Bezeichnung, die Nkrumah für den Zusammenschluß der afrikanischen Staaten benutzte, jetzt als OAU bekannt.
C. F. A. O.	Compagnie Française de l'Afrique de l'Ouest: Französische Handelsfirma, die in ganz Westafrika anzutreffen ist und auch über große Kaufhäuser verfügt.
CPP	Convention People's Party: Partei, die Kwame Nkrumah gründete und an deren Spitze er die ersten Wahlen des unabhängigen Ghana gewann.
COS	Central Organization of Sports: die staatliche Koordinationsstelle für Sportangelegenheiten.
GNTC	Ghana National Trading Company: vom Staat aufgekaufte griechische Handelsgesellschaft mit Warenhäusern im ganzen Land.
KCC	Kumasi City Council: Stadtverwaltung von Kumasi, der Hauptstadt von Asante.
UAC	United African Company: englische Handelsfirma mit Warenhäusern in ganz Westafrika, gehört zum Unilever-Konzern.
UTC	Schweizerische Handelsfirma mit Warenhäusern in Ghana und Nigeria, in der Schweiz als Basler Handelsgesellschaft bekannt.

Aboso	Ort in Zentralghana mit bekannten Manganminen; Ghana war lange Zeit der größte Exporteur von Manganerz.
Akpeteshie	Selbstgebrannter Schnaps, manchmal sehr hochgradig und wegen rostiger Destillationsgeräte oft ebenso gesundheitsgefährdend.
Chichidodo	Phantasievogel; das Wort bedeutet: tief verabscheuen.

Egya Akon	Vater Akon, Egya ist ein Ehrentitel.
Essei	Name des Takoradi-Markts.
Gari	Das «Fufu des armen Mannes» — getrockneter Maniok, der gebrochen und dann gekocht wird.
Fufu	Ghanesische Nationalspeise; gestampfter Yam (zähes Kartoffelpuree), dazu gehört eine stark gepfefferte Fleischsauce.
Holy Child	Name eines Mädchengymnasiums der katholischen Kirche in Cape Coast, wie Achimota (in der Nähe von Accra) eine Internatsschule.
Kenkey	Aus gekochtem und gesäuertem Mais hergestellter Ballen, gilt vor allem an der Küste als Leibspeise.
Kola	Kastaniengroße, rotbraune Nuß, von der Stücke abgebrochen und gekaut werden. Sie sind vor allem bei den Bewohnern des Sahelgürtels beliebt und haben eine stimulierende Wirkung.
Kroo	Volksstamm aus Liberien; als Seeleute an der ganzen Westküste Afrikas bekannt.
Oware	Spiel für zwei Partner, jeder hat auf einem geschnitzten Brett sechs Vertiefungen, in die er 24 Kugeln legt. Es geht darum, diese Kugeln so umzuverteilen, daß einem nach den komplizierten Regeln möglichst viele Kugeln zufallen. Wird vor allem von Männern gespielt.
Ovaltine	Der englische Name für Ovomaltine.
Tarkwa	Stadt in Zentralghana mit bekannten Goldminen.
Wee	Indischer Hanf, Haschisch.